DELIUS KLASING

Dieter Bromund

PIRATEN JAGD

Thriller

Delius Klasing Verlag

Bibliografische Information der Deutschen Nationalbibliothek
Die Deutsche Nationalbibliothek verzeichnet diese Publikation in der Deutschen Nationalbibliografie; detaillierte bibliografische Daten sind im Internet über http://dnb.d-nb.de abrufbar.

1. Auflage
ISBN 978-3-7688-3215-1

Umschlaggestaltung: Buchholz/Hinsch/Hensinger, Hamburg
Druck: CPI – Clausen & Bosse, Leck
Printed in Germany 2010

Delius Klasing Verlag, Siekerwall 21, D-33602 Bielefeld
Tel.: 0521/559-0, Fax: 0521/559-115
E-Mail: info@delius-klasing.de
www.delius-klasing.de

Für Petra

Eins

Luten Lange, Zweiter Offizier der PILAR, war plötzlich hellwach, weil das Schiff ganz anders klang. Über dem Waschbecken klirrte Glas, die Tür seiner Kammer rüttelte im Schloss, der Boden vibrierte. Er sprang aus der Koje und hatte bereits die Brücke erreicht, als der Alte gerade über die Bordlautsprecher näselte: »*All hands on deck*. Der Zweite auf die Brücke, aber schnell, wenn ich bitten darf.«

Frühlicht, die Kimm schon klar, Land voraus zu ahnen, das Feuer von Cabo Tiburón kam noch gut durch. Zwei Boote an Backbord, zwei an Steuerbord mitlaufend. Poul Schneider, der Erste, Däne aus Aalborg, hatte die Wache und stand am Ruder. Kapitän Söderbaum stand in der Steuerbordnock, der Rudergänger in der an Backbord.

»Wir kriegen Besuch, Nummer zwei, sehen Sie sich das an. Die halten uns zwischen sich und sind schneller als wir. Und sie sind bewaffnet. Sie werden uns entern.«

Schneider wippte in den Knien, als der Bug der PILAR in eine See rannte, Lange drängte an Kapitän Söderbaum vorbei ins Freie. Acht Meter unter ihnen, etwa zwölf Meter von der Bordwand entfernt, jetzt auf sie zuhaltend: das vordere der beiden offenen Boote. Fischerboote? Sie hatten Netze. Vielleicht auch nur eine Tarnung. Und einen Außenbordmotor, unbekannter Typ.

Sechs Bewaffnete, mit dem Gewehr M 1, ein Mann am Ruder. Im Bug einer mit Wurfleine und Anker. Das zweite Boot, fünf Meter achteraus, nur mit vier Mann besetzt. An Backbord das gleiche Bild.

Es war also genau das eingetreten, was Willem van Oudevaart Luten Lange am 28. Januar in Rotterdam angekündigt hatte: »Eines Tages, und zwar schon sehr bald, werden wir in der Karibik vor Kolumbien und Panama dasselbe erleben wie vor Somalia mit der

PLACIDA. Schauen Sie sich da mal um, reden Sie mit niemandem darüber, aber sagen Sie mir, wie wir uns verhalten sollen.«

Nun war es also so weit. Reeder van Oudevaart hatte recht behalten, Piraten griffen nun auch hier an. Das Training seiner Kapitäne und Mannschaften nach den Ereignissen vor Somalia würde sich hoffentlich bewähren.

»Die wollen entern? Falls sie es schaffen, Kapitän. Sollte Poul Schneider nicht mal Ruder legen?«

»Machen Sie's, Nummer eins. Gehen Sie auf 180°!« Man merkte Söderbaum stets seine Vergangenheit bei der Marine an. Er hatte ein paar typische Gewohnheiten von Engländern und Amerikanern übernommen. »Aber es wird nicht viel bringen«, wandte er sich an Lange.

»Neuer Kurs 180°!«, bestätigte Schneider.

Die PILAR scherte nach Backbord aus, viel zu langsam. Die Kerle in den beiden Booten erkannten die Absicht und drehten mit. Auch als Schneider nach einem neuen Befehl Söderbaums Ruder nach Steuerbord auf 244° legte, drehten die Verfolger wieder mit, und die an Backbord kletterten über die Bugwelle und schaufelten Wasser. An Steuerbord würde das Gleiche geschehen.

Hinhaltetaktik, mit der nur Zeit zu gewinnen war, bis die Verfolger die Geduld verlören oder ihnen der Sprit ausginge. Das würde jedoch so bald nicht der Fall sein, denn da die Netze im Geschaukel verrutscht waren, sah Lange, was er vermutet hatte: Kanister. Die da unten waren also auf eine längere Verfolgung vorbereitet.

Van Oudevaart hatte für seine Reederei nach der Kaperung vor Somalia entschieden, Piratenangriffe auf seine Schiffe nirgendwo auf der Welt mit Waffengewalt abzuwehren, und hatte dies seinen Kapitänen eingehämmert. Lange sah, wie Söderbaum sich auf die Unterlippe biss. Ein einziges Gewehr an Bord in der Hand eines sicheren Schützen könnte die Lage klären, wenn die Kanister explodierten. Aber es gab keine Waffe an Bord. Außer den Pistolen für Seenotraketen, die zur Gegenwehr einzusetzen der Reeder verboten hatte und die auf diese Entfernung ohnehin nichts nutzen würden.

»Scheiße«, fluchte Söderbaum und drehte sich zu Lange um: »Ist Wilkens mit den beiden Trupps an Deck?«

»Ja, das ist er!«

Lange hatte beim Ruderlegen Wilkens unten mit dem ersten Löschtrupp an Backbord und den zweiten Löschtrupp mit dem Bootsmannsmaat an Steuerbord gesehen.

Söderbaum ging ans Sprachrohr. »Hast du genug Druck im System, John-John? Damit wir unsere Gäste mit Wasser davonjagen können?«

»Nein, ich kann keinen aufbauen. Das wird nur ein mühsames Pinkeln. Scheiße. Ich weiß auch nicht …« Er fluchte weiter, bis Söderbaum die blecherne Stimme unterbrach.

»Und Heißwasser?«

»Macht die Schläuche nach zwei, drei Minuten kaputt – und die Männer.«

»Wir könnten uns mit Äxten wehren«, meldete Schneider sich wieder. Er klang wütend. »Denen werden wir's zeigen.«

Da fiel der erste Schuss. Plötzlich war die Holzdecke auf der Brücke über dem Rad aufgerissen. Der abgelöste Rudergänger, Kadek, ein erfahrener Javaner, duckte sich und hockte sich dann in die Nock. Poul Schneider sah vom Rad her fragend den Kapitän an. Kleine Holzsplitter hingen dem Dänen im Haar. Blut lief ihm aus der linken Augenbraue über die unrasierte Wange und tropfte aufs Hemd. In den Fenstern der Brücke spiegelte sich die Kompassrose.

»Lösen Sie Schneider am Ruder ab, Lange. Wir versuchen es noch mal.«

»Aye, aye, Sir, wird gemacht.«

Schneider ließ sich vom Javaner ein Taschentuch auf die Braue drücken und deutete auf den Verbandskasten. Lange übernahm. Wie leicht die PILAR zu steuern war!

»Kurs 214°, Kapitän. Wir laufen mit voller Kraft voraus. Wollen wir wirklich noch mal versuchen, die unterzubügeln, Käpten? Das bringt nicht viel. Wenn wir das erste Boot wirklich erwischen, gehen die anderen längsseits und ihre Männer an Bord.«

»Ich habe hier das Sagen, Lange.«

»Natürlich, Käpten. Aber die da unten haben Gewehre und machen keinen Spaß!«

Offensichtlich hatten die Boote Verbindung untereinander, denn sie folgten der PILAR wie jagende Hunde einem angeschossenen

Fuchs. Und dann zeigten sie erst mal, dass sie keinen Spaß verstanden: An der Backbordwand, über der an Deck der Löschtrupp im Windschatten wartete, stoben Funken von einer Gewehrsalve.

»Das nächste Mal halten die höher und dann …«

»Ruder hart Backbord, Lange.«

»Aye, aye, Sir. Hart Backbord, verdammt noch mal.«

Lange gehorchte sofort, Ergebnis einer langen Ausbildung, und fluchte dann, was seine Karriere mehr als einmal verlangsamt hatte. Er wusste, was hart Ruderlegen bei voller Kraft voraus bedeutete. Alles, was an Bord nicht festgezurrt war, würde ins Rutschen kommen – von der Ladung bis zum Geschirr in der Kombüse und den Gläsern in der Messe. Ab mittlerem Seegang könnte der Bug unterschneiden und die PILAR zu weit krängen. Söderbaum hätte die Trupps an Deck und den Chief unten im Maschinenraum wenigstens vorwarnen sollen.

»Achtung«, schrie Söderbaum ins Mikrofon, »Ruder liegt hart Backbord.«

Lange war auf der Brücke der Einzige, der die Bewegung in den Knien ausgleichen konnte, indem er sich am Rad festhielt. An Steuerbord glitten die beiden Verfolger vorbei, und es waren Gewehrschüsse zu hören. An Backbord gab es Schreie, die beiden Boote drehten ab, nahmen Fahrt auf und verschwanden aus Langes Sicht.

»Wir haben einen Verwundeten, Käpten.«

Bootsmann Wilkens klang über das Walkie-Talkie ruhig, als er die Verletzung des balinesischen Matrosen meldete. »Ketut liegt schlecht und blutet stark.«

»Scheiße. Wilkens, kümmern Sie sich sofort um den Mann. Schneider, los, mit dem Verbandskasten nach unten und schauen Sie nach, was Sie machen können. Lange, gehen Sie auf den alten Kurs zurück, 214°. Und runter mit der *speed*, auf zehn Knoten.«

»Sie wollen also …«

»Ich will nicht, ich muss, Lange! Oder wollen Sie Tote an Bord haben?«

»Scheiße!« Söderbaum beugte sich über das Mikrofon. »Hier spricht der Kapitän.« Seine Stimme war auch draußen an Deck gut zu vernehmen. Jedermann sollte verstehen, dass der Kapitän der PILAR bewaffnete Kerle an Bord lassen wollte, die bereits einen aus der Mannschaft schwer verwundet hatten. »Was die von uns wollen, weiß ich nicht. Ich werde Sie unterrichten. Leisten Sie keinen Widerstand, Sie könnten dabei getötet werden. Lassen Sie die Männer an Bord kommen.« Er schaltete das Mikrofon ab.

»Wissen Sie wirklich nicht, was die wollen, Kapitän?«, fragte Lange vom Rad her.

Söderbaum richtete sich auf und stemmte die Hände in die Hüften. »Sie hätten noch nicht mal das letzte Manöver gefahren, Lange, Sie verdammter Klugscheißer.«

»Und Sie haben einen Mann fast hopsgehen lassen, Kapitän.«

»Irgendwann knöpfe ich mir Sie mal vor, Lange. Sie stinken mir gewaltig. Kadek, übernehmen Sie das Ruder! Kurs 214, *speed* zehn Knoten. Und jetzt setzen Sie ein QST ab, Lange: Die PILAR wird von Piraten geentert. Ich informiere den Reeder über den roten Knopf.«

Eine der Neuerungen, mit der Luten Lange sich beim Besuch eines Beluga-Frachters in Bremen nach seiner Rückkehr und dem Auftrag aus Rotterdam vertraut gemacht hatte, war ein irgendwo an Bord versteckter Sender, der von der Brücke aus betätigt werden konnte, um den Reeder über einen Notfall wie diesen zu informieren – automatisch und mit allen nötigen Angaben: Schiffskennung, Position, Geschwindigkeit und Kurs.

Lange hatte nicht die Absicht, den Befehl zu befolgen. In seinem früheren Job wäre er dafür vor ein Kriegsgericht gestellt und verurteilt worden. Jetzt bestätigte er laut: »QST absetzen. Die PILAR wird von Piraten geentert.«

Während der Kapitän den roten Knopf drückte und dann in die Nock trat, setzte sich Lange an das Mikrofon in der Funkecke, ohne es einzuschalten. »*Attention all shipping. The Dutch ship* PILAR *is entered by pirates. Our position is 8°52'north and 77°09'west.*« Er wiederholte die Meldung laut ein zweites Mal, sodass auch Söderbaum in der Nock sie hören konnte, und notierte sie als gesendet in der Kladde.

Bei zehn Knoten Fahrt näherten sich die Begleiter schnell von beiden Seiten.

»Ich würde mit der Fahrt ganz runtergehen, Kapitän Söderbaum!« Lange wusste, dass er den Kapitän mit diesem Vorschlag erneut reizte.

Aber es gab keine Alternative. Bei zehn Knoten würden die Begleiter sehr schnell merken, dass sie nicht entern konnten und vermutlich wieder das Feuer eröffnen. Und dann würde geschehen, was van Oudevaart unter allen Umständen verhindern wollte: Die Mannschaft wäre in höchster Gefahr.

»Scheiße«, fluchte Söderbaum. »Aber Sie haben recht, Lange. Kadek, Maschine stopp.«

Der Javaner bediente den Maschinentelegrafen, und John-John bestätigte von der Maschine her Söderbaums Befehl. Die Sonne stand zwei Finger breit über der Kimm und einer sanften See, die rot glänzte. Zwei Windstärken. Deutlich voraus wie Scherenschnitte die Berge der Küste von Panama. Cabo Tiburón mit seinen zwei Leuchtfeuerblitzen kam gerade noch durch.

Die Piraten mussten jetzt hören, dass die Maschine gestoppt war, und sehen, dass die PILAR an Fahrt verlor.

Schneider, mit einem Pflaster über der Braue, kam wieder nach oben auf die Brücke. Er klang rau. »Tut mir leid, Kapitän, aber Ketut ist unten verblutet. Sein Brustkorb ist Matsch. Wenn ich die Hunde erwische ...«

Sie schwiegen alle, die Maschine war im Leerlauf ungeheuer laut zu hören. Tassen klapperten neben der Kaffeekanne.

»Die kaufe ich mir«, zischte Söderbaum gefährlich leise.

Schneider ging in die Backbordnock. Er trug ein frisches Oberhemd.

»Kommen Sie her, Lange«, rief Söderbaum. »Der Erste da im ersten Boot scheint der Boss zu sein.«

Die Löschtrupps auf der PILAR hatten ihre nutzlosen Schläuche aufgerollt und standen abwartend an den Luken. Über den toten Ketut hatte jemand eine Plane geworfen. Niemand bewegte sich, als ein Wurfanker an der Steuerbordreling einhakte und der erste Mann an Bord kletterte. Ein Gewehr über dem Rücken. Ein Tuch um den Kopf gebunden, Tarnhosen, Stiefel, ein T-Shirt.

Lange fürchtete einen Augenblick lang, dass die Männer der PILAR – trotz des Befehls des Kapitäns – über den Mann herfallen könnten. Ein Marlspieker, ein schwerer Schraubenschlüssel konnten aus dem Hinterhalt einen Mann schnell kampfunfähig machen.

Doch der Einsteiger rechnete wohl damit. Er hielt die Mündung seiner entsicherten Waffe auf die Seeleute gerichtet und trat zur Seite, um sieben weitere Piraten an Bord zu lassen. Die brauchten sehr viel länger als er, trugen Jeans und Sandalen, nahmen ihre Gewehre ungeschickt in die Hände und entsicherten sie nicht, als sie an Deck standen. Vermutlich waren sie den Umgang mit Waffen nicht gewohnt.

Lange kannte die Waffen. Das M1 war das Sturmgewehr der US-Infanterie gewesen und nach der Umrüstung der Amerikaner auf Schnellfeuergewehre auf dem internationalen Waffenmarkt gelandet. Warum sollten Amerikaner mit ihren alten Gewehren nicht genauso Geld machen wie die Russen? Gierige Käufer für bewährtes Kriegsmaterial fanden sich überall.

Er sah jetzt drei der Piraten sich dem Niedergang nähern, die anderen blieben an Deck. Von Backbord her meldete Schneider das Aufentern von weiteren acht Männern aus zwei Booten. Die drei, die auf der Brücke standen, sahen erfahren aus. Ihre entsicherten Waffen hielten sie oberhalb der Hüfte straff am Gewehrriemen, die rechten Zeigefinger lagen über dem Bügel, die Mündungen zeigten auf Söderbaum, Schneider und Lange, die mit erhobenen Händen nebeneinander standen. Zwei der Piraten waren um einssechzig groß, etwa 65 Kilo schwer, schwarzhaarig, trugen Sandalen, Jeans, T-Shirts, Halstücher und grünschwarz verblichene Baseballkappen. Der dritte mit dem Tuch um den Kopf rieb sich seinen kurzen Schnauzbart. Flinker Blick, ein entsichertes Gewehr. Er war als Erster aufgeentert, schien älter als die anderen, war also vermutlich der Anführer. Keine besonderen Kennzeichen: Routinebeobachtungen für Lange.

Der Javaner am Ruder blickte über die rechte Schulter zum Kapitän, als erwarte er von ihm einen neuen Befehl.

Der Anführer postierte sich vor der Rückwand des Ruderhauses vor dem Schwarzen Brett mit den *standing orders* des Kapitäns. Seine beiden Begleiter hatten die Nocks besetzt, kontrollierten damit die Brücke und zielten auf den Kapitän und seine beiden Offiziere.

Söderbaum rückte seine Mütze zurecht, die er gerade noch aufsetzen konnte, ehe die drei Piraten auf der Brücke erschienen waren. Es fehlt nicht viel, dachte Lange, und er grüßt sie durch Anlegen der Hand an den Mützenschirm.

»Wir übernehmen Ihr Schiff. Widerstand ist sinnlos. Wo sind Ihre Waffen?«

Wie Lange erwartet hatte, sprach der mit dem Tuch um den Kopf. Amerikanisches Englisch, sehr kehlig. Der Mann ließ Söderbaum keine Sekunde aus dem Blick.

»Wir haben keine Waffen an Bord. Außer Seenotrettungspistolen in den Booten und hier im Schapp.« Söderbaum wollte einen Schritt vortreten, ein Zucken der Gewehrmündung hielt ihn zurück.

»Du da, gib mir die Pistole.« Das war an den Rudergänger gerichtet.

Kadek ließ die linke Hand auf dem Rad liegen, zog mit der Rechten die oberste Lade auf und hielt dann die Pistole zwischen Zeigefinger und Daumen in Brusthöhe.

»Fallen lassen!«

Sie knallte auf den Boden.

»Schieb sie mit dem Fuß rüber!«

Der Javaner drehte sich um. Anders als die meisten Männer auf der PILAR trug er keine Sportschuhe, sondern Kunststoffflipflops, die ein Riemchen zwischen großem und nächstem Zeh locker in Position hielt. Doch schubste er die Pistole nicht genau auf den Sprecher zu, sie blieb einen Meter links neben ihm liegen. Der Mann ging in die Knie, hielt den Oberkörper gerade und die Gewehrmündung weiter auf Söderbaum gerichtet, hob die Pistole blitzschnell auf und schob sie sich unter seinem T-Shirt in den Gürtel.

»Also drei Pistolen«, sagte er. »Wenn Sie gelogen haben und wir mehr finden, erschießen wir für jede weitere Waffe einen Ihrer Männer.« Und dann bellte er in schnellem Spanisch auf den Mann in der Nock an Backbord ein. »Sag Ignacio, die Männer sollen die beiden Rettungsboote durchsuchen und dann die Kammern. Und unten den Steuerstand an der Maschine. Bringt alle Waffen, die ihr findet, auf die Brücke!«

Söderbaum sah seine beiden Offiziere an. »Spricht einer von Ihnen Spanisch?«

Schneider schüttelte den Kopf und zuckte in Richtung Söderbaum mit den Schultern. »Sie wissen ja, sogar mein Englisch taugt nicht viel. Ich habe schon mit dem Deutschen Probleme.«

»Sie reden nur Englisch miteinander, verstanden!«

Der Anführer versteht sein Geschäft, dachte Lange. Und zuckte ebenfalls mit den Schultern.

»Sie können Ihre Hände runternehmen!«, sagte der Anführer auf Spanisch.

Doch diesen Trick hatte Lange erwartet. Er ließ, wie die beiden anderen, die Hände oben. Niemanden ging es etwas an, dass er Spanisch wie Englisch beherrschte. Der Anführer war auf jeden Fall einer, mit dem man rechnen musste, und ganz bestimmt kein Anfänger. Wie er verhielten sich ausgebildete Kämpfer, keine Fischer. Der Anführer hatte Ketut getötet, ehe er an Bord kam, und würde sicherlich auch weitere töten. Aber würden das auch die beiden anderen?

»Nehmen Sie die Hände runter und machen Sie keine Dummheiten. Wir werden Ihre Männer jetzt einsperren.«

Diesem Befehl auf Englisch folgten die drei und massierten ihre steifen Arme. Besser nicht vom Fleck bewegen, entschied Lange für sich.

»Was wollen Sie von uns?«, meldete sich Söderbaum jetzt. »Unsere Ladung? Wir sind fast leer, laufen nur noch Turbo an mit zwölf Maschinen für Kühlhäuser. Und die meisten von der Crew haben in Barranquilla ihre Heuer nach Hause überwiesen. Wir haben gerade mal 2000 Dollar an Bord.«

Lange hörte genau hin. Er kannte Situationen, in der für weniger Geld Besatzungen getötet worden waren.

»Capitán Söderbaum, stimmt's? Poul Schneider ist der Erste, Luten Lange ist Ihr Zweiter Offizier. Bootsmann Wilkens geht gerade zusammen mit der Crew in seine Kabine. Und John-John, Ihr Chief, tut unten genau das, was wir ihm sagen.«

»Sie sind gut informiert.« Söderbaum schwieg.

Er sollte mehr mit dem Anführer reden, dachte Lange. Je mehr ein Mann redet, desto besser lernt man ihn kennen. Und wenn man auf bestimmte Zeichen achtet, merkt man, wo und wann er nicht aufpasst.

Plötzlich waren Schritte zu hören, Leder auf Eisenplatten. Von unten eine Stimme auf Spanisch: »Eh, José, der Mann ist wirklich tot, der Idiot. Wir werfen ihn über Bord. Ist das okay?«

Lange reagierte nicht. Söderbaum und Schneider sahen sich fragend an.

»Hängt ein Stück Eisen an ihn dran, dann ist er schneller weg«, antwortete der Angerufene auf Spanisch.

Er hieß also José. Mit ihm war abzustimmen, was getan werden sollte. Luten fand seine Ahnung bestätigt, José war der Anführer, denn er hatte den Mut gezeigt, als Erster an Bord zu klettern. Söderbaum und Schneider hatten den Satz nicht verstanden, auch Lange blickte nur so vor sich hin. Aber jetzt einzugreifen hätte bedeutet zu verraten, dass Luten verstand, was die Piraten untereinander besprachen und vorhatten.

»Wie heißen Sie, wie sollen wir Sie anreden? Sie sind doch der Boss, oder?«, fragte Söderbaum.

Der Mann reckte sich fast unmerklich und nickte. »Ja. José reicht für Sie. José, nur José. Wir wollen Ihr Schiff!«

Also doch, dachte Lange. Es war genau das eingetreten, was in Rotterdam befürchtet worden war.

»Und woher kennen Sie uns?«

»Sie lagen lange genug in Barranquilla.«

»Zwei Tage.«

»Das reicht.«

»Moment«, entgegnete Söderbaum sofort. »Dann haben also Sie Putu, Wayans Enkel, gekidnappt, und er war deshalb beim Auslaufen nicht an Bord.«

Söderbaum kannte jeden seiner indonesischen Männer bei Namen, auch so ein Mitbringsel aus Marinetagen. Auf manchen Handelsfahrern gab es Kapitäne, die jeden aus der Mannschaft nur mit »du da« anredeten.

Kein Lächeln bei José. Lange war sich nicht ganz sicher, ob die beiden anderen Kumpane dem Wortwechsel gefolgt waren. Ihre Gesichter verrieten nichts. Die Gewehrmündungen blieben auf ihn und Schneider gerichtet.

»Putu ist in Barranquilla gut aufgehoben, machen Sie sich um den keine Sorgen. Wir wollen Ihr Schiff. Und das werden Sie genau dahin bringen, wo wir es haben wollen.«

»Was wollen Sie mit Kühlmaschinen anfangen?«

»Es gibt einen Markt für alles. Jetzt aber erst mal das Geld, das Sie an Bord haben. Und dann das Schiff!«

»Es ist zwölf Jahre alt, Señor José.«

»Na und ... Ich sage Ihnen, wohin Sie es führen werden.«

»Sie kennen unseren Tiefgang? 6 Meter 50 in diesem Wasser!«

»Putu hat von seinem Großvater viel gelernt. Und sich erinnert. Außerdem kann man alle Daten schnell bei Lloyd's finden.«

»Ach«, machte Söderbaum nur.

6 Meter 50 in tropischem Sommerwasser, genau. Länge über alles 140 Meter, Breite 21 Meter. Durchschnittliche Reisegeschwindigkeit 18 Knoten, maximal 22 Knoten. 13 Mann Besatzung, dabei einen Chief, einen Zweiten Ingenieur, einen Elektriker, einen Oiler und einen Wiper und die beiden Offiziere. Einer von denen kam erst in Ponta Delgado auf den Azoren an Bord.«

Lange war verblüfft. Der junge Javaner Putu musste viel geredet haben, aber dieser José hatte sicherlich noch andere Quellen genutzt. Der Überfall auf die PILAR war offensichtlich von langer Hand vorbereitet worden. Lange faltete langsam die Arme vor der Brust. Noch war er sich nicht sicher, was eine schnelle Bewegung bei seinem Bewacher auslösen würde. Was José da von sich gab, war nicht das, was man seit Somalia von Männern kannte, die Schiffe aufbrachten und Besatzungen internierten.

Kapitän Söderbaum nickte jetzt, auch er war beeindruckt.

»Wir werden verhindern, dass es hier auf der Brücke zum Blutvergießen kommt. Die Handschellen und dann an die Reling mit den beiden«, befahl José.

Wieder ließ Lange sich nicht anmerken, dass er den spanischen Satz verstanden hatte. »Die beiden«, das waren Schneider und er, wie die Bewegung von Josés Gewehrmündung bestätigte.

Lange spürte, wie sich plötzlich Schweiß unter seinen Achseln sammelte. Er presste die Zähne aufeinander und versuchte tief durchzuatmen, wie er es in den vielen Sitzungen mit Dr. Thedens gelernt hatte: *Du kannst den Film von damals jederzeit stoppen, es ist vorbei, die beiden haben ihren Frieden, das alles liegt hinter dir, als hättest du es nie erlebt. Lass es nicht mehr an dich ran. Atme aus, öffne die Augen, nimm wahr, was du jetzt siehst. Gerade jetzt. Und hier. Nur auf diesen Augenblick kommt es an.*

Lange sah, wie sein Bewacher das Gewehr über die rechte Schulter schob und ihn zu sich winkte. Aus der linken Tasche der Jeans angelte der Kerl ein Paar Handschellen und hieb Lange unvermittelt mit der Faust zwischen die Schulterblätter, sodass dieser nach vorne gegen die Reling stolperte, die innerhalb der Brücke unter dem Fenster entlanglief. Dann zog er Langes Arme nach vorn, klickt die eine Schelle ein, stutzte aber, als er die Narbe an Langes linkem Handgelenk und am rechten unter der Ärmelmanschette sah.

»Eh, *hombre*, du hast wohl öfter mit den Bullen zu tun gehabt?«, fragte er auf Spanisch, ließ die Kette über die Reling gleiten und legte Langes rechtes Handgelenk in die zweite Schelle.

Es waren dieselben teuflischen Dinger wie damals unter der Straßenbrücke am Baum, die sich bei jeder kräftigen Bewegung zusammenzogen und ihm die Handgelenke blutig gerissen hatten, damals … an dieser Küste …

Der Pirat roch nach Schweiß und Ingwer und Knoblauch und fesselte jetzt Schneider auf dieselbe Weise an die Reling. Sie beide konnten gerade stehen, frei nach vorn aufs Vorschiff blicken und sich ein paar Schritte nach links und rechts bewegen. Kadek, den Rudergänger, fesselte er jedoch mit dem Fuß an die Steuersäule.

Damit war nur noch Kapitän Söderbaum auf seinem Schiff mobil, von der Crew war niemand mehr zu sehen und vermutlich zusammen mit dem Bootsmann eingeschlossen und ebenfalls gefesselt worden. Der Tote war über Bord gegangen, und der Chief und seine Männer hantierten unten wahrscheinlich direkt vor Gewehrmündungen.

José warf sein M1 dem Mann in der Backbordtür zu und winkte Söderbaum an die Karte. Lange musste sich nach rechts drehen und spürte den ersten verengenden Zug in der Schelle, während er auf die Karte blickte: aus einem ungewöhnlichen Winkel, von oben her, nicht von unten.

»Dahin wollen wir.«

Josés Zeigefinger lag auf einem Punkt der Küstenlinie von Panama, es sah wie willkürlich gewählt aus.

»Da gibt es keinen Hafen, Señor José.«

»Brauchen wir nicht.«

»Ich habe keine genaue Karte von diesem Teil der Küste.«

»Brauchen Sie nicht. Wir kennen uns da aus. Punta Escosés.«

»Und wenn's da Untiefen gibt? Ich werde mein Schiff dort auf Grund setzen!«

»Das werden Sie nicht, glauben Sie mir. Sie haben dort zehn Meter Wasser.«

José knöpfte die linke Hosentasche auf und zog einen kleinen Zettel hervor, den er auf die Karte legte. »Das sind die Koordinaten unseres Ziels, Capitán. Und genau dahin werden Sie uns bringen.«

»Und wenn ich mich weigere?«

»Dann wird uns Ihr Erster dahin bringen. Und wenn der nicht will, der Zweite. Unsere Fischer können mit Ihren Seekarten nicht umgehen, aber sie wissen genau, wann wir am Ziel sind.«

»Haben Sie das gehört?«, Söderbaum sprach Deutsch und sah zu seinen beiden gefesselten Offizieren hinüber.

»Nur Englisch reden, Capitán. Sonst …«

Ein Bewacher hob die Gewehrmündung.

»Machen Sie's, Kapitän«, beschwor ihn Lange. »Was bleibt uns anderes übrig?«

»Sie haben doch das QST abgesetzt, Lange?«

»Natürlich, einen Notruf an alle«, log Lange. Er hatte Söderbaums Befehl klar missachtet, um die Anweisung aus Rotterdam zu erfüllen, im Falle eines Überfalls kein Aufhebens zu machen.

Jetzt lachte José laut. »Das wird Ihnen nicht viel bringen. Wir sind in 80 Minuten am Ziel, und das nächste Schiff braucht zweieinhalb Stunden bis zu uns!«

»Die Coastguard könnte uns mit Hubschraubern suchen.«

»Die panamaische oder die kolumbianische? Die *americanos* sind nicht mehr am Panamakanal. Erwarten Sie also keine Hilfe aus der Luft. Und wenn? Dann werden wir Sie draußen in der Nock fesseln. Niemand wird dann wagen, die PILAR zu entern, um Sie zu befreien. Also, machen Sie einfach, was wir wollen.«

Lange meldete sich wieder. »Das würde ich Ihnen auch raten, Kapitän. Einen Mann haben wir schon verloren. Wie viele wollen Sie noch riskieren?«

Söderbaum blickte von der Karte hoch, den Zirkel und das Lineal in den Händen. »Auf Ihren verdammten Rat kann ich gern verzichten. Sie haben ja wohl genug Dreck am Stecken, Lange, wie Ihre Handgelenke jetzt verraten. Darum tragen Sie also auch bei der größten Hitze langärmelige Hemden.«

»Sie irren sich, Kapitän.«

Der schüttelte nur den Kopf, beugte sich über die Karte, richtete das Lineal aus und zog einen Strich über das Papier.

»Rudergänger, neuer Kurs ist 240° am Kompass.«

»244° liegt an, Sir.«

»Gut so.« José hatte zu der Anweisung genickt. »Und dem Chief da unten sagen Sie, er soll volle Kraft fahren, Capitán.«

»Dann haben wir bald leere Tanks.«

»Na und? Wo kommt denn das Öl her, wenn nicht von uns hier?«

Während Söderbaum den neuen Kurs mit ein paar Bemerkungen ins Logbuch eintrug, trat José zu den beiden Gefesselten ans Fenster. Die Gewehrmündungen der beiden Bewacher blieben auf Lange und Schneider ausgerichtet.

»Sie sind doch der Zweite, Señor Lange, und für den Funk verantwortlich? Dann überlegen Sie doch schon mal, wie Sie gleich den Reeder erreichen, um ihm mitzuteilen, dass wir zwei Millionen Dollar von ihm haben wollen. In gebrauchten Scheinen. Details später.«

»Wäre das nicht Sache des Kapitäns?«, fragte Lange zurück.

José grinste und strich sich über das Kinn. Er trug in der Mitte unter der Unterlippe einen schmalen Streifen Bart. »Wie Sie wollen. Sie haben sicher Ihre Vorschriften.« Dann wandte er sich an Söderbaum: »Sie werden also den Reeder anrufen und mit ihm nur Englisch reden. Wenn Sie einen Trick versuchen, schießen wir Ihnen ins linke Knie, beim zweiten Mal ins rechte.«

Söderbaum nickte. Immer wenn er mit van Oudevaart in Rotterdam gesprochen hatte, war die Verbindung von Lange hergestellt worden. Aber José machte keine Anstalten, Lange freizugeben, der noch immer an den Handlauf gefesselt war.

»Sie stellen auf Lautsprecher, wir wollen mithören.«

»Es ist 19 Uhr vorbei in Europa. Der Reeder ist vielleicht nicht mehr in seinem Kontor.«

»Wirklich? Geht er so früh? Dann nehmen Sie seine Privatnummer. Oder sein *mobile phone.* Die haben Sie als Kapitän.«

Söderbaum hatte geblufft. In Europa war man nur fünf Stunden weiter, José kannte also die Zeitzonen nicht, dachte Lange. Aber würden sie aus dem Nichtwissen des Anführers Gewinn ziehen können?

Söderbaum hockte sich in die Funkecke, legte einen Hebel um, elektronisches Sirren füllte die Brücke, er gab die lange Nummer ein. Und dann begann ein ewiges Warten.

Lange versuchte Söderbaums Blick zu fangen, aber der wich ihm aus. »Ich hätte die Verbindung schneller hergestellt«, sagte er laut. Kommunikation gehörte zu den wichtigen Aufgaben des Zweiten Offiziers.

Dass es Söderbaum war, der den Reeder im Falle einer Kaperung anrief, war zwischen Luten Lange und Willem van Oudevaart nie besprochen worden.

»Reden Sie mir nicht dazwischen«, gab Söderbaum zurück.

José lauschte überaus aufmerksam, wie Lange merkte. Die Gewehrmündung zeigte immer noch auf Söderbaums linkes Knie. Schüsse in die Knie waren irische Erfindungen. Lange hatte ein paar zerschossene Gelenke gesehen, damals in Irland. Seine Ausbildung ließ nichts aus. Wenn der Angeschossene sehr viel Glück hatte, behielt er ein steifes Bein. Wenn der Arzt zu spät kam, blieb meist nur noch die Amputation.

Lange erkannte am wechselnden Summton im Lautsprecher, dass die Verbindung zu van Oudevaarts Telefon endlich stand. Der Notruf der PILAR hatte die Reederei in Rotterdam sicher in Aufregung versetzt. Dort war es jetzt zwölf Uhr. Wenn van Oudevaart im Kontor war, war er als Reeder für seine Kapitäne zu sprechen – natürlich nur für sie, nicht für die Schiffsoffiziere oder gar die Mannschaften.

Lange hatte von van Oudevaart aber auch Telefonnummern genannt bekommen, unter denen dieser außerhalb seines Kontors immer zu erreichen war: »Prägen Sie sich die ein, ich möchte nicht, dass Sie sie notieren, Herr Lange. Aber geben Sie sie auf keinen Fall weiter, auch nicht an meine Kapitäne.« Sofort hatte Luten die drei Nummern ohne zu zögern oder sich zu verhaspeln wiederholt. »Sehr gut, Sie überraschen mich immer wieder.«

Jetzt klang ein Räuspern aus dem Lautsprecher, und dann erkannte Lange van Oudevaarts Stimme: »Ja, bitte?«

So meldete der Besitzer einer der ältesten niederländischen Reedereien sich immer am Telefon – seltsamerweise auf Deutsch. Wenn sein überraschter Partner dann in seiner Muttersprache nachfasste, wechselte van Oudevaart ebenfalls. Er beherrschte ein halbes Dutzend europäische Sprachen und konnte sogar in Bahasa Indonesia leidlich parlieren.

Söderbaum schien öfter mit ihm telefoniert zu haben, denn er hielt sich nicht mit einleitenden Floskeln auf, sondern kam sofort zur Sache: »Ich muss Englisch mit Ihnen sprechen, Mr. van Oudevaart. Hier ist Söderbaum von der PILAR. Wir stehen 15 Seemeilen südöstlich vom Punta Escosés, nördlich vom Golf von Urabá. Unser Schiff ist in den Händen von Piraten. Wir haben einen Toten, Ketut. Der jüngste Mann an Bord, Putu, ist in Barranquilla gekidnappt worden, wie wir jetzt wissen. Wir hatten seine Abwesenheit schon damals nach Rotterdam gemeldet. Um die PILAR wieder freizubekommen, wollen die Herren zwei Millionen Dollar in bar und in gebrauchten Scheinen. Ich melde mich mit Einzelheiten wieder.«

»Halt, Kapitän Söderbaum, so schnell …«

»Señor, das war alles. Wir sagen Ihnen morgen, wie Sie uns das Geld zukommen lassen.« José hatte Söderbaum zur Seite geschoben und selber ins Mikrofon gesprochen.

»Ich will, dass der Mannschaft nichts geschieht.« Van Oudevaart klang so gelassen, als würde er jeden Tag ein ähnliches Problem lösen. »Melden Sie sich morgen um zwölf Uhr *universal time*. Söderbaum kennt die Nummer. Wer ist der Tote? Luten Lange?«

»Nein, Ketut, Vollmatrose aus Bali«, rief Söderbaum über Josés Schulter hinweg.

»Ich kümmere mich drum. *Over and out.*«

Ein Knacken. Dann hing nur noch das Sirren des Weltraums auf der Brücke und verstummte, als Söderbaum den Schalter umlegte.

José hängte sich das Gewehr über die linke Schulter. »Und nun führen Sie die PILAR genau in die Bucht hinter Punta Escosés, Capitán. Man erwartet sie schon.«

»Ich kann das nicht allein, Sie müssen meine Männer schon wieder loslassen.«

»Warten Sie ab, Capitán!« Josés Augen blieben unbewegt und kalt.

Söderbaum kramte in den Schapps unter dem Kartentisch und hob dann fluchend wieder den Kopf. »Von dieser gottverlassenen Gegend gibt's nicht mal eine gedruckte Karte zur Ansteuerung.«

Er musste sich nun ganz und gar auf die elektronische Karte verlassen, er, der das traditionelle Arbeiten mit Bleistift, Zirkel und Dreiecken genauso liebte wie sein Zweiter Offizier. Lange und Schneider standen immer noch gefesselt und von den drei Bewaffneten bewacht an der Reling und schauten voraus. Lange versuchte ein Flüstern.

Aber José fuhr sofort mit lauter Stimme dazwischen:

»Sie halten den Mund, Señores. Ich mache sonst mein Versprechen wahr.«

Lange blickte stur geradeaus. Das also war die karibische Küste des östlichen Teils von Panama, die die Morgensonne im Steigen vor ihnen aufbaute. Schwarzblaue Silhouetten, die sich in Schichten hintereinander auflösten, je weiter weg, desto heller. Bergketten, keine höher als 1000 Meter, unregelmäßig gezackt, nein gerundet, und vermutlich bis in die Spitzen bewaldet. Urwald, Regenwald. Kaum Siedlungen. Kaum Straßen. Flussläufe teilten die Flanken der Berge, die zum Meer abfielen.

An diesem Teil der Küste hatte Lange noch nie etwas zu tun gehabt. Die San-Blas-Inseln kannte er und auch die Bocas del Toro weiter westlich.

Das Land, auf das die PILAR jetzt mit 18 Knoten zusteuerte, war vermessen und kartografiert. Aber wen interessierten solche Karten? Die Panamericana, die eigentlich von Alaska bis Feuerland durchlief, endete hier irgendwo vor der sogenannten Lücke des Darién. Ein praktisch undurchdringlicher Dschungel trennte Panamas Osten von Kolumbiens Nordwesten. Ein gewaltiger Landstrich von Bergen und Sumpf. 1972 hatte die britische Armee eine Expedition von 30 Mann ausgerüstet, die mit zwei Range-Rovern die Lücke durchqueren sollte. Noch in seiner eigenen Ausbildung, mehr als 15 Jahre später, hatte Lange den Bericht von Major John Blashford-Snell studieren müssen zum Thema »Das Überleben in und Durchqueren von einem gebirgigen Regenwald«. Der Major hatte damals die Expedition abgebrochen.

Punta Escosés, schottischer Punkt, schottisches Kap? Vermutlich waren dem ersten Kartografen dieser Küste die Namen ausgegangen, vergleichbar den ersten Entdeckern der Südsee. Und so war dieses Kap wohl eher aus Verlegenheit zu seinem Namen gekommen.

»Es ist nicht nur ein Kap«, meldete sich Kapitän Söderbaum plötzlich vom Schirm her, »der Schirm zeigt hier hinter dem Kap eine längliche Bucht.«

»Ihr Liegeplatz, Capitán. Sie werden die PILAR um das Kap und die Siedlung Sukunya herumführen und in der Bucht ankern. Dort haben Sie genügend Wasser unter dem Kiel und sind vor allen Winden geschützt. Die Siedlung ist verlassen, meine Freunde haben dafür gesorgt.«

Also ist die ganze Aktion lange vorbereitet worden, stellte Lange erneut fest.

Söderbaum hatte für die Arbeit am Bildschirm seine Mütze endlich abgenommen. Lange hörte ihn vor Überraschung pfeifen.

»Die Bucht ist etwa drei Meilen tief und etwa eine Meile breit und läuft von Nordwest nach Südost. Den Eingang schützt eine kleine Insel. Links und rechts sind Bergzüge.«

»Sie sind dort sicher aufgehoben.« Josés Bemerkung klang kalt.

»Zuerst mal brauche ich meine Männer, wir müssen ankern.«

José verschwand im Gang zu den beiden Räumen des Kapitäns und zum Niedergang, und dann hörte man ihn nach Ignacio rufen. Es gab einen kurzen Wortwechsel, den Lange nicht verstand, und dann kehrte José zurück.

»Wir werden keinen Ihrer Männer töten. Wir haben wirklich nur die drei Seenotpistolen gefunden. Ignacio kommt mit drei Männern aufs Vorschiff, wenn wir das Kap runden. Dann können Sie ankern, Capitán.«

Voraus konnte Luten jetzt die Brandung als weißen Streifen erkennen vor der ungegliederten Wand des Waldes, der vermutlich bis ans Wasser reichte. Söderbaum wäre verrückt, wenn er die Einfahrt in die Bucht allein schaffen wollte, dachte Lange.

Da meldete sich der Kapitän auch schon wieder: »Ich brauche meine Offiziere, Señor. Wir müssen die Tiefe und die Distanzen ständig kontrollieren. Oder Sie haben nichts mehr von dem Schiff. Denn wenn es hier auf Grund läuft, holt es niemand mehr runter. Und wer wird Ihnen dann Lösegeld zahlen?«

José sah kurz auf den Schirm und nickte dann einem Bewacher zu, der Lange und Schneider von den Handschellen befreite. Beide rieben sich die Handgelenke.

»Sie gehen ans Echolot, Schneider. Sie peilen die Einfahrt und die Ufer, Lange. Ich fühle mich hier mit der PILAR überhaupt nicht wohl ohne Karte.«

Als Schneider die ersten Tiefen aussang, wurde Söderbaum ruhiger. »Wir gehen mit der *speed* runter, Señor.«

Das nahende Land schichtete sich neu, die Insel vor der Bucht löste sich vor dem dunkelgrünen Hintergrund. Lange nahm das Glas und sah, wo die Brandung eine Passage ließ.

»Der Punkt liegt genau voraus, laufen Sie fünf Grad nördlicher, dann kommen wir klar.«

Irgendwann erschien Wilkens mit drei Männern im Vorschiff, von drei Gewehrträgern begleitet und bewacht.

Söderbaum beugte sich wieder nach vorn über das Mikrofon: »Wilkens, machen Sie den Anker klar. John, *dead slow* voraus. Wir laufen in die Bucht. Schneider, die Tiefe?«

»30 Meter, langsam abnehmend.«

Auf Söderbaums Hemd zeigten sich Schweißflecken. So dicht unter Land war es schwülheiß geworden. Aber die Hitze erklärte Söderbaums Verspannung nicht. Barranquilla mit seiner schmalen Einfahrt hatte er meisterhaft bewältigt – mithilfe eines Lotsen. Jetzt war er allein für das Einlaufen verantwortlich – ohne Karte und vor den Gewehrläufen dreier Männer, die jedes Wort verfolgten und ihre Gewehre immer noch entsichert hatten.

Luten roch Land, dieses Duftgemisch von Salz, Kokos, feuchtem Sand und Moder. Der Wind schüttelte die Bäume am Ufer und strich eine Spur hinterlassend die Bergflanken hoch. Im Glas zeigte sich kein Haus, keine Siedlung, kein Boot. Ein Ufer wie nie betreten, eine Bucht wie gerade entdeckt, grün bewachsene Berge, die aus unendlicher Höhe steil ins Meer fielen. Wasserfälle wie weiße Fäden am Festland, ruhiges Wasser, als sie das Kap gerundet hatten.

»20 Meter Tiefe und schnell abnehmend«, meldete Poul Schneider.

Söderbaum reagierte schnell: »Maschine stopp.«

»18, 15, 13 Meter.« Die Stimme des dänischen Ersten blieb gelassen.

»Keine Fahrt mehr voraus«, meldete Lange von seinem Peilkompass aus, als der Erste zehn Meter aussang.

»Lass fallen Anker.« Söderbaums Stimme krächzte aus dem Lautsprecher im Vorschiff.

Wilkens und seine Männer gaben die Winsch frei und traten zur Seite. Und dann lag, am Samstag, 8. März, 10.00 Uhr Bordzeit, die PILAR der Rotterdamer Reederei van Oudevaart in der Bucht hinter Punta Escosés auf 8°50' Nord und 77°37' West an der panamaischen Karibikküste gekapert vor Anker.

So wie es der niederländische Reeder befürchtet hatte.

Zwei

Die drei Bewacher wären leicht zu töten. Aber dann? Der Chief, sein Zweiter Ingenieur und Luten Lange hätten die PILAR nur mit Mühe wieder in Fahrt bringen können. Söderbaum, Schneider, Wilkens und die Crew waren an Land geschafft worden, nachdem die PILAR bei zehn Metern Tiefe in der Bucht von Punta Escosés vor Anker gegangen war.

José, der Anführer, war sofort mit dem ersten der Boote verschwunden, welche die PILAR hinter sich her schleppte, und hatte das Kap mit unbekanntem Ziel gerundet. Dann war Ignacio der Chef. Lange fand ihn nervös und unsicher, doch der Mann ließ keine Zweifel an seiner Entschlossenheit aufkommen, jeden Versuch der Mannschaft zu ersticken, die PILAR zurückzuerobern. Er befahl, an Deck zu sammeln, und erklärte in sehr gebrochenem Englisch, dass die gesamte Mannschaft bis auf die drei und ihre Bewacher an Land gebracht würden: »Wenn ihr nicht gehorcht, ich bestrafe – Schüsse linkes, rechtes Knie. Wenn Geld da, ihr frei. Keinen Unsinn machen, sonst …« Er schoss über die Reling in Richtung Land. »Verstanden?«, schnappte er noch nach.

»Wir werden Ihnen keinen Anlass geben, einen von uns zu töten«, antwortete Söderbaum langsam und laut.

Aber Lange war sich nicht sicher, ob der »*jefe*« so viel von diesem Englisch verstand, das sehr britisch klang. »Macht keinen Nonsense!«, fasste er Söderbaums Satz zusammen.

Ein Nicken – dann kletterte die Crew über die Reling die kurze Jakobsleiter hinunter in das erste Boot. Die Piraten stiegen in das zweite, das dritte blieb an langer Leine an der PILAR festgemacht. John-John und Nonno, sein Zweiter Ingenieur, verschwanden vor den Gewehren zweier Aufpasser nach unten in den Maschinenraum. Lange blieb allein auf der Brücke zurück. Sein Quälgeist hockte mit dem Gewehr auf dem Schoß in der Backbordnock, die offene Tür war festgezurrt und vom Brückenhaus zur Reling eine Persenning gegen die Sonne gespannt. PILAR schwoite vor Anker. Im letzten Moment ehe er von Bord ging, befahl Söderbaum noch Lange, nachts Ankerlichter zu setzen.

»Machen keine Hoffnungen auf Hubschrauber und Hilfe«, Ignacio zögerte, suchte nach dem passenden Wort, »drei Schüsse: Knie, Knie. Dann in Leber. Sterben langsam und fluchen bis letzten Atem.«

Es gab in allen zentralamerikanischen Staaten viel zu viel Gewalt, weiß Gott, und große und kleine Widerständler, Revolutionäre und Weltverbesserer und in den Karibikanrainern im Norden Südamerikas allemal. Und alle setzten mehr Vertrauen in ihre Waffen als in Worte und trainierten fleißig, Argumente mit gekrümmtem Finger auszuteilen. José parlierte mit dem, der später Langes Bewacher wurde, auf der Brücke einige Zeit auf Spanisch. Lange spielte natürlich den Unwissenden, doch während er lauschte, erfuhr er auch nicht mehr als das, was ihm der junge Kerl später in schlechtem Englisch erklärte.

»Du einmal Tag mit Schiffseigner reden. 12 Uhr Bordzeit. Englisch und Lautsprecher an. Keine anderen Kontakte. Kein Anruf antworten. Auch nicht, wenn Schiff sehen.«

José hinterließ keine weiteren Anweisungen.

»Wie heißt du?«, fragte Lange jetzt den Jungen.

»Bernardo.«

»Ich werde mich daran halten, Bernardo.«

Wer den Namen seines Gegners kennt und ihn benutzt, kann die Distanz entscheidend verringern. Nicht umsonst bleiben bei Verhören und beim Foltern die Handelnden anonym – eine der vielen Regeln, die Lange lernte, in seinem ersten Leben.

»Willst du Kaffee, Bernardo?«

»*Si, señor.*«

So klang ein einfacher Mann, der Respekt vor Älteren bewies und nicht nach ihrem Namen zu fragen wagte. Doch Lange ließ sich nicht täuschen. Es war besser anzunehmen, dass Bernardo Ignacios Anweisungen sofort ausführen würde. Er ging zum Kaffeeautomaten, der auf einem Bord neben der Tafel mit den *standing orders* des Kapitäns festgeschraubt war, und spülte zwei Tassen.

»Milch, Zucker?«

»Ja, danke, Señor.«

Es wäre ein Leichtes, Bernardo den heißen Kaffee ins Gesicht zu schütten und den Gewehrlauf zur Seite zu drehen. Ihn dann mit bloßen Händen zu töten wäre noch einfacher. Aber wohin würde das führen? Lange reichte ihm mit ausgestrecktem Arm die heiße Tasse.

»*Gracias, señor.*«

Dann schlürften sie in der Sonne ihren Kaffee. Was macht wohl die Mannschaft an Land, fragte sich Lange und behielt den bitteren schwarzen Trunk so lange wie möglich im Mund. Alle bis auf drei von Bord zu nehmen, war sinnvoll. Eine der wenigen strategischen Regeln, die überall und immer gelten, lautet: Teile und herrsche. Die drei an Bord wussten nicht, was die neun an Land taten, die an Land würden allerdings ahnen, dass John-John und der Zweite Ingenieur das Schiff fahrbereit und Funkkontakt zur Außenwelt hielten. Doch warum ließ José ihn an Bord zurück und nicht den Alten? Klar, der Zweite war für die Kommunikation zuständig, beherrschte die Geräte, aber ein einfaches Gespräch über Inmarsat zu führen schaffte jeder Kapitän. Wenn allerdings ein Gerät aussetzte? Die meisten Schiffsführer vergaßen auf dem Weg zum eigenen Kommando irgendwann, wie die Anlagen funktionierten. Den Zweiten für die Kommunikation zurückzulassen war daher vernünftig. José verstand offensichtlich seinen Job. Außerdem war eine geteilte Mannschaft eine gute Versicherung, dass die drei an Bord der PILAR nicht ankerauf gingen. Lange erinnerte sich an Söderbaums allerletzten Ruf aus dem Boot, das ihn an Land brachte: »Sie sind mir für das Schiff verantwortlich und halten es hier, Lange. Erklären Sie dem Reeder alles, der hält ja wohl was von Ihnen.«

Erinnerte Söderbaum sich dabei an van Oudevaarts Frage in dem kurzen Gespräch, ob der Tote Lange sei? Warum nur hatte der oberste Boss nicht nach Schneider oder Wilkens oder John-John gefragt, lauter Männer, die schon seit Jahren für die Reederei fuhren? Keinesfalls hätte van Oudevaart nach der Vereinbarung, die in Rotterdam getroffen worden war, nach Lange fragen dürfen. Der war als Zweiter Offizier in Ponta Delgado auf den Azoren an Bord gekommen, um Jenkins abzulösen, dessen Frau zu Hause das erste Kind erwartete und schwer gestürzt war. Lange kam mit Papieren, die in Athen beglaubigt waren, und fuhr zum ersten Mal auf einem Schiff dieser Reederei. Normalerweise kannte ein Reeder solche Neuankömmlinge natürlich nicht, aber van Oudevaart ließ sich üblicherweise immer persönlich die Papiere der Offiziere vorlegen, und so wunderte sich Söderbaum wohl nicht darüber.

Diese älteste Reederei der Niederlande war 1402 in Dordrecht gegründet worden, das damals die bedeutendste Handelsstadt der Niederlande war. Als die Oude Maas zu versanden drohte, verlegte der Enkel des Gründers sein Kontor nach Rotterdam in ein vierstöckiges weißes Haus am Hafen, das alle paar Generationen modernisiert wurde. Im ersten Stock saßen dann die Herren van Oudevaart in ihrem Kontor, und dorthin hatte der jetzige Chef des Hauses, Willem van Oudevaart, Luten Lange zum Gespräch eingeladen.

Lange füllte seine Tasse zum zweiten Mal mit Kaffee und nahm wieder auf dem Leinenstuhl Platz, während eine Brise durch die offenen Türen zog. Die leichte Brandung klatschte auf den Strand. Hinter dem Strand sah man in dunkles Blau getönte Berge, über denen sich Wolken sammelten. Kein Rauchfaden, der in flimmernde Luft stieg. Keine Dunstwolke über Baumkronen. Die Küste wirkte leer und unbewohnt. Lange rollte die Ärmel seines Hemdes hoch. Die auffallend hellen Streifen Haut am gebräunten Ansatz beider Handrücken würden wohl so bleiben. Hier in den Tropen fielen die Streifen besonders auf, im nördlichen Europa konnte er Manschetten und Sakkoärmel darüberziehen.

Dr. Thedens hatte Lange immer wieder geraten, sie nicht unter einer großen Uhr oder sonstwie zu verstecken: »Es sind Spuren Ihres Lebens, zu denen Sie stehen sollten.«

Lange hing seinen Gedanken nach und erinnerte sich weiter an das Treffen mit dem Reeder. An diesem Nachmittag des 28. Januar, einem diesigen, von Regen durchwehten Tag, Südwestwind, Stärke 6, in Böen 8, waren in dem gedämpften Licht von van Oudevaarts Kontor die Narben nicht aufgefallen. Bis an die weiße Decke dunkel getäfelte Wände, breite Fußbodenbohlen, zwei Teppiche, einer vor dem Schreibtisch, der andere vor dem Kamin, in dem Holzscheite loderten. Die Fenster in kleine Gevierte mit gewölbten Gläsern geteilt. Eine Weltkarte hinter dem Schreibtisch, Mercatorprojektion, zwei Meter breit, anderthalb Meter hoch.

Sofort entdeckte Lange die Kamera in der oberen rechten Ecke des Bücherregals und die Bewegungsmelder in der linken. Im Schreibtisch verbarg sich wahrscheinlich modernste Kommunikationselektronik, nur ein Telefon lag braun, flach und schnurlos neben einem Halter mit dickem Montblanc-Füller. Daneben wartete ein einziger Bogen Papier auf dem Schreibtisch, elfenbeinfarben und unbeschrieben.

»Sie sind also wieder im Geschäft, Commander!«

»Commander bin ich schon lange nicht mehr. Aber ich stehe zur Verfügung!«

»Dann hören Sie zu.« Van Oudevaart mochte ungefähr 25 Jahre älter sein als Lange. Wenig deutete auf seinen Reichtum hin, nur ein Siegelring am linken kleinen Finger. Der graue Einreiher sah maßgeschneidert aus, und die dunkelbraunen Schuhe stammten vermutlich aus einer englischen Manufaktur.

Lange bekam zu hören, was in Bremen im Archiv des *Weser-Kuriers* bereits über die Reederei van Oudevaart nachzulesen war: In den letzten zwölf Monaten hatte der Reeder als erster Niederländer ein Frachtschiff, die PLACIDA, von somalischen Piraten freikaufen müssen.

»Für 1,2 Millionen Dollar. Das ist auch für unser Haus keine Kleinigkeit.«

»Haben Ihre Leute das Geld selbst überbracht?«

»Nein, dafür gibt es Spezialisten.«

»Keiner Ihrer Leute hat also die Empfänger des Geldes getroffen?«

»Meine Schwester flog nur bis Mombasa in Kenia!«

»Ihre Schwester?«

»Ja, sie hält zehn Prozent der Firma. Unser Gründer war der Meinung, die Reederei solle immer nur einem Einzigen gehören. Doch jeder Eigner muss bei Übernahme zehn Prozent an seine Brüder oder Schwestern abgeben. Der Mann glaubte, diese zehn Prozent lassen sich schnell neu erwirtschaften, und das war auch der Fall im sogenannten goldenen Jahrhundert. Mittlerweile ist alles sehr viel schwieriger geworden. Aber die Regel gilt immer noch.«

»Ihre Schwester muss eine sehr mutige Frau sein, wenn sie in so einer Situation aktiv wird.«

»Das ist sie in der Tat, und ihre Ideen vertritt sie mit Leidenschaft. Nur manchmal hat sie nicht ganz die Beharrlichkeit, die unsere Familie sonst auszeichnet. Sie hätte am liebsten das Geld den Piraten selber übergeben und flog mit zwei Leibwächtern nach Mombasa, wo sie einen Vertrauensmann der Somalis traf, einen Äthiopier, europäisch gekleidet, von exzellenten Manieren. Er sprach Englisch und Französisch fließend, prüfte das Geld kurz, ohne es exakt zu zählen, führte danach ein paar Telefonate, vermutlich in Amharisch oder Somali, und schließlich durfte meine Schwester mit dem Kapitän der PLACIDA sprechen: Ja, die Mannschaft sei wohlauf, die PLACIDA mache seeklar, sobald das Geld übergeben sei, um ihre Reise nach Bombay und Djakarta fortzusetzen, sagte er. Wie man von ähnlichen Fällen weiß, geht es offensichtlich bei solchen Geldübergaben immer sehr konventionell zu, um der Situation die Peinlichkeit zu nehmen. Wir erhielten sogar eine Quittung mit Unterschrift und Siegel dieses äthiopischen Herrn. Die liegt nun bei den Versicherern zusammen mit dem Bericht meiner Schwester über die Freigabe der PLACIDA, von ihren beiden Beschützern gegengezeichnet.«

»Könnte ich den Bericht lesen?«

»Ich habe damit gerechnet. Im Schreibtisch habe ich eine Kopie für Sie, nichts ist geheim. Dennoch vernichten Sie die Seiten bitte nach dem Lesen.«

Lange richtete sich auf ein langes Gespräch ein, das am nächsten Vormittag fortgesetzt werden sollte. Offenbar war van Oudevaart so gut organisiert, dass er stundenlang ohne Störung konferieren konnte. Den Kaffee mahlte und brühte auf Knopfdruck eine schwarzsilberne Maschine auf einer Schiffstruhe für jede Tasse frisch. Regen schlug an die Fenster. Das Holz im Kamin flackerte wie getroffen.

»Sie haben auch die Berichte Ihres Kapitäns?«

»Natürlich, aber das Entscheidende kennen Sie sicher schon aus der Presse.« Die PLACIDA war dicht unter der somalischen Küste gefahren und eine halbe Woche nach Stolbergs Schiff, des Bremer Reeders, gekapert worden. Wieder waren die Somalis nachts von achtern angelaufen und enterten dann die niedrigbordige PLACIDA. Aber auch andere Schiffe weit draußen auf See mussten dran glauben, denn die Piraten arbeiteten dort von Mutterschiffen aus, und die Entermannschaften starteten in Schnellbooten. »Die hohe See war also damals auch schon nicht mehr sicherer als die Küstengewässer.«

»Aber Sie haben doch den Einsatz Ihrer Marine verlangt, ebenso wie Stolberg den der deutschen?«

Willem van Oudevaart war nicht nach Den Haag gefahren, erfuhr Lange, vielmehr bemühten sich ein Staatssekretär und ein Konteradmiral nach Rotterdam, um ihm klarzumachen, wie man die Handelsschifffahrt heutzutage schützen könnte: »Auf See so gut wie überhaupt nicht. Piraterie bekämpft man an Land.«

Die beiden Herren hatten dringend abgeraten, die Mannschaft zur Gegenwehr auszubilden. Und hielten auch von sogenannten passiven Waffen nichts, zum Beispiel elektrisch geladenen Relingsteilen, eingeschmierten Decks oder Lärmkanonen.

Sie verabschiedeten sich mit dem Rat, Piratenreviere zukünftig nur noch in Konvois passieren zu lassen. Man arbeite an einer gemeinsamen Aktion entweder der EU oder der Nato, um Fregatten aus den Mitgliedsländern als Geleitschutz am Horn von Afrika einzusetzen, erläuterten sie. Den Zweiten Weltkrieg habe England ausschließlich wegen der Geleitzüge durchstehen können. Nur extrem schnelle Einzelfahrer hätten eine Chance, erklärte der Admiral, und nur in Geleitzügen gebe es Sicherheit, keine hundertprozentige, aber eine entscheidend höhere denn als Einzelfahrer. Darüber hinaus sei die Politik gefordert, in Somalia endlich für Ordnung zu sorgen. Und in manch anderen afrikanischen Staaten auch, fügte der Admiral hinzu. Denn solange ganze Teile eines Kontinents weiter im Chaos und praktisch unregierbar lebten, würde man auf See nicht viel ausrichten können.

»Und was empfehlen die Versicherer?«, wollte Lange wissen.

»Sicherere Routen zu wählen und im Falle eines Angriffs Schiff und Mannschaften nicht durch übereilte Handlungen zu gefährden.«

Diese Regel galt schon seit Jahrhunderten und heutzutage sogar für Yachten, um deren Wiederauffindung Lange sich in den letzten Jahren gegen gutes Honorar bemühte. Im Übrigen kassierten die Versicherungen erhöhte Prämien. Frachtraten stiegen für bestimmte

Weltgegenden beträchtlich. Außerdem setzte man fast nur noch philippinische oder indonesische Crews für solche Reisen ein, die für eine kleine Heuer mehr riskierten als europäische Seeleute.

»Und was kann ich in dieser Situation für Sie tun, Herr van Oudevaart?«

Der Reeder stand auf und bat Lange an die Weltkarte: »Sie kennen die piratenverseuchten Reviere, hier in Malaysia und hier am Horn von Afrika. Immer wieder werden Schiffe auch im Atlantik vor Afrika aufgebracht. Ich habe den aktuellen Bericht des Piracy Reporting Centre, PRC, des International Maritime Bureaus, IMB, über Piraterie und bewaffnete Raubüberfälle auf dem Tisch. Das PRC wurde in Kuala Lumpur eigens gegründet, damit die seefahrenden und Handel treibenden Nationen sich gegenseitig informieren und gemeinsam handeln, soweit man handeln kann.«

Lange nickte. IMB und PRC kannte er aus seiner früheren Arbeit.

»Wir sind traditionell stark im Geschäft mit Südamerika, mit der Pazifikküste und der Karibik. Wir haben eigene Niederlassungen zum Beispiel in Colón in Panama, in Venezuela und auf Jamaika. In anderen Häfen arbeiten wir mit Maklern, mit deren Vorfahren schon meine Vorfahren Geschäfte gemacht haben. Wir telefonieren und besuchen uns regelmäßig. Alle unsere Partner sind absolut integer. Aber wenn man wie wir seit dem 15. Jahrhundert im Seehandel tätig ist, dann entwickelt man ein Gespür für etwas, was geschehen könnte, auch wenn es noch keine konkreten Anzeichen gibt. Sie selbst kennen die Karibik ja ebenfalls gut.«

Lange nickte wieder und rieb sich dabei unter den Manschetten die Handgelenke, die zu jucken begannen.

Van Oudevaart zeigte auf den Südwesten des Karibischen Meers und der Anrainer. »Hier war mal das Herzland der Piraterie, die Antillen waren immer leicht von der Marine zu kontrollieren. Aber nehmen Sie Venezuela, nehmen Sie Kolumbien. Riesige Länder mit endlosen Küsten. Und Panama hat ebenfalls lange Küsten, auch wenn das Land kleiner ist.«

Lange nickte zustimmend und nahm dann zusammen mit van Oudevaart vor dem Kamin Platz. Der Reeder legte zwei dicke Kloben nach, trockenes Buchenholz.

»Sie wissen, was in Kolumbien los ist?«

»Was ich für meinen Beruf brauche. In einem Satz: Drei Gruppen bekriegen sich gegenseitig. Die Regierung kontrolliert nur einen Teil des Landes, der Rest gehört diesen Gruppen, die von der Regierung bekämpft werden und sich auch untereinander bekriegen. Hauptexport ist Rauschgift.«

Van Oudevaart nickte zustimmend. »Die FARC, die Fuerzas Armadas Revolucionarias de Colombia oder die Ejército del Pueblo, wie sie auch heißt, die revolutionären Streitkräfte Kolumbiens oder die Volksarmee, kämpft als marxistische Guerillabewegung seit 1964 gegen staatliche und nichtstaatliche Organisationen. Die zweite marxistische Gruppe ist die ELN, die Ejército de Liberación Nacional, die Nationale Befreiungsarmee, die es auch seit 1964 gibt und die etwa 5000 Mann unter Waffen hält. Als dritte Gruppe gibt es die AUC, die Autodefensas Unidas de Colombia, die Vereinigten Bürgerwehren Kolumbiens, eine rechts gerichtete paramilitärische Gruppe, die jetzt etwa zehn Jahre alt ist. Und nicht zu vergessen, mischt dann noch der kolumbianische Staat mit Armee und Polizei mit. Alle vier wollen ›nur das Beste‹. Und liegen in beständigem Streit miteinander. Ich prophezeie Ihnen, Herr Lange, dass es da unten auch sehr bald losgehen wird mit Piraterie. Was in Somalia passiert, gleicht den Zuständen in manchen Teilen Kolumbiens. Wir können uns auf einiges gefasst machen. Sie haben seit 1998 mit Piraten zu tun gehabt. Ich brauche Ihre Erfahrung. Unsere Reederei braucht Sie, Herr Lange.«

Lange fragte sich oft, was manche Männer erfolgreich macht. Eins ihrer Geheimnisse war: aus Ahnungen Vorstellungen zu entwickeln und die wichtigsten wahr werden zu lassen. Die Gründer der Reederei hatten nach der Trennung der Niederlande von Spanien nach dem Dreißigjährigen Krieg im richtigen Teil der Welt Handel getrieben, in Indonesien, an dem allenfalls Engländer interessiert waren, denen dann aber ihr Indien genug zu schaffen machte. Und als Mittel- und Südamerika sich von Spanien lossagten, erkannten die damaligen Herren van Oudevaart auch, wo in der Neuen Welt der Weizen blüht.

»Ich habe 2006 damit aufgehört, Yachten wiederzubeschaffen. Aber ich wäre nicht nach Rotterdam gekommen, wenn ich nicht wieder auf See anfangen wollte. Also, was genau erwarten Sie von mir, Herr van Oudevaart?«

Der Reeder sah auf die Uhr über dem Kaminsims. »Wir werden zusammen zu Abend essen. Doch ich möchte schon jetzt in die Details gehen, denn mein Auftrag an Sie muss vertraulich bleiben. Sie sprechen mit niemandem darüber! Ich will, dass Sie sich in Kolumbien und Panama umsehen und umhören. Gibt es Anzeichen für drohende Piraterie? Wie können wir uns dort dagegen schützen? Sie sollen als Offizier mit einem meiner Schiffe nach Kolumbien und Panama fahren und nur mir persönlich Bericht erstatten.«

Das war eine präzise Aufgabe. Lange dachte nur kurz nach. »Ich bin weder ein geschulter politischer Beobachter noch Journalist, Herr van Oudevaart. So jemand könnte die Lage wahrscheinlich sehr viel besser einschätzen.«

»Aber die verstehen nichts von Schiffen und Seefahrt und Menschen, die mit schrägen Geschäften in der Seefahrt viel Geld verdienen. Die dingfest zu machen war doch jahrelang Ihr Job, Herr Lange. Sie haben mir meine AMADEA zurückgeholt!«

»Eine Segelyacht aus Griechenland, ich bitte Sie, Herr van Oudevaart, das ist doch nicht zu vergleichen.«

»Sie haben es geschafft. Sie kennen die Karibik doch sehr gut?«

»Mm.«

»Sie sprechen Spanisch und Englisch so gut wie Deutsch?«

»Ja.«

»Sie haben nautische Patente.«

»Ja, aber nicht als Kapitän auf großer Fahrt.«

»Das brauchen Sie nicht. Sie haben gelernt, sich auf See und an Land zurechtzufinden und wissen sich Ihrer Haut zu wehren?«

»Könnte man sagen.«

»Sie haben ein Gespür für kritische Situationen und können Menschen einschätzen?«

»Ja.«

»Sie wissen, wie man mit der Angst umgeht?«

»Und wie man sie überwindet.«

»Nehmen Sie also meinen Auftrag an, Herr Lange?«

»Ja, Herr van Oudevaart.«

»Dann nennen Sie mir Ihren Preis.«

»Alle Spesen und 18 000 Dollar im Monat.«

Van Oudevaart streckte ihm, ohne mit der Wimper zu zucken, die Hand entgegen. »Wann können Sie anfangen?«

»Morgen früh, wenn Sie wollen!«

»Dann lassen Sie uns morgen alle weiteren Details besprechen.« Der Reeder sah auf die Uhr. »Ich habe in meinem Club einen Tisch reserviert und hole Sie in Ihrem Hotel ab, sagen wir um halb acht. Treffen wir uns an der Bar? Sie bekommen dort einen exzellenten Pink Gin und einen fast noch besseren Dry-Martini-Cocktail, den ich bevorzuge.«

Von Deck war ein Ruf zu hören, Lange fuhr aus seinen Erinnerungen hoch. Bernardo stand auf und blickte den Niedergang hinunter, sein Gewehr gesichert nach unten gerichtet.

»Hier ist was zu essen für euch. Und was zu trinken.«

Nonno, John-Johns Zweiter Ingenieur, hielt unten zwei Plastikflaschen mit der linken und einen Henkeltopf mit der rechten Hand hoch. Die beiden Männer auf der Brücke aßen schweigend, Bernardo hielt sein Gewehr gesichert quer über den Oberschenkeln. Lange sah auf die Uhr über dem Kartentisch. In zehn Minuten würde er mit van Oudevaart in Rotterdam sprechen. Auf dem hellen Streifen See vor der Brandungszone tauchte ein dunkler Punkt auf – ein Boot, das schnell näher kam. Mit dem Glas machte Lange José aus. Ein zweiter Mann saß am Ruder.

Nach dem Anlegen kletterte José leichtfüßig die Jakobsleiter hoch und stand kurz darauf auf der Brücke. Er trug jetzt einen Revolver tief am Gürtel, einen Smith & Wesson 460 XVR, nichts für Anfänger.

Bernardo gab er kurz die Hand, Lange nickte er nur zu. »Sie stellen die Verbindung her. Und ich übernehme, wenn Sie den Reeder am Telefon haben.«

Lange nickte.

»Und Sie sprechen nur Englisch!«

Wieder nickte Lange.

Van Oudevaart meldete sich selber, es war keine Sekretärin im Vorzimmer vorgeschaltet, aber vermutlich zeichnete jemand das ganze Gespräch auf.

»Hier spricht Luten Lange an Bord der PILAR. Wir ankern hinter Punta Escosés an der panamaischen Karibikküste. Die Mannschaft ist an Land, nur John-John, sein Zweiter Ingenieur und ich sind noch an Bord. Wir haben zwei Mann verloren, Ketut wurde erschossen, Putu in Barranquilla gekidnappt, Widerstand wäre lebensgefährlich. Die neuen Herren haben uns alle unter Kontrolle. Jetzt will der Chef der Gruppe mit Ihnen reden, Herr von Oudevaart: José. Ich übergebe und höre mit. Sprechen Sie bitte nur Englisch.«

Die digitale Verbindung um die halbe Erde stand ohne Rauschen und Sirren. »Hier ist Willem van Oudevaart in Rotterdam. Sie haben mein Schiff gekapert. Sie haben einen meiner Männer gekidnappt und einen zweiten erschossen. Was erwarten Sie also in dieser Situation von mir, Señor José?« Der Reeder klang gelassen.

Vermutlich sitzt er nicht allein in seinem Kontor, dachte Lange. Ob Kruidenier neben ihm stand, der Reederei-Inspektor, der die PLACIDA und die PILAR betreute, den Lange am zweiten Tag des Treffens kennengelernt hatte? Ob Anne de Vries mithörte? Ob es schon einen Krisenstab gab?

»Mr. van Oudevaart, es wird Ihren Männern gutgehen, wenn Sie unsere Forderung erfüllen. Sie erhalten Ihr Schiff unbeschädigt wieder und die gesamte Mannschaft. Putu wird in Barranquilla freigesetzt. Wir erwarten von Ihnen zwei Millionen Dollar in gebrauchten und kleinen Scheinen.«

»Sie haben einen meiner Matrosen getötet, völlig unnötig. Und was ist Ihr Wort wert? Ich biete Ihnen 800 000 Dollar.«

»Mr. van Oudevaart, das akzeptiert hier niemand. Zwei Millionen oder …«

»Halten Sie Rücksprache! 800 000 Dollar! Sie haben einen Mann gekidnappt und einen erschossen – also können Sie die volle Summe nicht bekommen.«

»Wir handeln nicht, Señor Oudevaart. Sorgen Sie dafür, dass jemand in Ihrem Auftrag das Geld am Mittwoch, 19. März, uns aushändigt.«

»Wo?«

»Auf einem Flugfeld in Panama. Wir nennen es am Mittwoch.«

»Wem?«

»Einem Mann, der sich Ihrem Geldboten vorstellen wird.«

»Und woher weiß mein Bote, dass der Mann wirklich von Ihnen kommt?«

»Er bringt das Seefahrtsbuch von Putu mit. Er wird das Geld prüfen und uns über Telefon anweisen, das Schiff wieder freizugeben. Die PILAR kann dann sofort ankerauf gehen.«

»Und woher weiß ich, dass Putu wieder frei ist?«

»Wir setzen ihn am Tag der Geldübergabe vor dem Kontor Ihres Agenten in Barranquilla ab! Sie haben mein Wort.«

»Ihr Wort, Señor? Ha! Sie haben getötet! Wie soll ich Ihnen glauben, dass Sie ein Mann sind, auf dessen Wort man sich verlassen kann!«

José blieb ruhig. »Es war ein Unfall, so was passiert. Wir erwarten am Mittwoch zwei Millionen Dollar auf einem Flugfeld in Panama.«

»Mittwoch, Señor José, ist ein kurzer Termin. Wir bringen das Geld aus Rotterdam zu Ihnen! So schnell können wir nicht da sein.«

José lachte spöttisch und strich sich über den Bart. »Aber Mr. van Oudevaart, Sie haben in Barranquilla und in Colón und auf Jamaika eigene Kontore und praktisch in jedem Hafen einen Agenten. Da haben Sie die Summe sehr schnell zusammen. Es bleibt bei Mittwoch, sagen wir zwischen zwei und sechs am Nachmittag auf einem Flugfeld, das man von Colón aus in einer Stunde Flug erreichen kann. Davon gibt es jede Menge. Und keine Polizei, keine Tricks. Keiner Ihrer Männer überlebt sonst. *Over and out.*«

Klick und Schluss. Bernardo senkte den Gewehrlauf.

»Sie haben dem Reeder nicht viel Zeit gelassen«, sagte Lange. »Und diese kleinen Flugfelder kennt kein Mensch bei uns.«

José sah ihn stirnrunzelnd an. »Für wie blöd halten Sie mich, Señor Lange? Ihr Reeder hat bestimmt nach Ihrem Anruf gestern die besten Karten besorgt und alles, was man sonst noch wissen kann, bei der Hand. Und was sind schließlich zwei Millionen für ihn? Peanuts! Für uns sind sie aber das Leben.«

»Und was geschieht mit dem Geld?«

»Señor, nun fragen Sie wirklich zu viel. Was machen arme Hunde mit Geld? Denken Sie mal nach. Und nun machen Sie sich fertig, packen Sie ein paar Sachen ein. Sie und Ihr Zweiter Ingenieur kommen mit an Land. Nur der Chief bleibt noch an Bord.«

Lange war nicht überrascht. Zu dritt hätte man nämlich die PILAR, wenn auch mit Mühe, in Fahrt bringen und sie auf Grund setzen können. Dann wäre der ganze Deal des José geplatzt.

Drei

José hatte Lange zum Packen in dessen Kammer eingeschlossen. Sie war wie die aller Männer an Bord gründlich durchsucht worden. Aber offenbar fehlte nichts. Während er die paar Dinge zusammenraffte, die er mit an Land nehmen wollte, rutschte eine Visitenkarte aus seiner Brieftasche: Anne de Vries, die Schwester des Reeders, hatte sie ihm am Abend ihres ersten Treffens gegeben – eine Visitenkarte im Stahlstich mit ihrem Namen und nur zwei Telefonnummern.

Lange dachte einen Moment lang an diesen Abend im Club des Reeders in Rotterdam. Dass es ihm so sehr gefallen hatte, lag vermutlich an dem exzellenten Pink Gin, der ihn heiter stimmte. Seit fast einem Jahr lebte er damals auf den Rat seiner Ärztin in Bremen ohne aus der Welt zu fliehen ganz ohne Alkohol und spürte deshalb schon an der Bar, wie sich die Wärme aus dem eiskalten Gin in ihm verbreitete. Van Oudevaart hatte einen Dry Martini bestellt, »gerührt, nicht geschüttelt«, wie der Barkeeper bestätigte. Vielleicht lag Langes Wohlbefinden aber auch an der Dame, die van Oudevaart ihm als seine Schwester vorstellte: Anne de Vries, vielleicht Ende dreißig, sicher noch keine vierzig, schlank, blond, mit leicht schräg stehenden, großen, braunen Augen. Nach dem üblichen Austausch von Höflichkeiten war sie zunächst schweigsam geblieben.

»Herr Lange ist hier für eine Rückversicherungsgesellschaft in Frankfurt am Main, die einen Bericht über die aktuelle Piraterie veröffentlichen wird. Er würde von uns dazu gern alles über die Kaperung und Freigabe der PLACIDA erfahren.« Van Oudevaart hielt sich also auch seiner eigenen Schwester gegenüber an die Vereinbarung, die er mit Lange im Kontor getroffen hatte: Niemand sollte von dem wirklichen Auftrag erfahren. »Meine Schwester war in unserem Krisenstab, darum habe ich sie heute hierher gebeten. Sie kennt alle Einzelheiten. Falls mir etwas entfallen sein sollte, würde sie sich sicher erinnern.«

Lange nickte. »Sagen Sie es mir bitte, wenn Informationen vertraulich sind. Soll ich Ihnen zur Sicherheit meinen Bericht vorab mailen?«

Van Oudevaart schüttelte den Kopf. »Das wird nicht nötig sein.« Dann widmete er sich der Speisekarte.

»Warum waren Sie im Krisenstab, Frau de Vries? Sie arbeiten in der Reederei?«

Sie musterte ihn jetzt genauer und drehte das beschlagene Sherryglas langsam zwischen Daumen und Zeigefinger der linken Hand. Dann lächelte sie, als habe sie ihn als Gesprächspartner akzeptiert, und antwortete: »Nein, ich arbeite nicht für die Reederei. Aber mir gehört indirekt ein Teil, und darum stehe ich meinem Bruder manchmal mit Rat und Tat zur Seite, wie kürzlich bei der PLACIDA.«

Die PLACIDA, ein Stückgutfrachter, fuhr für die Reederei unter niederländischer Flagge, erklärte sie dann, 128 Meter Länge über alles, maximal 15 Knoten schnell, 10 000 *tons deadweight*, drei Jahre alt, Baupreis in Korea rund 27 Millionen Dollar, mit Stückgut nach Japan unterwegs, durch den Suez, nicht außen rum. Die Fahrt ums Kap der Guten Hoffnung hätte mindestens 14 Tage länger gedauert und wäre erheblich teurer geworden.

»Alle unsere Schiffe nach Indien und Fernost laufen durch den Suez und durch den Golf von Aden. Das ist zurzeit das gefährlichste Seegebiet der Welt.« Anne de Vries unterbrach sich, weil ihr Bruder einen weißhaarigen Kellner in gestreifter Weste heranwinkte.

Lange war äußerst konzentriert, denn zum ersten Mal nach der Geschichte auf der Straßenbrücke saß er wieder einer Frau gegenüber, deren Bericht ohne Umschweife genau das behandelte, was er wissen wollte. Mit einer Stimme, die ihn bewegte, weil sie ihn mit ihrer leicht rauchigen Klangfarbe an eine andere erinnerte, die es schon lange nicht mehr gab. Er nickte leicht ungeduldig, als Anne sich der Empfehlung ihres Bruders anschloss, der Roast Beef vom Stück mit Rosenkohl und Yorkshire Pudding lobte und dazu einen St. Estephe vorschlug. Auf einen weiteren Apéritif verzichteten sie alle drei, flüchteten zu Wasser.

»Wir hatten eine zwölfköpfige Crew an Bord, einen ukrainischen

Kapitän, Jan Lossoll, einen niederländischen Ersten, einen deutschen Zweiten Offizier, zwei polnische Ingenieure, einen niederländischen Bootsmann und sechs Crewmitglieder, alle aus Indonesien. Diese wurden nach den Agreements der International Transport Workers' Federation, der ITF, bezahlt, die Niederländer nach unseren Standards«, nahm der Reeder den Faden wieder auf.

Lange notierte einiges und unterstrich, was er nachrecherchieren würde. »Haben Sie die Besatzung auf die möglichen Gefahren hingewiesen? Immerhin sind ja schon einige Schiffe im Golf von Aden aufgebracht worden.«

»Wir schulen doch ständig«, antwortete Anne de Vries, »die Kapitäne in einem Hotel zwischen Amsterdam und Rotterdam, alle anderen an Bord. Lossoll hatte gerade an einem der Seminare teilgenommen mit dem Schwerpunkt ›Abwehr von Piratenangriffen‹. Zwei Kapitäne, deren Schiffe gekapert worden waren, nahmen als Gäste teil und berichteten über ihre Erfahrungen. Vor dem Auslaufen schulte dann Lossoll auf der PLACIDA die Mannschaft noch hier in Rotterdam. Alle waren also vorbereitet, falls man das so sagen kann.«

Van Oudevaart nickte seiner Schwester zu: »Ja, das kann man wohl so sagen. Wir haben uns gegen Waffen an Bord entschieden und wollen auch keine Schallkanonen einsetzen, diese LRACs, die der Bremer Reeder Niels Stolberg gerade auf einem seiner Schiffe erprobt. Wir haben auch überlegt, ob wir machen, was die IMB gegen Piraten empfiehlt. Sollten wir die Reling unter Strom setzen oder aus Hochdruckschläuchen Wasser schleudern? Amerikaner bringen ein Gleitmittel an Deck aus, das man nur mit Chemikalien wieder entfernen kann, und die Angreifer können sich darauf nur schwer bewegen. Aber auch dagegen haben wir uns klar entschieden, wir wollen auf unseren Schiffen zur Verteidigung keine Gewalt einsetzen.«

»Ist Wasser aus einem Schlauch Gewalt?«, hakte Lange nach und bemerkte, dass Anne de Vries ihm schweigend beipflichtete. »Und ein Gleitmittel auf Deck?«

»Natürlich nicht«, antwortete van Oudevaart, »aber versetzen Sie sich mal in die Rolle der Angreifer. Für die ist das Gegenwehr und ergo Gewalt. Falls sie Wasserstrahl und Gleitmittel überwinden können und an Bord kommen, ist der Teufel los. Nein, unsere Besatzungen sollen andere Mittel einsetzen!«

Erst nach dem Hauptgang griff Anne de Vries den Gedanken ihres Bruders wieder auf: »Ich sehe das etwas anders als Willem, Herr Lange. Ich bin zwar wie er generell gegen Gewalt, aber manchmal geht es nicht ohne – wenn abwarten und zuschauen nichts mehr bringen. Und wenn man ein gerechtes Anliegen hat.«

»Und was verstehen Sie unter einem gerechten Anliegen?«, fragte Lange neugierig.

Anne de Vries hob das Kinn und spitzte die Lippen, Lange erwartete Spott. »Gerecht ist etwas, wenn es ethisch gerechtfertigt ist, so weit das Allgemeine. Wenn wir etwa zu Gewalt in ihrer härtesten Form, dem Krieg, kommen, dann gibt es klare Definitionen. Gerecht ist ein Krieg nur, wenn er die Ultima Ratio darstellt, alle anderen Mittel also versagt haben. Er darf sich nur an Bewaffnete richten, muss Zivilisten verschonen. Er setzt die Mittel proportional zum Kriegsziel ein, schießt also nicht mit Kanonen auf Spatzen, um es mal so auszudrücken. Selbstverständlich ist Folter verboten. Und Gefangene müssen human behandelt werden, Verwundete sowieso.«

Lange sah sie völlig überrascht an. War diese Frau nur die reiche Schwester eines reichen Reeders?

Sie spürte seine Verblüffung. »Ich habe mich mal sehr intensiv mit solchen Themen beschäftigt, schauen Sie mich also nicht so verdattert an. Gewalt ist in gewissen Grenzen nicht nur erlaubt, sondern sogar nötig. Und was im Krieg gilt, gilt auch in der Seefahrt. Und in der Liebe. Aber das ist ein anderes Thema.«

Sie lächelte, Lange versuchte zu antworten, aber der Reeder war schneller.

»Ich habe zum Thema Gewalt eine andere Meinung als meine Schwester«, sagte er, »aber in der Praxis kommen wir beide zum selben Schluss: Wenn man die Mannschaft trainiert, sich mit Waffen zu verteidigen, eskaliert die Szene. Waffen gegen Waffen gibt Tote und Verletzte. Im Zweifel sind die Piraten die besser Ausgebildeten und verfügen über schwerere Waffen, zum Beispiel über panzerbrechende, wie in Somalia. Wir machen aus unseren Handelsschiffen keine Kriegsschiffe.«

»Was Ihre Vorfahren mit einigem Erfolg aber taten!«, wandte

Lange nun doch ein. »Das war ja irgendwann mal bei allen Seefahrern üblich!«

Anne de Vries blitzte ihn aus ihren braunen Augen an. »Nennen Sie mir irgendeinen gerechten Krieg aus den letzten Jahrhunderten unserer Geschichte? Ich kenne keinen! Zuletzt haben wir einen Krieg in Indonesien losgetreten – mit welchem Ergebnis? Unsere Eroberungen sind wir los, die vielen Toten auf jeder Seite sind sinnlos gestorben. Aus unserer Familie fielen allein im Krieg in Indonesien in den 50er-Jahren des letzten Jahrhunderts drei Männer.«

»Das tut mir leid«, sagte Lange. In seinem ersten Leben hatten ganz andere Grundsätze gegolten. Er musste niemals prüfen, ob seine Aktionen eine Rechtfertigung fanden. Lange und seine Männer traten einfach an und erfüllten ihre Aufträge, basta. »Und was schlagen Sie statt Gewalt vor, Herr van Oudevaart?«, fragte er, weil ihn das Schweigen des Reeders irritierte.

»Vorbeugen, reden, verhandeln.«

»Das Reden und Verhandeln haben Sie wie viel gekostet, Herr van Oudevaart?«

»1,2 Millionen Euro Lösegeld für die PLACIDA!«

Sie schwiegen, während der Kellner abtrug, die Gläser nachfüllte und den Reeder fragend ansah. Der schaute seine Gäste an, fand keine Zustimmung für eine zweite Flasche Wein und bestellte Kaffee und »etwas vom Wagen«, die Kurzformel für seltene Hochprozenter.

»Hätten wir die Küste vor Somalia nicht leergefischt, gäbe es dort keine Piraterie, meine liebe Anne. Das verstehe ich unter vorbeugen, handeln, ehe es kritisch wird. Jetzt können wir nur noch Vermittler einsetzen, die die Somalis beschwichtigen.«

»Ich sehe das anders, Willem, aber das müssen wir nicht vor Herrn Lange austragen. Unsere PLACIDA wurde jedenfalls am 11. August 2007 um genau 11.35 Uhr im Golf von Aden geentert. Sie war erheblich langsamer als die beiden Boote, mit denen die Somalis längsseits kamen.«

Anne berichtete weiter, so präzise wie zu Beginn des Abends: Kapitän Lossoll hatte das Nahen schneller kleiner Boote etwa zehn Minuten vor der Attacke bemerkt und Ausweichmanöver gefahren, die PLACIDA lief mit aller Kraft Zickzackkurs, die Mannschaft war alarmiert, und ein verdecktes Funksignal über den Standort des Schiffes wurde an die Reederei in Rotterdam geschickt. Ein offenes QST-Signal, ein Signal an alle, dass die PLACIDA angegriffen wurde, schickte Lossoll unmittelbar hinterher. Das nächste Schiff war 27 Seemeilen entfernt und konnte also nicht rechtzeitig eingreifen. Die im Golf patrouillierenden indischen Fregatten standen noch weiter weg.

Das Freibord der PLACIDA war ganze 190 Zentimeter hoch, also leicht zu entern. Aus jedem der beiden Boote wurde zunächst mehrmals in die Luft geschossen. Dann standen plötzlich zehn Männer unter und neben der Brücke, zwei sprangen den Niedergang hinauf und befahlen dem Kapitän, seine Besatzung auf der Brücke zu sammeln. Als das erfüllt war, begannen die Piraten mit der Durchsuchung sämtlicher Kammern. Bargeld und alles, was wertvoll aussah, übernahmen sie, mit sichtbarer Freude die Mobiltelefone und Laptops. Auf der Brücke befahlen sie, alle Kommunikationskanäle abzuschalten. Kapitän Lossoll wurde gezwungen, Kurs auf die somalische Küste zu nehmen. Exaktes Ziel: die Bucht von Eyl in der Region Nugaal, im Norden Puntlands, eines faktisch autonomen Teils Somalias. Kurz bevor sie dort anlangten, durften die Mannschaften ihre Familien anrufen. Danach wurden sie aufgefordert, Rundfunkstationen oder Zeitungen in ihren Heimatländern zu kontaktieren. Die Absicht: die Kaperung des Schiffes schnell und weltweit bekannt zu machen, um den Reeder zu zwingen, ohne Tricks ein hohes Lösegeld zu zahlen.

Lange machte sich Notizen, nicht nur weil es seine Rolle so verlangte, sondern weil er einiges genauer überprüfen wollte, und unterbrach dann den Bericht: »Das zeigt doch, dass die Piraten keine Anfänger sind, sondern sehr professionell vorgehen. Sie beherrschen das Handwerk von Erpressern und die Technik des Schiffes.«

Van Oudevaart leerte seine Tasse und schnüffelte am Glas. »Nicht nur das, Herr Lange. Mittlerweile ist sicher, dass die ganze Küste von verschiedenen Clans beherrscht wird, die das Seegebiet in Reviere aufgeteilt haben. Mit Piraterie können die Clans sehr viel Geld verdienen und haben sich entsprechend organisiert. Man munkelt sogar von Drahtziehern in London oder China. Aber schon in Somalia arbeiten zum Beispiel Strategen mit, wissenschaftlich ausgebildete

Köpfe, die bei Schiffen die Spreu vom Weizen unterscheiden und anhand des AIS, des Automatischen Identifikationssystems für Schiffe, herausfinden können, wer welche Route fährt und was er geladen hat. Unsere PLACIDA ist ganz gezielt ausgesucht worden. Wir hatten wertvolles Stückgut für Fernost an Bord und waren hoch versichert, wie Sie sehr leicht feststellen können.«

Von Anne de Vries erfuhr Lange, dass in Puntland mittlerweile Männer im Umgang mit Waffen und im Entern von Schiffen militärisch gedrillt wurden. Es gab Organisationen, die Waffen beschafften, und andere, welche die Männer mit Essen und Trinken versorgten – und mit Frauen. Wer viel Geld machte, bekam viele Frauen.

»Das Lösegeld wird also nicht irgendwo sinnvoll oder gar nachhaltig investiert, sondern verpulvert, verschleudert. Die Waffe in der Hand und ein schnelles Boot sorgen für einen immerwährenden Geldfluss von der offenen See her. Und da bisher kein Pirat festgenommen und vor Gericht gestellt oder gar verurteilt wurde, gibt es keinen Grund, diese Einkommensquelle nicht zu nutzen.«

»Das Problem werden Sie auf See wohl nicht lösen können«, sagte Lange. »Was geschah weiter mit der Mannschaft, Herr van Oudevaart?«

Der Reeder legte die Hände mit den Rücken auf den Tisch in einer Geste hilfloser Offenheit. »Es kamen weitere Piraten an Bord, zum Schluss waren es 19, lauter Schwarze, alle Somalis. Unsere Männer wurden samt Kapitän zu je sechs in zwei Kammern zusammengepfercht, die eigentlich für einen Mann gedacht waren. Dann begann ein elendes Leben.«

Anfangs bekam die Crew noch Essen, das in der Kombuse vom Smut vorbereitet worden war, dann übernahm einer der Somalis die Küche und gab den PLACIDA-Männern nur noch, was übrig geblieben war vom Essen seiner eigenen Leute. Doch die aßen oder tranken kaum etwas, kauten dafür ständig die grünen Blätter des Khatstrauches, ein Rauschmittel, das Hunger und Durst unterdrückt und aggressiv macht. Wenigstens gab es genug Wasser in den beiden fest verschlossenen und rund um die Uhr bewachten Verliesen. Wer auf die Toilette wollte, musste an die Tür klopfen und wurde von einem Bewaffneten hin und zurück begleitet. Mittlerweile trugen alle Piraten T-Shirts und Jeans und Turnschuhe, die sie in den Schapps der

Besatzung gefunden hatten. Jan Lossoll wurde gelegentlich auf die Brücke geholt und stellte dabei fest, dass die PLACIDA wie ein Kriegsschiff geführt wurde: mit zwei Wachen, die sich ablösten und ständig Ausguck hielten. Es herrschte reger Funkverkehr, offenbar zu den anderen zwölf ankernden Schiffen in der Bucht, aber wohl auch zu Stationen an Land und zu anderen Piraten. Leider verstand er von diesem Funkverkehr kein Wort, denn die Kerle sprachen ausschließlich Somali. Besonders aufmerksam beobachteten sie den Luftraum.

»Offenbar fürchtete man eine Befreiung aus der Luft. Hat die jemals zur Diskussion gestanden?«, wollte Lange wissen.

»Nein«, schüttelte van Oudevaart den Kopf. »Damit hätten wir unsere gesamte Mannschaft gefährdet und das Schiff.«

»Ziemlich harte Bedingungen an Bord. Ich kann mir vorstellen, wie es in einem winzigen Raum mit sechs Männern nach ein paar Tagen riecht und aussieht«, sagte Lange. Vor vielen Jahren hatte ein Teil seines Trainings darin bestanden, solche Lagen über mehrere Wochen auszuhalten. »Und wie haben Sie nun in Rotterdam reagiert?« Er drehte seinen Block um und beschrieb jetzt die Rückseiten des rautierten Papiers.

Um 9.25 Uhr Ortszeit am 11. August 2007 war die verdeckte Meldung von Kapitän Jan Lossoll in Rotterdam eingegangen und wurde, im Gegensatz zu den üblichen Meldungen der Kapitäne, sofort dem Reeder vorgelegt. Van Oudevaart rief unverzüglich seine Task Force zusammen, deren Mitglieder schon lange vorher bestimmt worden waren. Es gehörten dazu je ein Vertreter aus dem Fleet Management, aus den Human Resources Sea und der Abteilung Safety/Security, also Männer, die sich um die Schiffe kümmern oder um die Besatzungen oder um die Sicherheit an Bord. Und dazu kam Anne de Vries. Letztere war zuständig für Verbindungen zu Regierung, Botschaften und Presse, und Den Haag schickte auch prompt zwei hochrangige Mitarbeiter der Staatspolizei, aus Amsterdam kam ein Experte einer internationalen Security-Firma, die auf den Umgang mit Risiken jeder Art spezialisiert war, von Finanzinvestitionen bis zu Entführungen und Terror.

Die Task Force traf sich regelmäßig jeden Morgen. Der Direktor Human Resources setzte sich als Erstes telefonisch mit den Familien der Seeleute in Verbindung, was wegen der Zeitverschiebungen etwa einen halben Tag in Anspruch nahm. Er hielt ständigen Kontakt zu ihnen. Anne de Vries informierte nach der niederländischen Regierung die Botschaften Deutschlands, Polens, der Ukraine und Indonesiens in Den Haag.

»Wir haben dann unser wichtigstes Ziel festgesetzt: in Zusammenarbeit mit den zuständigen Behörden und allen Partnern die Männer der PLACIDA möglichst schnell und unversehrt aus ihrer Lage zu befreien«, erläuterte van Oudevaart weiter. »Die Unversehrtheit der Männer hatte oberste Priorität.«

Lange nickte, zwölf Männer oder ein Schiff, das ohne Ladung sicherlich immer noch 20 Millionen Dollar wert war: Für den Reeder schien es keine Zweifel gegeben zu haben. Langes Laufbahn war jedoch von Perioden gezeichnet, in denen ein Schiff wichtiger gewesen war als die Crew.

»Nachdem die verdeckte Nachricht eingegangen war, riefen wir die Task Force zusammen. Dann herrschte erst einmal Schweigen: Die PLACIDA antwortete nicht, von dort kamen keine Neuigkeiten. Wir waren also gezwungen zu warten.« Anne de Vries rieb sich das linke Ohrläppchen.

»Geduld ist eine Tugend des Seemannes«, warf Lange ein. »Aber ich kann mir vorstellen, wie unwohl Sie sich gefühlt haben müssen.«

»Weiß Gott«, sagte Anne, »warten und nichts tun können ist schlimm. Noch schlimmer, dabei nichts Genaues zu wissen. Sie dürfen nicht vergessen, dass die Presse uns unaufhörlich bedrängte. Wenn Sie zwölf Familien, ein Ministerium, vier Botschaften, ein Amt und den Sicherheitspartner informiert haben, gibt es natürlich stets jemanden, der die Story ganz groß aufblasen will.«

»Und von da an war meine Schwester eine der meistgefragten Personen in Rotterdam. Ein niederländisches Schiff in der Hand von Piraten macht immer und tagelang Schlagzeilen.«

Erst am Tag nach der Kaperung, am 12. August, meldete sich Kapitän Lossoll von seiner Brücke. Offenbar war er von Gewehrläufen umgeben, denn er teilte formell mit, dass die PLACIDA sich in der Hand von Piraten befinde. Niemand aus der Crew sei verletzt worden. Die Piraten würden am nächsten Morgen zur gleichen Zeit ihre Forderung nennen – abruptes Ende. Am anderen Morgen, dem 13. August, meldete sich ein Mann, der nur seinen Vornamen nannte, Nuruddin, in leicht verständlichem Englisch und bezeichnete sich als Übermittler von Botschaften seiner Auftraggeber und der Antworten. Diese Auftraggeber verlangten für die Freilassung von Mannschaft und Schiff sechs Millionen US-Dollar.

»Sollten Sie sich außerstande sehen, diese Summe schnell aufzubringen, werden meine Auftraggeber sich zu ihrem großen Bedauern gezwungen sehen, die PLACIDA in die Luft zu sprengen.« Ob mit oder ohne Crew ließ er offen.

»Damit hatten wir nun endlich etwas Konkretes auf dem Tisch und konnten unsere Strategie für das weitere Vorgehen festlegen«, sagte van Oudevaart, »und dabei wurden wir uns schnell einig, jedenfalls über die ersten Schritte. Unser Risikoberater schlug vor, erst einmal 600 000 Dollar anzubieten.

Ich wäre mit einer Million eingestiegen, viel zu hoch, wie die Task Force meinte. Wir einigten uns schließlich auf 800 000. Ich habe der Task Force dann gesagt, dass ich im Ernstfall bis zu zwei Millionen Dollar Lösegeld zahlen würde.«

»Viel Geld, selbst für Sie, sage ich mal«, brummte Lange.

»Ich habe meinem Bruder unter vier Augen vorgeworfen, er sei verrückt, eine solche Summe in diesem Kreis zu nennen. Zwei Millionen, du lieber Gott.« Anne de Vries streichelte wieder ihr linkes Ohrläppchen.

»Ich konnte mich auf die Männer verlassen«, erläuterte van Oudevaart. »Nichts von dem, was wir in unserem Konferenzraum besprachen, drang nach draußen, abgesehen von den Presseverlautbarungen, die Anne herausgab. Ich weiß, zwei Millionen Dollar sind zwei Millionen Dollar, aber sie stehen für zwölf Leben und ein Schiff.« Er sah auf seine flache Armbanduhr, die er am rechten Handgelenk trug. »Wir sollten noch *one for the road* bestellen.«

Als der Safety/Security-Mann der Reederei am nächsten Morgen am Telefon seinen Gegenvorschlag machte, lachte Nuruddin laut auf und nannte das lächerlich. Falls er seinem Auftraggeber 800 000 Dollar anbiete, würde der die Mannschaft aus Wut bestrafen. Die PLACIDA wurde nach diesem Gespräch bis auf zwei Meilen an die Küste verlegt. Damit war sie nur noch aus der Luft angreifbar, nicht mehr von See her, Schnellboote ausgenommen, vor denen sich die

Gangster aber offensichtlich nicht fürchteten. Zum vereinbarten Zeitpunkt am dritten Morgen erhöhte die Reederei ihr Angebot auf eine Million. Nuruddin spielte wieder nur den Vermittler, der aber jetzt 500 000 Dollar nachgeben konnte, also 5,5 Millionen verlangte. Und zunächst von einem lachhaften Vorschlag gesprochen hatte, als er die eine Million hörte.

An Bord der PLACIDA wurde nun großer Druck auf die Besatzung ausgeübt. Das Essen, ohnehin nicht reichlich, wurde ihr gänzlich verweigert, man stellte auch die Wasserleitungen in die beiden Kammern ab. Lossoll durfte von der Brücke aus mit Rotterdam reden und erläutern, wie überaus problematisch die Lage war. Die Piraten würden unruhiger und nervöser, sagte er, drängte aber seinen Reeder nicht. Offenbar war sein Schulung sehr erfolgreich. Auch die Mannschaft murrte nicht und litt geduldig.

»Wir legen großen Wert auf gute Crews«, sagte der Reeder, »schon immer wollten wir nur die Besten an Bord haben.«

»Und dann geschah etwas, was wir uns nicht erklären können«, sagte Anne. Sie hatte den Drink für den Heimweg abgelehnt und sich für Wasser entschieden. »Nuruddin forderte am vierten Morgen ganz überraschend nur noch 1,2 Millionen Dollar. Seine Auftraggeber seien mit dieser Summe einverstanden.«

»Haben die ein Eingreifen aus der Luft befürchtet? Eine indische Fregatte im Golf von Aden hatte ja wohl einen Hubschrauber an Bord«, wollte Lange wissen.

Anne de Vries sah ihn verblüfft an. »Woher wissen Sie das? Es stand in keiner Zeitung.«

»Ich habe es wohl in den BBC-Nachrichten gehört, im World Service.«

Lossoll konnte natürlich niemals allein auf der Brücke mit Rotterdam reden. Nuruddin und ein paar, die zumindest etwas Ahnung vom Englischen hatte, hörten immer mit. Aber der Kapitän konnte das Wesentliche betonen, indem er lauter wurde oder es wiederholte, und manches einfließen lassen, das nur Eingeweihte verstanden.

»Wir haben natürlich alles mitgeschnitten und immer wieder angehört. So bekamen wir einen ziemlich zutreffenden Eindruck von der Lage an Bord der PLACIDA.«

»Die Piraten hatten ursprünglich sechs Millionen Dollar Lösegeld verlangt und begnügten sich schließlich mit 1,2 Millionen?«, fragte Lange und runzelte die Stirn.

Van Oudevaart nickte: »Wir haben keine Erklärung dafür! Bei anderen Fällen, in denen Schiffe gekapert wurden, gab es keinen Kompromiss.«

»Ich vermute, dass denen die Luft ausging. Vielleicht drohte der Einsatz von Militär, vielleicht machten andere Clans Ansprüche geltend und wollten angreifen. Auch unser Kapitän hatte später keine Erklärung dafür. Aber der Vermittler wollte nun einen eigenen Anteil an der eingesparten Summe haben.« Anne de Vries lächelte, offenbar in der Erinnerung an die Forderung per Telefon.

»Das haben wir natürlich abgelehnt und diesem Nuruddin geraten, sich einen höheren Anteil aus den 1,2 Millionen auszahlen zu lassen. Ob er das geschafft hat, wissen wir nicht.«

»Wir sind also jetzt am Morgen des vierten Tages, am 15. August. Sie hatten sich über die Höhe des Lösegelds geeinigt, wie kam das denn nun zu den Somalis?«

»Die forderten, das Geld in zwei Koffern zu übergeben und zwar in einem *sea drop*, wie sie sagten, also auf See.« Anne de Vries hatte wieder das Wort ergriffen, und der Reeder nickte ihr zu. »Da mussten nun unsere Regierung und die Security-Firma mit uns Hand in Hand spielen.«

Das Geld konnte nicht nach Mogadischu gebracht werden, so viel stand fest. Es gab keine Flugverbindung dorthin. Also blieb nur Mombasa als Landepunkt für einen Boten mit zwei Koffern voller Geld, die er nur ins Land bekommen würde, wenn die kenianische Regierung mitspielte.

»Sie tat es, als ihr von unserer Regierung klargemacht wurde, es handle sich bei diesem Transfer um eine humanitäre Aktion zur Rettung von Menschenleben.«

Die Security-Firma übernahm den Transport von Rotterdam nach Mombasa und weiter zum Hafen, Anne de Vries flog mit. In Mombasa sollte die Summe einem Unternehmen übergeben werden, das auf solche Übergabeaktionen auf See spezialisiert war.

»Das gibt es tatsächlich«, unterbrach Oudevaart den Bericht seiner Schwester. »Die Piraterie ließ bereits zwei Firmen florieren, die solch heikle Aufgaben übernehmen und dabei kräftig verdienen.«

»Als wir mit dem Geld im Hafen von Mombasa angekommen waren, sprach Rotterdam noch einmal mit Kapitän Lossoll. Er bestätigte, dass die Mannschaft den Umständen entsprechend wohlauf und das Schiff unbeschädigt seien. Dann nannte Nuruddin eine Position, weiter draußen auf See, auf der das Geld übergeben werden sollte.«

»Sie haben nicht befürchtet, dass die Piraten Sie linken würden? Die hätten doch leicht die Mannschaft weiter behalten oder das Schiff nicht übergeben können.«

»Hätten sie«, gab van Oudevaart zu, »aber irgendwann ist der Augenblick gekommen, in dem sich beide Seiten darauf verlassen müssen, dass der andere keinen Trick mehr spielt.«

Anne de Vries musste in Mombasa an Land bleiben. Die Verbindungsleute der Übergabeaktion bestiegen eine Motoryacht, die einst für einen saudischen Prinzen gebaut worden war. Die war regulär bemannt, doch es befanden sich keine Waffen an Bord, bis auf die, die die Boten unter ihrem Jackett trugen. Die PLACIDA lag auf der vereinbarten Position, etwa drei Seemeilen entfernt zog eins der Schnellboote der Piraten langsam Kreise um sie.

Am 18. August wurde an Bord der PLACIDA den Piraten das Geld in zwei Koffern übergeben. Vier der Piraten, die noch an Bord waren, zählten das Geld sofort nach und teilten es in neun Bündel auf, die sie in Taschen verstauten und ihren Kumpanen übergaben.

»Kapitän Lossoll gewann den Eindruck, die Summe sei nicht gleichmäßig aufgeteilt worden, aber das soll uns nicht mehr interessieren.« Van Oudevaart winkte dem Ober ab, der sich nochmals mit dem Barwagen näherte.

Die Piraten pfiffen ihr Schnellboot heran – die Motoryacht hielt sich neben der PLACIDA im Leerlauf – und sammelten sich am unteren Deck an exakt der Stelle, an der sie das Schiff geentert hatten. Sie trugen jetzt die Kleider, die sie der Mannschaft gestohlen hatten, und behielten auch die Handys und das Bargeld. Laptops ließen sie an Bord zurück. Dann wechselten sie auf das Schnellboot, schwenkten noch mal die Gewehre und rasten davon.

»Die Räume, die die Somalis benutzt hatten, waren unwahrscheinlich dreckig, aber Schäden am Schiff gab es nicht.«

Die PLACIDA nahm Fahrt auf mit Kurs nach Muscat in Oman, wohin sie schon vor der Kaperung laufen sollte, und Lossoll bat die indische Fregatte um Geleitschutz, weil er fürchtete, Somalis eines anderen Clans könnten die PLACIDA erneut aufbringen. Der Kommandant der Fregatte lehnte jedoch ab. So lief die PLACIDA voller Sorge vor einem weiteren Überfall Muscat an und machte dort am 19. August fest.

»Den Rest können Sie sich denken, Herr Lange. Unser Manager für die Mannschaften und zwei aus seiner Abteilung begrüßten die Männer dort. Er tauschte die komplette Crew aus, die neue setzte noch am selben Tag die Reise fort. Alle Befreiten wollten erst einmal mit ihren Familien telefonieren. Wir sicherten die ausstehende Heuer zu und zahlten weitere drei Monate. Wer wollte, konnte zu Hause psychologische Betreuung in Anspruch nehmen, die ebenfalls wir bezahlten. Allen wurde zugesichert, dass sie jederzeit wieder an Bord eines unserer Schiffe arbeiten können. Nur der Kapitän lehnte ab, er hatte offensichtlich die Nase voll. Er wollte nach Odessa zurückkehren und dort in einem Rekrutierungsbüro sein Geld verdienen. Sie wissen vielleicht, Herr Lange, dass aus der Ukraine hervorragende Seeleute kommen und sehr gutes Servicepersonal für Kreuzfahrtschiffe.«

Anne de Vries schien erleichtert, als sie mit dem Bericht durch waren. Sie leerte das Wasserglas und lächelte Lange an.

»Falls Sie noch Fragen haben, bin ich auch telefonisch erreichbar.« Sie überreichte ihm eine Visitenkarte, auf der nur A. de Vries stand über zwei Telefonnummern, Festnetz und Handy.

So weit ist es also mit der Gleichstellung von Frauen in den Niederlanden noch nicht gediehen, dachte Lange. Sie offenbaren sich noch nicht gänzlich, nennen keine Adresse. Er half ihr in den Mantel, den der Westenträger brachte.

»Chopard?«, fragte er, als ihn wie ein Schlag der Duft ihres Parfums traf.

»Woher kennen Sie das? Es ist kaum noch zu haben!« Sie lächelte ihn an.

Er versuchte eine Antwort: »Ach, das ist lange her. Aber es steht Ihnen gut. Ich rufe Sie gern an, wenn ich weitere Fragen habe.« Lange sah im Licht vor der Tür Regenfäden, die ein leichter Wind bewegte, und ließ sich vom Bellboy einen Schirm geben. »Ich bringe Sie eben zu Ihrem Wagen.«

Die elegante Frau küsste ihren Bruder auf beide Wangen, trat neben Lange unter den Schirm und hakte sich ein. Wann hatte er das zum letzten Mal erlebt? Er roch ihren Duft und spürte den Druck ihrer linken Schulter an seiner Schulter. Sie lenkte ihn in die richtige Richtung zu ihrem Wagen.

»Sie sind eine ungewöhnliche Frau«, sagte er, »so etwas erlebt man selten, Ihr Bruder ist gegen Gewalt, und Sie sind dafür. Meistens ist es umgekehrt!«

Abrupt blieb sie stehen und funkelte ihn im schwachen Licht einer Laterne an. »Ich bin nicht für Gewalt, sondern für Gerechtigkeit. Aber die kriegen Sie manchmal nur mit Gewalt.«

»Darüber würde ich mit Ihnen noch mal streiten.«

»Tun Sie's doch, Sie wissen ja, wie Sie mich erreichen können. Ich würde mich gerne mit Ihnen weiter unterhalten.«

Er half ihr ins Auto, und sie winkte ihm beim Abfahren zu.

Im Regen stehend sah er den Rücklichtern nach. Endlich hatte er wieder einmal mit Menschen an einem Tisch gesessen, die von sich selbst sprachen, statt von ihm alles wissen oder hören zu wollen. Trotz der Nässe fühlte er sich plötzlich sehr wohl.

Van Oudevaart brachte Lange zu seinem Hotel. »Ich hoffe, Ihnen hat der Abend nicht missfallen. Meine Schwester hat ihren eigenen Kopf. Aber ich sehe Sie morgen ja noch mal, Herr Lange. Nun kennen Sie Ihre konkrete Aufgabe: Helfen Sie uns dabei, dass sich so etwas auf unseren Routen in Zentralamerika nicht wiederholt. Schauen Sie sich um und machen Sie uns Vorschläge. Sprechen Sie mit niemandem darüber. Wenn einer fragt, dann wollen Sie durch die Lücke des Darién, den Regenwald zwischen Panama und Kolumbien, der als undurchdringlich gilt. Und setzen Sie bitte auch keinen offenen Funkspruch ab. In vier Wochen können Sie auf den Azoren auf der PILAR einsteigen.«

Und dort war Lange am Dienstag, dem 26. Februar, an Bord gegangen. Anne de Vries hatte er nicht mehr gesehen. Alle Versuche, sie unter den Telefonnummern auf der Karte zu erreichen, waren ins Leere gelaufen. Er hätte sie gerne wieder getroffen. Ihre Art, solche Ereignisse zu schildern, gefiel ihm. Oder war es mehr?

Er hatte jetzt alles in das Bündel gestopft, was er von der PILAR mit an Land nehmen wollte. Nachdenklich schob er die Visitenkarte in seine Brieftasche und diese in die Hosentasche.

»Sind Sie endlich fertig?«, hörte er José im Gang.

Dann rasselte der Schlüssel.

Mit einem Bündel unter dem Arm verließ Lange seine Kammer und wurde an Land übergesetzt.

Vier

So hatte sich Lange seine Rückkehr in dieses Land nicht vorgestellt. Zusammen mit Nonno kauerte er vorn im Boot über seinem Bündel mit Ersatzhemd und *wet pack*, wie er aus Gewohnheit das nannte, was unter Landratten Kulturbeutel hieß. Das Taschenmesser, das er beim Packen in seiner Hosentasche zu verstecken versucht hatte, nahm José ihm beim Abtasten wieder ab. Auch die Rasierklingen konfiszierte er.

»Das alles bleibt an Bord. An Land müssen Sie sich nicht rasieren.«

»Ich mag aber keinen Bart«, spöttelte Lange zurück.

Das letzte Mal war er vor drei Jahren an dieser Küste aus dem eigenen Schlauchboot an Land gegangen, seinen jauchzenden Sohn Gregor auf dem Arm, der nicht schnell genug seinem Vater und Joan, seiner Mutter, davoneilen konnte. Endlich Sand und Land nach fünf Tagen auf ihrem Segelboot DESDEMONA. Im Bug mit dem schweren Außenborder wurde Lange jetzt durch Spritzwasser nass bis auf die Haut. José hatte sich ein Stück Segel über die Schultern gezogen, die zwei Bewacher hockten ergeben da und schützten die Gewehrmündungen mit der Handfläche. Nonno drehte das Gesicht nach achtern und zog die Schultern hoch. Im Maschinenraum der PILAR musste es unendlich heiß gewesen sein, denn es lief stets nur der kleine Diesel, der für Strom sorgte und einzig die Speisekammer kühlte. Chief John-John, der nun allein auf der PILAR war, hatte keine andere Aufgabe mehr, als mit dem Maschinchen weiter so viel Strom zu produzieren, dass die zurückkehrende Mannschaft später die Schiffsmotoren wieder starten konnte. Lange sah jetzt die Bäume hinter dem hellen Ufer sehr klar. Das Boot würde gleich hinter der Brandung auf den Strand laufen, und man würde es weit hinaufziehen müssen, bis es hoch und trocken lag. So wie er selbst es damals mit

Joans Hilfe mit dem Beiboot der DESDEMONA gemacht hatte, und wie es jeder tat, der an dieser Küste an Land ging.

Die Mannschaft der PILAR war jetzt bereits den dritten Tag in Gefangenschaft. Am Mittwoch sollte das Geld übergeben werden, also in vier Tagen. Wenn dann alles klarging, könnten sie vielleicht noch am selben Tag an Bord zurückkehren. Doch Lange bezweifelte es. Er hatte, bevor er die Brücke abschloss, noch ein paar Minuten Zeit gehabt, die Karten zu studieren. Kapitän Söderbaum pflegte etwas, was sein Erster, Poul Schneider, als Macke bezeichnete: Er legte stets am Rand des Kartentisches eine Land- und Straßenkarte so gefaltet unter Plexiglas, dass er die Küste, der er sich mithilfe der Seekarte näherte, auch unter dem Blickwinkel dieser Karte kennenlernen konnte. Doch von dieser verlassenen Weltgegend gab es offenbar keine detaillierten Straßenkarten, und Söderbaum hatte sich mit einem Exemplar begnügen müssen, das ganz Zentralamerika von Villahermosa in Mexiko bis Turbo in Kolumbien zeigte. Lange entdeckte ganze drei Flughäfen im Darién: den ersten an der karibischen Küste in Puerto Obaldia, den zweiten in der Nähe von Yaviza in El Real und den dritten am Golf von Urabá in Acandí, schon weit in Kolumbien, doch die kleinen Flugfelder, von denen es laut José in Panama so viele geben sollte, suchte er vergebens. Wo also würde das Geld übergeben werden? Ziemlich weit von der panamaischen Küste landeinwärts oder nahe dem Ankerplatz der PILAR in der Bucht von Punta Escosés, rund 20 Meilen von der kolumbianischen Grenze entfernt? Die nächste Straße war die Panamericana, die bis Canglon ausgebaut war und bis Yaviza als schmaler Asphaltstreifen weiterführte – von Nordwesten nach Südosten etwa in der Mitte zwischen der karibischen und der pazifischen Küste des Landes. Größere Straßen, die quer durchs Land oder an der Küste entlang führten, hatte Lange auf dieser Karte nicht gefunden. Flüsse schienen sie zu ersetzen, die im Wesentlichen von der Bergkette an der karibischen Küste, der Serrania del Darién, nach Westen hin und damit in den Pazifik flossen. Andere Flüsse mündeten in die Karibik und schienen kurz und klein zu sein, also wohl nur Boote tragen zu können, nichts Größeres. Puerto Obaldia lag als nächster Flughafen etwa 20 Meilen südöstlich von der Bucht der PILAR entfernt – der Übergabeort?

Lange konnte Josés Rolle noch immer nicht einschätzen. Der Mann war ohne Zweifel der Anführer, Ignacio sein Stellvertreter. Alle anderen wirkten wie Fischer, denen man ein Gewehr in die Hand gedrückt hatte. Und wer stand hinter José? Eine Kaperung wie diese plante ein Mann nicht allein! Und wenn José oder seine Hintermänner ihren Job verstanden, fiel ein Flughafen als Übergabeort aus. Dort gab es Polizei, Zoll und vielleicht sogar Militär, die sofort alarmiert werden und nach Übergabe des Geldes und dem Signal zur Freilassung der Mannschaft und zur Freigabe der PILAR die Empfänger aufgreifen könnten. Lange versuchte, sich in Josés Lage zu versetzen: Er würde den Übergabeort erst im letztmöglichen Augenblick nennen. Es gab keinen Grund anzunehmen, dass José es nicht genauso halten würde.

Lange beschloss, nicht länger Vermutungen anzustellen, sondern Bilanz zu ziehen und zu versuchen, aus den Bewachern etwas herauszubekommen. Und dann?

José hatte sich also entschieden, alle PILAR-Leute an einem Ort zu sammeln. Was konnte man daraus schließen? Er brachte sie damit natürlich leichter unter Kontrolle und brauchte weniger Bewacher, konnte also fast alle der rekrutierten Fischer nach Hause schicken. Doch konnten die Männer der PILAR überhaupt flüchten? Wohin? Sie würden irgendwo im Regenwald stecken, wenn das Schiff ankerauf ging. Lange begriff plötzlich, warum José ihn und Nonno an Land schaffen ließ. Als Zweiter Offizier konnte er die Mannschaft sehr glaubwürdig über den Stand der Verhandlungen informieren – und eine Flucht wäre nur sinnvoll, wenn kein Lösegeld gezahlt würde.

Er blickte voraus, sah aber am Strand nichts, das wie ein Boot aussah. Entweder hatten die einheimischen Helfershelfer ihre Boote bis in den nahen Uferwald gezogen, oder sie waren in die Dörfer zurückgekehrt, nachdem ihre Aufgabe auf der PILAR erledigt war. Wie wurden sie wohl bezahlt? Mit einem Handgeld oder mit einem Anteil am Lösegeld in kleinen und gebrauchten Dollarscheinen? Eigentlich war es nicht weiter verwunderlich, dass die Männer hier auf diese Weise einen Lebensunterhalt zu verdienen versuchten. In den acht Jahren, in denen Lange auch in der Karibik nach gestohlenen Yachten gefahndet hatte, entwickelte er ein ziemlich genaues Bild von den politischen und wirtschaftlichen Zuständen der Region zwischen den USA und Brasilien. Aber nach dem Tod an der Brücke, als er sich nach Bremen zurückgezogen hatte, wollte er von all dem nichts mehr wissen. Er war ganz froh, dass im *Weser-Kurier* das Thema Mittelamerika selten vorkam. Erst seine Ärztin und wunderbare Therapeutin, Dr. Thedens, hatte ihn in langen Gesprächen allmählich wieder in die Gegend zurückkehren lassen, in der die Brücke über den Fluss führte. Und als er endlich »den Film«, wie sie seine Erinnerungsarbeit nannte, an jeder Stelle anhalten konnte, traten auch die Erlebnisse in den Ländern, in denen er öfter zu tun gehabt hatte, wieder in sein Bewusstsein. In keinem hätte er länger leben mögen, Mexiko und Panama vielleicht ausgenommen. Kolumbien mied man am besten ganz.

Lange beobachtete seine Bewacher, wie sie mit ihren Gewehren im Arm im Boot hockten, ihre Hemden dampften wie seins vom Spritzwasser. Wer gab ihnen die Befehle? Er sah in diese stumpfen Gesichter, die ihn an die Indonesier auf der PILAR erinnerten, stets ergeben und gelassen auch sie. Eigentlich verband die Gangster und ihre Opfer mehr, als sie trennte.

Der Rudergänger stieß plötzlich José an und deutete auf dessen Gewehr. Lange schätzte, dass ihr Boot etwa 200 Meter vor der Brandung stand. José schoss einmal in die Luft und noch ein zweites und drittes Mal. Die sollen wissen, dass wir kommen, interpretierte Lange. Und dann erschienen drei Gestalten mit weißen Hüten, klein über der Brandung am Strand, und winkten. Der Kerl am Ruder änderte den Kurs und drosselte die Fahrt. Alle Männer konnten durch diese Brandung heil an Land kommen, aber das Boot war gefährdet und besonders der schwere Außenbordmotor. Einer sammelte die Gewehre ein und wickelte sie in ein braunes, geflicktes Stück Segeltuch.

»Ich könnte mit der Vorleine an Land gehen«, bot Lange sich an.

Nur José schien ihm zuzuhören. »Bleib hocken und warte. Wir machen das allein.«

Und so griff Lange nach seinem Bündel, um beim Aufsetzen des Bootes sofort an Land zu springen. Die Küste hier wirkte flach und sandig. Er sah keine dunklen Flecken im Wasser, also gab es auch keine Felsen.

Der Rudergänger schien mit solchen Landemanövern vertraut, denn kurz bevor er die richtige Welle fand, schaltete er den Außenborder ab, nutzte ihn aber noch zum Steuern und hob ihn dann mit viel Kraft über das Heck aus dem Wasser. Die drei am Strand liefen dem Boot entgegen und standen dann zu beiden Seiten des Bugs. Noch ein Schubser von achtern, plötzlich war das Boot mit dem Bug weit genug auf dem Strand, und die Männer packten Lange hart an, damit er mit seinem Packen unter dem Arm in den heißen Sand sprang. Mühsam kletterte Nonno über den Bug und fluchte. Wie den meisten Maschinenleuten waren ihm kleine, offene, tanzende Boote zuwider.

»Und jetzt?« Lange entdeckte Spuren, die weiter nach oben auf den Strand führten, und wollte ihnen folgen.

»Bleib stehen, *hombre*. Wir bringen dich schon weiter.«

José hatte sich so gestellt, dass er Lange und Nonno mit seinem Gewehr deckte. Die anderen zerrten und schoben das Boot ein paar Meter durch den heißen Sand. Es lag jetzt so weit auf dem Trockenen, dass selbst die Brandung einer steigenden Flut es nicht mehr erreichen würde. Das hieß aber auch, dass ein einzelner Mann es allein nicht mehr ins Wasser bugsieren konnte. Falls Lange also auf die PILAR fliehen wollte, ging das nur mit Unterstützung der ganzen Gruppe. Für ihn allein gab es nur eine Richtung: ins Binnenland, in die Berge, in den Regenwald.

Der Zug formierte sich: José ging voran, das Gewehr im Anschlag. Ihm folgte Lange, dann der Zweite Ingenieur, die beiden Bewacher hielten mit ihren Gewehren in der Armbeuge ein paar Schritte Abstand. Der Strand stieg erst flach an und fiel dann abrupt ab. Lange hielt auf dem Kamm und blickte nach unten auf einen Wasserlauf, an dem ein paar Hütten standen. Drei Einbäume lagen halb auf dem Ufer, ein Hund lief laut bellend auf und ab, kein Mensch ließ sich blicken. Hinter den Hütten stand der Wald wie eine blaue Mauer, und unter dem gefleckten Himmel drohten Berge in immer heller werdenden, immer weiter entfernten Ketten. Es war unendlich heiß. Sie folgten dem Wasserlauf ein paar Schritte und stiegen dann auf einem Pfad am Ufer hoch zu ein paar Hütten aus Matten und Wellblech als Wänden, geflochtenen Blättern als Dach. Dann entdeckte Lange den Dorfplatz mit dem Haus ohne Wände.

»Was wollt ihr denn hier?«

Das war Wilkens' Stimme. Lange sah seinen Bootsmann aus dem Dunkel treten und stehen bleiben. So trafen sie sich wieder: Söderbaum, Schneider, Wilkens und die Crew. Als Langes Augen sich an den Schatten unter dem Dach gewöhnt hatten, bemerkte er, wie erschreckend schmuddelig der Bootsmann und sogar die Offiziere aussahen. Alle hatten sich tagelang nicht rasiert, und ihre Hemden waren durchgeschwitzt, nur die Indonesier grinsten freundlich und trugen Tücher, um die Hüften geschlungen und um den Kopf gewunden.

»Was ist, Lange? Warum haben Sie das Schiff verlassen? Sie sind für die PILAR verantwortlich!«, fuhr Söderbaum ihn an und schob Wilkens zur Seite.

»Ich werde Ihnen alles erklären, Käpten«, antwortete Lange, »aber dürfen wir erst mal aus der Sonne? Und hat jemand einen Schluck Wasser für mich?«

Wie Lange schnell erkannte, waren die Gefangenen im großen Dorfgemeinschaftshaus interniert, zwischen glatt behauenen Baumstämmen unter einer mächtigen Dachkonstruktion mit dichten, kunstvoll verwebten, riesigen Blättern. In der Mitte des Hauses gab es eine Feuerstelle, daneben lag Holz. Nengah, der javanische Smut, hockte in der am weitesten entfernten Ecke und scheuerte einen großen Topf mit Sand. Er bekochte also die Männer der PILAR auch hier.

Söderbaum ging vor Lange her in die gegenüberliegende Ecke, in der zwei dicke Baumstämme eine Art Sitzecke bildeten. »Also was ist los, was haben Sie zu berichten, Lange?« Er sah nicht gut aus, er hatte eingefallene Augenhöhlen und sehr schmale Lippen. Sein Bart war gefleckt, seine Lippen aufgesprungen.

»Ich habe mit dem Reeder gesprochen und die Verhandlungen dann an José übergeben. Sie haben vereinbart, dass am Mittwoch ein Bote zwei Millionen US-Dollar in gebrauchten und kleinen Scheinen einem Beauftragten der Fischer übergibt. Auf einem Flugfeld, dessen Position erst kurz vor Übergabe benannt wird. Sobald die Übergabe erfolgt ist, dürfen wir auf die PILAR zurück und ankerauf gehen.«

Söderbaum knurrte: »Und wenn das Geld nicht kommt? Oder ein Falscher es auf dem Flugfeld in Empfang nimmt?«

Immer wieder die gleichen Fragen, dachte Lange. Bei Einsätzen, in denen Lösegeld überbracht werden musste, waren dies immer die ersten Fragen derer, die zahlen mussten. Früher hatte Lange immer auf zwei Begleitern bestanden und immer die Airline informiert, dass drei bewaffnete Männer an Bord kämen mit einigem Handgepäck. Das Lösegeld war in höchstens vier Handkoffern verstaut. Er selber behielt freie Hände. Genau dieses Vorgehen hatte er bei dem Treffen in Rotterdam für den Fall der Fälle auch van Oudevaart empfohlen. Ob es denn schon jemals zu Schießereien bei der Geldübergabe gekommen sei, hatte der Niederländer wissen wollen.

»Bei mir noch nie, aber ich habe davon gehört«, antwortete Lange. »Sobald zu viele von dem *deal* wissen, ist das immer eine Gefahrenquelle.«

»Wollen Sie Schneider und Wilkens informieren, Käpten?«, fragte Lange jetzt.

Söderbaum überlegte nicht lange: »Schneider sollte alle Details kennen, ich rede mit ihm unter vier Augen. Und dann informieren wir grob alle, denn die Männer ahnen, dass Geld fließen muss, ehe wir hier rauskommen.«

So begann ein dreitägiges Warten unter einem Dach in einem wändelosen Haus in einer Siedlung, die menschenleer zu sein schien, an einem Fluss, der keinen Namen hatte. Vom Meer her erleichterte tagsüber eine leichte Brise das Atmen, nachts kam sie kühl aus den Regenwaldbergen. Da war es gut, nicht nur auf einer Matte aus Blättern zu schlafen, sondern auch eine Wolldecke zu haben. Diese braunen Decken erwiesen sich als ehemaliger Besitz der amerikanischen Armee, grobe Wolle, die gut wärmte. Ölflecken zeigten, dass sie wohl auf den Booten benutzt worden waren.

Der Dorfplatz um die Hütte herum blieb leer. Handhohes Gras deutete darauf hin, dass ihn schon lange niemand mehr betreten hatte. Nur der Pfad, auf dem Lange und Nonno gekommen waren, führte von den Hütten am Fluss, die man vom Dorf aus wegen des dichten Gestrüpps nicht mehr sehen konnte, über den Platz in das offene Gemeinschaftshaus. Zweimal am Tag tauchten zwei Bewacher aus dem Busch auf. Morgens stellten sie drei Eimer mit Süßwasser vor Nengah hin, der das Wasser zum Trinken abkochte und es verwaltete. Dann kochte er Maisbrei. Nach der Mittagshitze kamen die Bewacher wieder mit zwei Bastkörben, aus denen Nengah das Abendessen zauberte, meistens mit Fischen und einer Art Süßkartoffel, manchmal aus schwarzen Bohnen, für die er gern ein Stück Fleisch gehabt hätte und dessen Fehlen er laut beklagte. Zwei aus der Mannschaft gingen jeweils vor Einbruch der Dunkelheit auf die Suche nach Feuerholz, immer von einem Bewacher mit Gewehr begleitet. Söderbaum erklärte Lange und Nonno die Regeln dieser Gefangenschaft: Niemand durfte einfach so das offene Haus verlassen. Wer austreten wollte, schlug an ein Stück Eisen, das an einem Strick vom Rand des Daches hing und dessen Klang einen Bewacher aus dem Busch auftauchen ließ. Der begleitete – immer nur einen Mann auf einmal – zu einem Schirm, der am Wasserlauf das schützte, was man mit etwas gutem Willen Toilette hätte nennen könnte. Sie bestand aus einem glatten, oberschenkeldicken Baumstamm zum Sitzen und einem Strick zum Festhalten. Unten rauschte der Fluss, in dem man sich auch wusch.

»Wer hat denn hier das Sagen?«, wollte Lange nach dem kargen Abendessen wissen.

»Jetzt vermutlich wieder José«, antwortete Söderbaum, »bisher wechselten sich die Kerle ab. Das Dorf hier ist wie ausgestorben. Nur ein einziges Lebewesen haben wir bisher außer den Gangstern gesehen: einen Hund, den irgendjemand hier vergessen haben muss. Vielleicht sind die einheimischen Indianer vor unseren Häschern geflohen.«

»Das könnte in Kolumbien der Fall sein. Da haut ja einer auf den anderen ein. Aber wir sind hier in Panama, da ist die Welt ein bisschen geordneter.« Poul Schneider warf eine Kippe in die Asche. Unter den Offizieren, die um die Feuerstelle herum saßen, war er der einzige Raucher.

»Wir sind hier im Grenzgebiet«, widersprach Wilkens. Sein Hemd war weit aufgeknöpft und zeigte Teile eines großen, sehr bunten Tattoos, vermutlich als Erinnerung an eine Zeit, in der der Bootsmann einfacher Matrose gewesen war.

»Warum sollten die Indianer fliehen?«, fragte Söderbaum in die Runde. Er sah immer müde aus, obwohl er tagsüber viel schlief.

»Vielleicht interessiert sich jemand für ihren Landbesitz und will ihn sich unter den Nagel reißen. Oder die Bäume, die man noch besser zu Geld machen kann«, versuchte Schneider eine Erklärung und strich sich über seinen tiefschwarzen Dreitagebart. »Indianer sind überall rechtlos.«

»Nicht in Panama«, widersprach Wilkens, »hier haben sie sogar eine eigene Provinz, in der sie sich mit ihren Gesetzen selber verwalten. Sie haben sogar Vertreter im Parlament.«

»Woher wissen Sie denn das alles, Bootsmann?«, wollte Söderbaum wissen.

Der kratzte sich unter dem Hemd die Brust und schnappte dann scharf: »Man muss ja nicht jede Freiwache Pornos angucken. Lesen kann man ja auch noch. Außerdem habe ich einen Freund in Bolivien, der in Deutschland studierte und gut Deutsch spricht und mich einmal schrecklich heruntergeputzt hat, weil ich von Indios sprach. Das ist Kolonialsprache, hat er mir erklärt, eigentlich heißen die Menschen hier Indigene, aber weil das niemand versteht, ist man eben auf ›Indianer‹ ausgewichen. Das war früher nur in Nordamerika gebräuchlich, doch die Rechtlosigkeit ist die gleiche, also nennen die Intellektuellen die Einwohner auch hier so.«

Lange hatte auf diesem Schiff nie eine fremde Kammer betreten. Dass Schneider, Wilkens und der Chief sich gegenseitig besuchten, war ihm bisher nicht aufgefallen. Wenn sie zusammensaßen, dann in der Messe, die mit Holz ausgekleidet war, braunem Holz, von Tabakrauch gegerbt.

»Was wissen Sie denn über die Indianer, Bootsmann?«

Der rieb sich die Nase. »Also, da gibt es welche hier an der Küste, die Kuna-Indianer. Das ist ein Stamm mit eigenem Land, Gesetzen und Vertretung im panamaischen Parlament. Und dann gibt es eine zweite Gruppe, die Emberas, die leben weiter südlich und an der Pazifikküste. Die haben all die Rechte der Kunas noch nicht, streben sie aber wohl an.«

»Donnerwetter«, sagte Söderbaum, »Lesen kann nicht schaden, wie man sieht.«

»Wir hätten was zu lesen einstecken sollen. Bis Mittwoch liegen wir hier noch drei Tage rum. Kein Radio, kein Bier, nix, Schiet an Boom. Hat einer Spielkarten dabei?«

Die hatte keiner, und so verstummten die Gespräche bald wieder, das Feuer verglomm, und die Männer rollten sich in ihre Wolldecken. Der Wind raschelte von den Bergen kommend in den Büschen am Rande des Platzes, zwei Stunden später stand der Mond als schmale Sichel über dem Meer.

Lange schlief tief und lange. Die Tage und Nächte ohne Wachen taten ihm gut. Eigentlich hätte er *four on, four off* ganz gut verkraften müssen, hatte er doch jahrelang nach diesem System gelebt. Die PILAR fuhr sogar mit drei Wachen, also mit acht Stunden Ruhe nachts zwischen den Wachen. Das momentane Durchschlafen gefiel und bekam offenbar allen. Nur Söderbaum sah weiterhin elend aus. Als Lange ihn fragte, ob er etwas für ihn tun könne, reagierte der Kapitän zunächst unwirsch. Aber Lange blieb beharrlich.

»Ich habe meine Pillen an Bord vergessen.«

»Ich könnte mich mal drum kümmern«, sagte Lange und trat dann, ohne eine Antwort abzuwarten an das Stück Eisen am Dachrand. Der derbe Klang holte einen Bewacher auf den Dorfplatz, Lange erkannte Bernardo, der ihn heranwinkte und dabei sein Gewehr wie immer im Anschlag hielt, doch diesmal gesichert, wie Lange sofort bemerkte.

»Ich muss an Bord, Bernardo, der Kapitän ist krank, er hat seine Medikamente vergessen. Ich muss die holen.«

»Hat er Sie geschickt, Señor?«

»Er hat mir nur gesagt, dass er krank ist.«

Bernardo sah an Lange vorbei. »Darf nicht, Señor. Wir haben Befehl von José, alle hier zu bewachen. Am Mittwoch kommt Geld. Dann können Sie an Bord zurück. Nur zwei Tage.«

»Und wenn die Nachricht später kommt?«

»Dann warten Sie.«

»Aber der Kapitän kann nichts dafür. Wenn das Geld erst später kommt, ist das nicht seine Schuld.«

Bernardo dachte kurz nach. »Wir halten Sie hier so lange, bis Geld da ist, das weiß jeder. Kapitän hat Medikamente vergessen? Vielleicht er nicht krank, sondern sieht nur so aus.« Bernardo hob fragend die Schultern und deutete mit seinem Gewehr auf den Schirm am Fluss.

Lange stieg nach unten und sah sich beim Händewaschen um. Der Uferweg verschwand weiter oben in den Büschen, und der

Fluss führte Hochwasser, in den Bergen regnete es wohl mehr als hier unten. Wenn er jetzt fliehen würde? Das Wegkommen war bestimmt nicht das Problem, auch eine Waffe würde er stehlen können. Doch wozu? Er müsste sich durch den Dschungel zur nächsten Siedlung durchschlagen, von dort zu einer Straße und dann zu einer Stadt. Er war oft genug bei Einsätzen im Dschungel gewesen, um die Schwierigkeiten ermessen zu können, die hier vor ihm lagen. Sie wären zu schaffen, aber der Auftrag des Reeders sah eine Flucht nur im Notfall vor – um ein Leben zu retten, zum Beispiel. Langes Leben aber war nicht in Gefahr. Und das des Kapitäns? Am besten würde er ihn selber fragen, mit Bernardo könnte er jederzeit wieder verhandeln. Ein seltsamer Zustand: Bernardo sprach seinen Gefangenen respektvoll mit Senõr an, dieser rief ihn mit Vornamen.

Zurück im Haus setzte sich Lange zum Kapitän, der trotz der Tageshitze eine Decke um die Schulter geworfen hatte. »Sie sind krank, Käpten. Aber man will mich nicht an Bord der PILAR lassen, um Ihre Medikamente zu holen. Die Kerle bringen uns erst wieder an Bord, wenn das Geld da ist.«

Söderbaum sah seinen Zweiten mit gerunzelter Stirn an.

»Was gehen Sie meine Medikamente an? Wenn wir am Mittwoch an Bord gehen, ist alles in Ordnung.« Er zog die Decke fester. »Aber dennoch, vielen Dank. Was sind Sie bloß für ein komischer Heiliger.«

»Ich bitte Sie, Käpten, jeder von uns braucht mal Hilfe.«

Söderbaum schwieg, und Lange verzog sich auf seine eigene Matte.

Am nächsten Morgen schreckten ein paar Schüsse die Männer auf. Sie versammelten sich unter dem Dachrand und beobachteten gespannt den Buschrand. Nichts bewegte sich dort. Abends schleppten die Wächter einen halben Eimer voll Fleisch herbei.

Der Smut prüfte es. »Ist wie Schwein«, sagte er, »man kann es essen.«

So gab es am Dienstagabend schwarze Bohnen mit Fleisch, von dem nichts übrig blieb.

Am nächsten Morgen kam José, wie immer mit einem Gewehr in

der Hand, und trat zu Lange im Haus. »Wir gehen an Bord, nehmen Sie alles mit.«

Lange sah sich um. »Wir alle? Ich allein?«

»Sie allein, *hombre*!«

»Und die anderen?«

»Kommen nach, wenn das Geld übergeben ist.«

Lange klemmte sein Päckchen unter den Arm und freute sich darauf, an Bord endlich wieder duschen und sich rasieren zu können. Der Berg, der im Kap endete, warf im Morgenlicht einen dunklen Schatten aufs Wasser. Das Boot schwamm schon auf, als Lange über den Bug hineinkletterte und José Platz machte. Da krachte ein Schuss in die Luft, der von der PILAR mit einem zweiten beantwortet wurde. Die PILAR lag in den weiß-blauen Farben der Reederei wie in einem Gemälde auf der See, die nur leicht gekräuselt war, die Nationale träge im Heck hängend, die Reedereiflagge mit dem roten OV auf dem weiß-blauen Feld wehte fröhlich aus.

Lange stieg als Erster an Bord. Einer der Kerle empfing ihn mit Gewehr im Anschlag, das er senkte, nachdem José über die Reling geklettert war. Die Brücke sah so aus wie vor drei Tagen. Vom Chief war nichts zu sehen.

»Lassen Sie mich erst duschen und rasieren«, sagte Lange und fügte dann ein »bitte« an.

Er erreichte den Reeder um 10.10 Uhr am 19. März. »Hier ist Lange, Zweiter Offizier der PILAR, für Mr. Willem van Oudevaart. Ich übergebe an Señor José, wir sind die beiden Einzigen auf der Brücke. Der Kapitän und alle anderen sind noch an Land. Bitte nur Englisch sprechen.«

»Okay, geben Sie mir Señor José, Mr. Lange. Ich hoffe, es geht Ihnen gut.«

»Aye, aye, Sir.«

Lange erhob sich und ließ José Platz nehmen, der ohne Umschweife zur Sache kam.

»Wir erwarten die Summe heute, wie verabredet, zwei Millionen Dollar. Ihr Bote wird sie an einen von uns übergeben. Hier ist es jetzt 9 Uhr Ortszeit. Ihr Mann wird das Geld zwischen 11 und 12 Uhr Ortszeit übergeben. Haben Sie mich verstanden?«

»Ich habe Sie gut verstanden, Señor José. Das Geld liegt bereit.

Aber Sie haben einen meiner Männer erschossen, Sie geben mir also weniger zurück. Darum habe ich 65 000 Dollar abgezogen, die die Hinterbliebenen von Ketut bekommen werden.«

Jose unterbrach van Oudevaart. »Das ist nicht vereinbart. Sie riskieren Ihr Schiff, Mister.«

»Wegen 65 000 Dollar Differenz wollen Sie das Schiff weiter behalten, Señor José? Sie haben einen Fehler gemacht, als Sie den Mann getötet haben. Dafür zahlen Sie. Wir haben einen Fehler gemacht, weil wir die PILAR in Ihre Hände fallen ließen. Dafür zahlen wir Ihnen viel Geld. Wo sollen wir es übergeben?«

Lange sah, wie José einen Augenblick nachdachte und sich mit der Zungenspitze über die Oberkante seines schmalen Barts unter dem Mund fuhr.

»Sie riskieren viel, Mister.«

»Sie auch, Señor José. Aber lassen Sie uns zur Sache kommen. Sie wollen das Geld in zwei Stunden haben. Ich erwarte, dass meine Männer spätestens eine Stunde nach der Übergabe vollzählig auf der PILAR sind und ohne Ihre Leute ankerauf gehen. Ich verlasse mich auf Ihr Wort, Señor José.«

Van Oudevaart klang, als spräche er mit einem alten Geschäftsfreund, und Lange bemerkte verblüfft, wie diese Ansprache wirkte: José nickte zustimmend.

»Ja, Mister.«

»Und an wen und wo übergeben wir das Geld?«

»Wir? Sie kommen höchstens mit zwei Männern.«

»Und mit dem Piloten.«

»Einverstanden.«

»Sie sind auch nur zu zweit!«

»Einverstanden. Aber wir haben auch einen Piloten.«

»Und wo findet die Übergabe statt?«

»Auf dem Flugfeld von Pito. Unsere Männer werden Ihre erwarten.«

»Werden Sie dabei sein, Señor?«

»Ich werde mich darum kümmern, dass das Schiff und Ihre Männer frei kommen, sobald das Geld übergeben und geprüft worden ist.«

Van Oudevaart hatte wegen des Flugfeldes keine weiteren Fragen gestellt. Ganz offensichtlich verfügte er über Informationen oder Karten, die auch die kleinen Flugfelder Panamas zeigten.

»Um 12 Uhr sind die Männer frei, Señor José!«

»Falls das Geld um 11 Uhr übergeben ist, Mister.«

»Das werde ich jetzt veranlassen, Señor José. Ich möchte noch einmal mit dem Zweiten Offizier sprechen.«

José stand auf und ließ Lange vor dem Mikrofon Platz nehmen.

»Hier ist Luten Lange.«

»Mr. Lange, ich verlasse mich darauf, dass Sie, Schneider und der Kapitän die PILAR nach Colón bringen. Alles Weitere besprechen wir dann.«

»Aye, aye, Sir. Wir laufen nach Colón. War das alles?«

»Mehr dann später. *Over and out.*«

José hatte inzwischen einen seiner Männer auf die Brücke gerufen, der mit dem Gewehr in der Backbordnock stand und Lange vor dem Lauf hielt. José stand draußen in der Steuerbordnock und tippte Zahlen in ein Handy. Dann sprach er mit der Hand vor dem Mund, ganz leise. Lange trat wie zufällig an den Kartentisch, aber auch hier konnte er nichts von dem verstehen, was José ins Handy sprach. Es war ein kurzes Gespräch.

»Können Sie das Ding da bedienen? Ich würde gerne Kaffee trinken.«

Damit war klar, dass José an Bord blieb, bis das Geld übergeben war. Ein oder zwei Stunden Wartezeit also. Lange füllte lauwarmes Wasser aus einer Flasche in den Automaten, löffelte Kaffee in die Kammer und stellte die Kanne unter den Auslauf.

»Sie werden unsere Männer zurück an Bord schicken, und wir werden mit der PILAR ankerauf gehen nach Colón, wie Sie eben vom Reeder gehört haben. Und was machen Sie und Ihre Männer dann?«

»Die Männer werden mit den Booten nach Hause fahren.«

»Und Sie?«

»Mich nehmen sie ein Stück mit.«

»Zu Ihren eigenen Leuten? Sie sind doch Kämpfer!«

José grinste und hob die Schultern. »Sie fragen ein bisschen zu viel. Aber die Antwort ist zweimal ja.«

»In Kolumbien, in Panama?«

»Mister, halten Sie den Mund.«

»Und wenn wir uns mal wieder begegnen?«

»Wo denn, Mister? Sie werden umgehend abhauen und besser nie wieder kommen. Wie Ihre Landsleute!«

»Wie meinen Sie denn das? Meine Landsleute waren hier?«

José straffte seine Schultern. »Sie sind doch Schotte, Mister. Wissen Sie nicht, dass in dieser Bucht mal eine schottische Siedlung bestand für ein paar Jahre? Die Spanier haben das Land ringsum ausgeraubt, aber hier eine Lücke gelassen. Da entdeckten Ihre Landsleute die Chance, unabhängig von den Engländern hier eine eigene Kolonie zu gründen. Aber von 3000 Leuten starben mehr als 2000 in drei Jahren. Im April 1700 wurde die schottische Siedlung hier endgültig aufgegeben. Lernt man das bei Ihnen in der Schule nicht?«

Lange war überrascht. Woher hatte dieser Guerillero derartiges Geschichtswissen? Von einer schottischen Kolonie in Panama hatte Lange nie etwas gehört oder gelesen, obwohl die Bezeichnung Punta Escosés darauf hindeutete, dass José wohl recht hatte. Er nickte also und behauptete: »Ich habe es nur vergessen.« Denn er hatte nicht die Absicht, seine wahre Nationalität zu verraten. »Ihre Vorfahren haben also alle Europäer vertrieben!«

»Nur die, die das Land ausplündern wollten. Andere konnten bleiben und können immer noch bleiben.«

»Und wo sind die Indianer, denen dieses Land gehört, Señor José?«

»Das fragt ihr Europäer immer. Die leben einfach weiter hier.«

»Aber in diesem Dorf habe ich keinen einzigen Indianer gesehen.«

José lachte und deutete auf die Kaffeemaschine, die kräftig blubberte. Der Kaffee war heiß und schwach, Lange hatte offenbar zu wenig Pulver in die Kammer getan.

»Unsere Freunde haben uns das Dorf zeitweise überlassen. Sie kommen bald wieder!«

»Die Indianer sind Freunde von Kämpfern?«

»Manche ja, manche nicht.«

»Und wer sind die Freunde, die Kunas oder die Emberas?«

José schaute überrascht über den Rand seines Bechers. »Auf einmal wissen Sie doch etwas von unserem Land? Aber Ihre eigene Geschichte kennen Sie nicht?«

»Was ist Ihr Land? Panama oder Kolumbien?«

»Warum fragen Sie so viel, Mr. Lange? Zu viel Wissen ist nicht gut.«

Lange grinste. »Falls ich Sie mal wieder treffen möchte unter besseren Vorzeichen und ohne dass Sie mir ein Gewehr vor den Bauch halten! Wo kann ich dann nach Ihnen fragen?«

»Sie werden mich nicht wieder treffen. Wenn wir uns je wieder begegnen, würden Sie mich nicht mal erkennen.«

»Sie wollen sich also mit dem Lösegeld ein neues Leben einrichten?«

José stellte den Becher auf den Kartentisch, lehnte sich zurück und legte sein Gewehr wieder über die Oberschenkel. »Es ist besser, Sie denken darüber nicht nach. Ich werde Ihnen nichts dazu sagen.«

Die Brise, die Kühlung gebracht hatte, war eingeschlafen. Lange sah, wie das Deck in der Hitze dampfte.

»Dies hier ist Kuna-Land, nicht wahr? Sonst würde es doch hier irgendein Denkmal geben, das an die Schotten erinnert.«

José quittierte Langes neuen Versuch mit einem Lächeln. »Kuna, Embera? Wer soll denn seinen Unterdrückern ein Denkmal setzen? Hier in der Gegend ist auch der erste Spanier aufgebrochen, der den Stillen Ozean als erster Europäer gesehen hat. Und auch für den gibt es kein Denkmal. Wir müssen die Welt von heute in Ordnung bringen, nicht das Vergangene ordnen.«

»Damit?«, fragte Lange und deutete auf Josés Gewehr.

»Nein, mit Gerechtigkeit. Nur mit Gerechtigkeit kann man die Welt in Ordnung bringen, aber manchmal bekommt man die nur mit Gewalt.«

Plötzlich musste Lange an Anne de Vries denken, die ihm bei ihrem ersten Treffen in Rotterdam genau das Gleiche gesagt hatte. Die reiche Europäerin und dieser Dschungelkämpfer äußerten identische Gedanken zu Gewalt und Gerechtigkeit? Sehr seltsam …

»Wenn Sie das so sagen, wollen Sie doch nicht behaupten, dass Sie mit der Kaperung der PILAR Gerechtigkeit herstellen?«

José rieb sich das Kinn. »In der Lücke des Darién ist das vielleicht die einzige Möglichkeit, Mr. Lange. Aber darüber sollten Sie sich nicht den Kopf zerbrechen. Sie sind der Zweite Offizier auf einem Frachter und ich … lassen wir das. Hier im Darién enden beide Staaten.«

José sah auf die Uhr und legte dann sein Handy auf den Kartentisch. »Das Netz ist hier schwach, aber es hat bisher gereicht. Es ist jetzt 11 Uhr, die Zeit läuft. Sie können sich in Ihrer Kabine duschen und rasieren. Nehmen Sie Ihr Zeug mit.«

Lange stieg nach unten. Die Dusche unter lauwarmem Wasser und die Rasur taten ihm gut, frische Wäsche hob seine Stimmung. Er kehrte auf die Brücke zurück und sah José in der Nock stehen, das Handy am Ohr. Wieder verstand Lange nichts von dem Gespräch. Doch als José sich umdrehte, brauchte Lange keine Erklärung mehr.

José grinste breit.

»Wie viel?«

»Ihr Reeder ist ein mutiger Mann. Er hat 65 000 Dollar weniger gezahlt.«

»Und Ihr Chef hat das akzeptiert?«

»Ja, das hat der große Lob.«

»Lob? Wer ist der große Lob?«

»Ein Mann, den Sie nie kennenlernen werden.«

Dann trat José in die Nock zurück, entsicherte sein Gewehr und feuerte drei Schüsse hintereinander in die Luft. Kurze Zeit darauf kam die Antwort, ebenfalls drei Schüsse.

Und dann sah Lange durch das Fernglas, das noch auf dem Kartentisch gelegen hatte, wie die Männer der PILAR auf dem Strand erschienen und sich sammelten.

Fünf

In Colón wartete eine neue Mannschaft auf die PILAR, die ihre Reise durch den Panamakanal die Westküste Südamerikas hinunter bis Valparaíso in Chile fortsetzen sollte. Der Reeder hatte mit Kapitän Söderbaum gesprochen, wobei Luten Lange als Kommunikationsoffizier natürlich mithörte.

»Wir fliegen Sie alle nach Rotterdam zurück, Kapitän Söderbaum.« Dann folgten die Einzelheiten für die Übergabe des Kommandos und der Papiere.

Immer noch war Lange verblüfft, wie klar die Verbindung über Satelliten stand. Sie war abhörsicher, besser als jede alte Funkverbindung, und wer sie knacken wollte, musste Zugriff auf den Satelliten haben. Trotzdem hielt sich van Oudevaart bedeckt, als er Söderbaum bat, das Gespräch an den Zweiten Offizier zu übergeben.

»Herr Lange, ist bei Ihnen alles in Ordnung?«

»Seit das Geld abgeliefert wurde, kann ich nicht klagen, Herr van Oudevaart. Es geht mir gut. Ich würde gern noch hier bleiben und erst später nach Rotterdam kommen. Ich denke, Sie verstehen und haben nichts dagegen.«

Kapitän Söderbaum starrte Lange verblüfft an. Das entsprach nicht dem üblichen Ton zwischen einem Reeder und seinem Zweiten Offizier.

»Einverstanden. Sehen Sie sich um, melden Sie sich immer mal wieder bei mir, Herr Lange, und halten Sie mit unserem Mann Kontakt, Eugenio Lovens. Er kann Sie im Notfall unterstützen.«

Söderbaum blieb neben Lange stehen bis zum immer noch üblichen, aber aus den Zeiten des Funkverkehrs stammenden *over and out*. Dann traten sie beide in der Abendbrise in die Nock und blickten über die Stadt.

»Sie reden mit dem Reeder als ob … Na ja, ich hätte mir das als junger Mann nicht rausgenommen. Und jetzt erlaubt der Ihnen, hier zu bleiben, obwohl die ganze Besatzung zurückfliegt. Sie sollen sich immer mal melden? Wer sind Sie eigentlich? Ihre Papiere stammen aus Athen, aber Ihren Job machen Sie trotzdem sehr gut.«

Lange versuchte ein Grinsen. Die Verabredung sah vor, den Kapitän nur im äußersten Notfall über den Auftrag des Reeders zu informieren. »Es gibt nichts Besonderes, Herr Kaptein. Was soll ich in Rotterdam? Um mich vom Schrecken der letzten Woche zu erholen, kann ich auch hier bleiben.«

»In diesem schrecklichen Colón?«

»Ich werde schon einen Platz zum Ausspannen finden.«

Söderbaum hatte, seit er an Bord seine Medikamente wieder nahm, zu seiner alten frischen Gesichtsfarbe zurückgefunden. Schließlich gingen sie zusammen von Bord, schüttelten sich auf der Pier zum Abschied die Hand, Söderbaum bestieg als Letzter den Kleinbus, der die Mannschaft zum Flugplatz brachte, und Kapitän Rhymer, seine Offiziere und Mannschaft übernahmen die PILAR. Eugenio Lovens hatte sich als Agent der Reederei dabei nur kurz blicken lassen.

Ein paar Stunden später fuhr Lange mit dem Taxi in die Stadt. Eugenio Lovens residierte in einem weißen Hochhaus an der Front Street, ein hochglänzend poliertes Messingschild wies sein Büro im 14. Stock aus.

»Man hat von hier aus einen guten Blick über den Kanal und die Schiffe, die auf Reede ankern. Ich habe Sie schon erwartet, Herr Lange. Was wollen Sie wissen? Unser Reeder hat mich informiert.«

»Worüber genau hat er Sie informiert?«

»Über Ihre Aufgabe. Sie sollen die Kaperung unserer Schiffe verhindern.«

»Was hat er sonst noch gesagt?«

Lovens wand sich ein bisschen. »Dass Sie nach Beendigung der Sache durch die Lücke des Darién wollen. Denn eigentlich würde man ja gern wissen: Was geschieht mit dem Lösegeld?«

Lange nickte. So lautete die Sprachregelung – er würde die Lücke des Darién durchqueren. Alles Weitere blieb vertraulich, also überhörte er die Frage des Mannes, der nicht einfach einzuschätzen war.

»Ich selber habe die zwei Millionen Dollar übergeben«, fuhr Lovens fort.

»Wo?«

»Neben dem Flugfeld in Pito, Hotel Roseda, Zimmer 214.«

»Sie hatten sich für Mittwoch eingemietet?«

»Ja, und ich habe das Geld am Mittwoch übergeben.«

Lovens holte aus einer Ledermappe eine Quittung und warf sie auf den Tisch. Ein lächerliches Papier, eine Quittung aus einem Durchschlagblock, mit schwarzen Druckbuchstaben ausgefüllt und mit einer unleserlichen Unterschrift in Blau abgezeichnet.

»Wem haben Sie das Geld gegeben?«

»Es waren zwei Männer, einer, der mir Anweisungen gab, und einer, der die Scheine prüfte und kein Wort sagte – im Beruf ist er vielleicht Banker oder Kassierer. Der Boss war etwas größer als ich, sehr viel schlanker, sehr dunkelhäutig, großer Schnauzbart. Sehr gepflegte Hände. Bestimmt kein Fischer. Er zeigte mir das Seefahrtsbuch von diesem Putu, der in Barranquilla geblieben war.«

»Was hat er über die Mannschaft der PILAR gesagt?«

»Nicht viel. Dass alle an Land warten und freikommen, sobald er seinen Anruf erledigt hat.«

»Und wie ging es weiter?«

»Sie wollen es aber ganz genau wissen, Mr. Lange. Also, mein Begleiter, der die Geldkoffer getragen hat, stand an der Tür, niemand war bewaffnet. Der Pilot wartete auf dem Flugfeld, auf dem noch eine zweite Maschine parkte. Der Boss und ich standen uns gegenüber, der Geldprüfer checkte die Banderolen und notierte die Summen.«

»Wie haben Sie so schnell das Geld zusammenbekommen?«

»Ich habe hier ein gewisses Limit bei zwei panamaischen Banken, das reichte natürlich nicht. Van Oudevaart wies mich an, schon mal alles für die Übergabe vorzubereiten. Also ein Flugzeug zu chartern und meinen zweiten Mann für die Übergabe auszusuchen. Das restliche Geld zahlte mir eine amerikanische Bank aus, auf Anweisung des Reeders.«

»Aber Sie haben doch statt der zwei Millionen 65 000 Dollar weniger gezahlt! Wie war die Reaktion?«

»Der Boss hörte sich an, was mir der Reeder aufgetragen hatte, ging aus dem Zimmer und telefonierte. Als er zurückkam, sagte er nur: ›In Ordnung.‹«

»Und dann? Wissen Sie, mit wem er telefoniert hat?«

»Nein, es fiel keine Name. Der Zähler brauchte exakt 55 Minuten, addierte schließlich die Zahlen: 1935 000. Der Boss warf einen Blick auf den Zettel, reichte mir das Seefahrtsbuch von diesem Javaner und rief über sein Handy jemanden an. Das Gespräch war ziemlich kurz.«

»Was haben Sie gehört? Versuchen Sie sich ganz genau zu erinnern.«

»Ich erinnere mich immer ganz genau, Herr Lange. Der Kerl sagte: ›Das Geld ist da und stimmt. Ich habe eben mit dem großen Lob geredet. Wir können die Männer jetzt freilassen, oder …?‹«

»Hat er das wirklich genau so gesagt? Freilassen, oder?«

»Hat er.«

Lange nippte an der Tasse mit dem Espresso, die ein schweigendes junges Mädchen unhörbar auf den Tisch gestellt hatte. Lovens hatte den Gast nicht nach seinen Wünschen gefragt.

»Und dann?«

»Der andere hat mit einem sehr kurzen Satz geantwortet, denn der Boss bestätigte schnell und beflissen mit ›*si, si, señor*‹, und damit war das Gespräch beendet.«

»Gibt es denn hier ein vernünftiges Handynetz?«, wollte Lange wissen.

»Ja, wir sind doch kein Entwicklungsland, und Costa Rica ist nahe. Dort sitzen die großen Handymacher und Netzbauer.«

»Wer ging als Erster?«

»Sie wollen's wohl immer ganz genau wissen, Mr. Lange. Der Boss ging als Erster, der Begleiter schleppte die Koffer vom Hotel direkt zum Flugzeug. Es hatte ein panamaisches Kennzeichen, und ich habe gestern mal nachgeforscht. Es gehört einer Chartergesellschaft, wurde in Panama City von einem gewissen Regnaldo für einen Tag samt dem Piloten gemietet und flog von Pito nach Yaviza und dann zurück nach Panama. In Panama City stieg aber nur ein Mann wieder aus.«

»Dieser Regnaldo, könnte das der Boss gewesen sein?«

»Weiß ich nicht, vielleicht ist es der Geldzähler.«

Lange notierte den Namen der Gesellschaft und eine Telefonnummer. »Und Sie sind dann auch zurückgeflogen?«

»Ja, wir sind zurück nach Colón. Ich habe Mr. van Oudevaart vor dem Einsteigen noch Vollzug gemeldet und über alle Details informiert.«

»Der Boss hat also offenbar mit einem von den Bewachern der PILAR gesprochen, das könnte José gewesen sein. Der hat mir nämlich gesagt, dass unsere Mannschaft frei ist und das Schiff wieder übernehmen kann. Übrigens: Kennen Sie diesen Lob oder einen sogenannten großen Lob?«

Lovens schien kurz nachzudenken und sagte dann: »Nein. Es könnte ein jüdischer Name sein, aber ich kenne niemanden, der so heißt.«

Lange war mit sich unzufrieden – das Wichtigste blieb offenbar im Dunkeln: die Verbindung der Bewacher zu diesem Lob, der das Sagen über sie hatte. Er blickte auf die Uhr, Söderbaum und seine Mannschaft checkten jetzt gerade ein zum Flug nach Sint Maarten, um dort auf einen Ferienflieger umzusteigen, der nach Schiphol flog.

»Und was werden Sie jetzt machen, Mr. Lange?«, fragte Lovens.

Lange kam aus seinen Gedanken hoch. »Herr Oudevaart hat Sie doch sicherlich informiert, dass ich im Lande bleibe. Ich will durch die Lücke des Darién.«

Lovens schien überrascht. »Wirklich? Wissen Sie, worauf Sie sich da einlassen, Mr. Lange?«

»Ja, ich denke schon. Ich liebe den Dschungel, ich bin nicht nur Seemann.«

»Na dann … viel Glück!«

»Der Reeder wird Ihnen auch gesagt haben, dass Sie mir Geld auszahlen sollen. Ich brauche erst mal 5000 Dollar – kleine Scheine bitte. Und wenn Sie mir eine Pistole besorgen, am liebsten eine Sauer S 24 mit Munition, wäre ich Ihnen dankbar. Im Dschungel weiß man nie, wann man sie braucht.«

»Das Geld kann ich Ihnen sofort auszahlen, für die Pistole müssen Sie mir Zeit bis heute Abend geben. Wann wollen Sie aufbrechen?«

Sie trafen sich abends in Langes Hotel auf einen Drink, bei dem Lovens die gewünschte Pistole, ungebraucht, noch nicht eingeschossen, und zwei Schachteln Munition in einer Leinentasche über die

Bar schob. Dann hatten sie sich nichts mehr zu sagen, Lovens zahlte und verließ das Hotel, riet Lange aber noch ganz zum Schluss, in Flugzeugen im Inland die Waffe nicht am Mann zu tragen.

»Die Guardias reagieren sauer, wenn sie jemanden mit einer Pistole beim Einchecken erwischen. Reisen Sie besser mit dem Bus. Oder legen Sie die Waffe ins aufgegebene Gepäck.«

Lange rief am anderen Morgen gegen neun Uhr Rotterdamer Zeit den Reeder unter der ersten der drei Nummern an, die er sich gemerkt hatte.

»Sehr gut, Mr. Lange.« Offensichtlich hatte van Oudevaart aufs Display geschaut und ihn daher sofort mit Namen angesprochen. »Was haben Sie jetzt vor?«

»Ich werde der Spur des Geldes nachgehen, um herauszufinden, wer hinter dieser Kaperung steckte. Das Geld ist in Pito übergeben worden, also fange ich dort an. Fast zwei Millionen Dollar hinterlassen ja Spuren.«

»Einverstanden. Aber Sie werden mit niemandem über Ihren Auftrag reden. Halten Sie nur mich auf dem Laufenden, wann immer es sinnvoll ist.«

»Selbstverständlich.«

»Und als was wollen Sie nun auftreten? Doch nicht als Seemann, der eine Heuer sucht?«

»Nein, wie besprochen als Abenteurer und Tourist, der die Lücke des Darién durchqueren will. Das versuchen immer wieder ein paar Verrückte.«

»Richtig. Dann also viel Erfolg.«

»Halt, eine Frage noch. Haben Sie in Rotterdam die Presse über die Entführung und die Freilassung der PILAR informiert?«

»Mit keinem Wort. Und ich habe auch Eugenio Lovens und meinen anderen Geschäftspartnern verboten, etwas der Presse zu stecken oder mit sonst jemandem darüber zu reden.«

»Hier wurde auch nichts bekannt, wie mir Señor Lovens versicherte. Offiziell hatte die PILAR einen Ruderschaden und kam deswegen später.«

»Ja, das war die Sprachregelung.«

»Und Sie hatten auch keinen Krisenstab wie im Fall der PLACIDA? War Ihre Schwester involviert?«

»Nein, diesmal haben mein Reederei-Inspektor Kruidenier, meine Sekretärin und ich den Fall ganz allein betreut, mein Banker wusste natürlich Bescheid. Und die Versicherung. Auch die Entführer haben sehr klein gespielt. Meine Schwester war gar nicht im Land. Sie ist, glaube ich, in Miami.«

»Alles klar, Herr van Oudevaart. Bis demnächst.«

»Viel Erfolg, Commander.«

Lange hatte keine Möglichkeit mehr, gegen die alte Anrede zu protestieren. Er sah auf die Uhr. In einer Stunde verließ ein Bus Richtung Panama Colón. Er hatte sich am Vortag nach seinem Gespräch mit Lovens noch neu eingekleidet. Ein paar Läden waren offenbar auf Männer ausgerichtet, die durch den Dschungel ziehen wollten, und Lange erstand für eine Menge Geld, was ihm jahrelang umsonst zur Verfügung gestellt worden war: eine leichte Ausrüstung für Einsätze im Regenwald. Der Rucksack leuchtete rotgelb, war aber mit einer Tarnhülle im Handumdrehen in das gefleckte Grüngrau seiner Kleidung zu verwandeln. Eine Machete wollte Lange erst erstehen, wenn er in den Dschungel aufbrach. Gute Eisen würde es überall geben. Die Karte, die er ebenfalls beim Ausrüster erwarb, zeigte ihm, dass es nach Pito keine Straßenverbindung gab. Der Ort hatte offenbar nur eine Piste zum Landen und Starten, aber von einer Flugverbindung dorthin wusste niemand etwas. Also fragte er bei der Charterfluggesellschaft Blue Skies in Panama City nach, die ihm Lovens empfohlen hatte. Ja, man könne ihn am nächsten Tag mitnehmen, ein paar Plätze seien nach Pito noch frei, hieß die Antwort. Er buchte den Flug und machte sich im Morgengrauen auf den Weg. Der Highway war um diese frühe graue Stunde fast leer. Ab und an folgte er auf einigen hundert Metern dem Kanal, Lange sah in einem See Schiffe ankern. Seiner Karte nach war diese große Wasserfläche so etwas wie eine Ausweichstelle für Konvois, die sich im Panamakanal begegneten.

An der Cajun-Schleuse hielt der bunte Bus, zwei Frauen stiegen aus und hievten ihre Bastkörbe auf den Kopf. Der Fahrer klappte vorn die Motorhaube hoch. Also war hier ein längerer Aufenthalt eingeplant. Lange überdachte noch einmal seine Pläne: Es gab nur eine einzige Möglichkeit, die Männer oder das Geld zu finden – er musste da mit der Suche beginnen, wo sie aus seinem Blick verschwunden waren. Das leere Dorf am Fluss an der Küste wäre ein Startpunkt. Das Hotel, in dem Lovens das Geld übergeben hatte, ein zweiter. Der wichtigere. Der Chauffeur schloss die Motorhaube, kletterte in seinen Sitz und hupte zweimal. Lange stieg hinter zwei Hikern ein, und ruckelnd setzte sich das Vehikel wieder in Richtung Panama City in Bewegung. Fast zwei Millionen Dollar. Zehn Männer, José eingeschlossen. Pro Mann fast 200 000 Dollar? Unwahrscheinlich. Selbst wenn irgendwo im Hintergrund weitere zehn Kerle zur Entführung gehörten, hätte jeder immerhin noch fast 100 000 Dollar kassiert. Viel zu viel. Lange schätzte, dass die Frontmänner für sich und ihre Familien im Jahr normalerweise allenfalls 1000 Dollar mit Fischfang verdienten. Nein, solche Summen würden sie niemals behalten können. Wahrscheinlich erhielten sie ein gutes Handgeld, damit sie den Mund hielten, allerhöchstens zehn Jahreseinkommen, der Rest ging an die Drahtzieher und Hintermänner, mit denen der Boss telefoniert hatte. Einer war ohne Zweifel José, der über sich bestimmt noch jemanden hatte und von der verbliebenen Riesensumme vermutlich auch nur einen kleineren Teil bekam. Doch Lange war klar, dass es auch andere Modelle gab. Die Männer könnten beispielsweise wie Soldaten einen regelmäßigen Sold erhalten und deshalb überhaupt nichts von der Beute abbekommen. Falls einer das Abenteuer nicht überlebte, würde dann aus dem großen Topf eine Art Rente an seine Familie bezahlt.

Während sie entlang eines Geländes mit leerstehenden Kasernen in die Stadt Panama hineinfuhren, dachte er an Somalia, ein Land, in dem der Hund begraben war. Das bekannt wurde, als vor Jahren ein paar Hijacker eine Lufthansamaschine dorthin entführt hatten, und im Chaos lebte. Dieses Chaos finanzierte sich durch Piraterie, und da die Warlords in Somalia wussten, dass keine Macht der Erde ihr Land beherrschen, geschweige denn besetzen könnte, würden sie so weitermachen, bis das Risiko auf See nicht mehr beherrschbar war. Doch die Seeräume am Horn von Afrika waren zu gewaltig, um sie auf dem Wasser oder aus der Luft zu kontrollieren. Lange war überzeugt, dass die Piraterie vor Afrika nie enden würde. Aber hier? Die Landenge, die Küsten, der Luftraum waren viel zu nützlich, um sie wegen läppischer zwei Millionen Dollar zu gefährden. Seit Jahren schon hörte Lange immer wieder, dass aus Kolumbien Kokain im

Wert von Milliarden Dollar ausgeführt wurde – zu Wasser, zu Lande und in der Luft. Warum zum Teufel riskierte da jemand den geballten Einsatz von Marine oder Marineinfanterie? Dieses Lösegeld war ein Klacks gegen das, was man im Drogengeschäft verlor, falls Marine oder Truppen eingriffen. Irgendetwas lief hier ab, das er noch nicht begriff.

Eine Hand legte sich auf seine Schulter: »Wollen Sie nicht aussteigen, Señor? Männer, die so verrückt sind, in die Lücke zu hiken, nehmen den Bus da drüben.«

»Danke«, sagte Lange, »wann fährt der denn ab?«

»Wenn der Fahrer meint, dass er genügend Fahrgäste hat. Vielleicht wartet er ja nur noch auf Sie. Also, *adios, señor. Vaya con dios.*«

Lange warf sich den Rucksack über und überquerte die Straße.

Für jedermann sichtbar sprach er mit dem Fahrer und verschwand im Gebäude. Dann schaute er zurück. Die beiden jungen Hiker, offenbar Amerikaner oder Kanadier, waren in den Bus gestiegen. Niemand war ihm gefolgt. Er verließ das Gebäude durch die Hintertür auf der anderen Seite. Und stieg in eines der dort wartenden Taxis.

Sechs

NACH EINEM FLUG von 70 Minuten hatte die kleine Maschine, in der Lange saß, aufgesetzt. Sie war dicht über dem Regenwald geflogen, stieg nur an der Sierra vor der Küste und setzte dann über dem Meer zur Landung an. Die sechs jungen Männer in den Reihen vor ihm klatschten Beifall, den der Kopilot mit dem Heben der rechten Hand quittierte. Die sechs waren Teil einer Gruppe, die an dieser Küste tauchen wollte, ihr Gepäck verriet das. Vier einheimische Helfer warteten an der Landebahn mit einem Handwagen.

Das Flugfeld von Pito war nichts weiter als eine schnurgerade Asphaltpiste von etwa einem halben Kilometer Länge und 50 Metern Breite, an deren Enden je ein Windsack an einem Mast hing. Die Piste lief in Ost-West-Richtung und entsprach damit den vorherrschenden Winden. Etwa 200 Meter vom näheren Ende entfernt sah Lange neben einem walzenförmigen Tank eine Pumpe, offenbar konnten die Flugzeuge, die hier landeten, auch Treibstoff tanken. Wie kam der hierher? Eine Straßenverbindung nach Pito gab es nicht. Also musste das Flugzeugbenzin über See kommen. Wohin flog man von hier? Über den Dschungel weiter nach Kolumbien? An die pazifische Küste von Panama? Oder einfach nur zurück nach Panama City?

Nach der Kühle in der Luft war es hier unten heiß. Doch das Meer war zu sofort zu riechen, als die Tür des Fliegers geöffnet wurde, und zu hören – ein dumpfes Schlagen der Brandung. Lange stand auf dem Asphalt und sah sich um, Palmen bogen sich im Wind, vom Meer her zogen Kumuluswolken mit hellen Bäuchen auf ihn zu. Lange hing seinen Rucksack über die linke Schulter und ging auf ein zweistöckiges Gebäude zu, offensichtlich das Hotel, von dem Lovens gesprochen hatte. Es hatte glänzende Fenster und ein tiefrotes Ziegeldach, die in dieser Region üblichen Mülltonnen in der Nähe des Eingangs fehlten. Der kräftige Rasen führte bis zu einer Treppe, und über dem Eingang hing ein Schild: Hotel Roseda. Zwei Lampen an geschwungenen Bügeln sollten es im Dunkeln beleuchten.

Die Taucher sahen zu, wie der Handwagen mit ihrem Gepäck beladen wurde, und trotteten dann dahinter her. Lange stieg bereits die drei Stufen der Treppe nach oben. Eine Indianerfrau mit rotgelbem Tuch um den Kopf öffnete ihm die Tür, lachte ihn an und verschwand wieder. Auf dem Rücken trug sie in einem Baumwolltuch ein schlafendes Baby. In der kleinen dämmrigen Empfangshalle roch es nach Zigarrentabak, und Lange hörte über sich das Summen eines Propellers, der für Frischluft sorgen sollte. Auf der dem Meer zugewandten Seite der Halle war das Fenster ein Stück weit heruntergekurbelt. Der Boden glänzte.

»*Buenas dias, señor*. Was kann ich für Sie tun? Sie sind mit dem Flugzeug gekommen?«

Lange blickte den scheinbar alterslosen Mann, der ihn mit dem gleichen Lächeln begrüßte wie die Frau, hinter dem Tresen freundlich an. Ein Fädchen Rauch stieg über einer Zigarre aus einem silbrigglänzenden Aschenbecher auf.

»Können Sie mich für ein oder zwei Nächte aufnehmen, Sir?«

Lange sprach Englisch, der andere hatte ihn in dieser Sprache auch begrüßt.

»Gehören Sie zu der Gruppe?«

»Nein«, sagte Lange, »ich reise allein.«

Er bekam einen Schlüssel. Als er schon die Treppe hochstieg, betraten die Taucher gerade die Empfangshalle. Sein Zimmer mit einem winzigen Bad, das nur die Toilette, ein Handwaschbecken und eine Dusche enthielt, lag im obersten Stockwerk. Über einem Bügel hingen sauber gefaltet drei weiße Handtücher, unter dem Waschbecken lag eine Fußmatte aus Frottee. Ein Stuhl, ein Tisch, ein Nachttisch mit Lampe, kein Radio, kein Fernseher, kein Telefon. Vor dem Bett ein Läufer, ebenfalls aus Frottee. Am Fußende des Bettes ein leeres Regal. Die Fenster zum Meer hin waren geschlossen, der Propeller begann seine Arbeit erst, nachdem Lange den Strom eingeschaltet hatte. Lange trat ans Fenster. Die See hinter den Palmen war mehr zu ahnen als zu sehen.

Wie viele Maschinen mochten hier pro Woche landen? Die Anlage sah eher nach einem Feldflughafen aus als nach ziviler Nutzung. Und war allenfalls für zweimotorige Sportmaschinen geeignet. Wer betreute den Flughafen, wer fertigte die Maschinen ab, wer gab Wind- und Wettermeldungen durch? Jedenfalls war Eugenio Lovens hier gelandet und hatte irgendwem das Geld übergeben, mit dem die PILAR, ihre Mannschaft und ihre Ladung freigekauft worden waren.

Lange duschte unter lauwarmem Wasser, das er zum Abschluss auf »kalt« stellen konnte. Es tat gut, etwas Frisches anzuziehen. Im Waschbecken wusch er aus, was er auf der Reise getragen hatte, und hing die tropfnassen Teile über eine dünne Leine. Bis morgen würden sie trocken sein. Dann streckte er sich lang auf dem Bett aus, dessen Matratze ihm in ihrer Härte gefiel. Wer hielt ein Hotel am Ende der Welt derart gut in Schuss?

Ringsum herrschte der Dschungel und im Osten das Meer. Während des Landeanflugs hatte er unten ein Dörfchen entdeckt, ein Dutzend Hütten vielleicht, mit Palmblättern bedeckt, im hohen Gras kaum erkennbar. Die Dorfbewohner würden allenfalls mal in der winzigen Bar neben der Empfangshalle einen Rum oder eine *cerveza* trinken, aber wohl kaum Gäste unterbringen. Er schloss die Augen und fuhr in Gedanken die Küstenlinie ab. Im Südosten die Bucht von Urabá, dann die geschwungene Linie der karibischen Küste von Panama in Richtung Westnordwest. Dann kamen Nicaragua mit einer Küstenlinie, die direkt nach Norden lief, und Honduras mit einer Linie wieder nach Westen, Belize im Norden und dann Yucatán als Teil von Mexiko. Wie ein Schild vor Florida lag Kuba, darunter, wie ein Hühnerschiss, Jamaika. Hinter Yucatán dehnte sich der gewaltige Golf von Mexiko, nördlich und östlich durch Texas und Florida eingefangen. Lange hatte keinen Zweifel: Der Flugplatz von Pito war ein Ausweichflugfeld, das auch illegale Kuriere benutzen konnten, wenn sie aus Kolumbien nach Norden flogen, und hatte nicht einmal eine Kennung in den internationalen Handbüchern für Piloten. Lange war – sicherlich aus Zufall – nie gegen Drogenschmuggler eingesetzt worden, deren Hochburgen und Absteigen genauso schwierig oder leicht zu knacken waren wie die anderer gut organisierter Verbrecher. Im Grunde empfand er gegen Drogenschmuggler weder Hass noch Wut noch Verachtung. Er hätte sie natürlich ausgehoben, wäre er dazu eingesetzt worden – doch ohne jedes persönliche Engagement. Im Grunde war er einer Meinung mit einem Priester, der während eines Partygesprächs in Bremen einmal laut gefordert hatte, man solle doch das Rauschgift freigeben. Dann hätte man zwar anfangs ein paar Tote mehr, aber das Elend und die Kriminalität bei Transport und Beschaffung würden verschwinden.

Ein Flugfeld also für Kuriermaschinen, auch vom Meer her gut erreichbar. Was hatte Lovens berichtet? Die kleine gecharterte Maschine des Bosses und seines Begleiters war aus Panama City gekommen, mit dem Lösegeld nach Yaviza geflogen und von dort nach Panama City zurückgekehrt, laut Logbuch des Piloten, aus dem die Sekretärin der Chartergesellschaft für Eugenio Lovens zitiert hatte. Lange stand wieder auf, holte seine Landkarte aus dem Rucksack und breitete sie auf dem Bett aus. Irgendwo gab es bestimmt einen Fluss, einen dritten Weg, um Pito zu erreichen oder unauffällig wegzukommen. Der Höhenzug, den das kleine Flugzeug kurz vor der Ankunft überquert hatte, musste nach Westen entwässern, und der kleine Wasserlauf, der südlich des Flughafens in die Karibik mündete, hatte seine Quelle an der östlichen Flanke eines Berges Bell. Dann entdeckte Lange auf der Karte einen sich windenden blauen Streifen und griff die Entfernung von Pito mit Daumen und Zeigefinger ab. Zehn Kilometer waren es mindestens, und der Fluss hatte sogar einen Namen: Tacarti. Lange richtete sich auf. Wer immer dieses kleine Flugfeld angelegt hatte, hatte an alles gedacht. Von hier konnte man in jede Richtung aufbrechen: nach Osten zum Karibischen Meer und nach Westen über den Fluss an die panamaische Westküste – und durch die Luft überall hin. Wohin also waren die Männer mit den zwei Millionen verschwunden? Er trat vor den Spiegel und strich sich über den Zweitagebart. Sollte er den gepflegten Touristen rauskehren, der aus reiner Neugier mal nach Pito geflogen war? Oder sich als Hiker präsentieren, der mit einem Rucksack und viel Gottvertrauen die sogenannte Lücke, dieses gewaltige Regenwaldgebiet nach Kolumbien rüber, durchqueren wollte, die nördlich als »Darién Gap« und im Süden als »Tapón del Darién« auf der Karte eingetragen war? Lange hatte in einem Faltblatt, das Lovens zusammen mit dem Spesengeld in einen Umschlag gesteckt hatte, eine Menge über diese Gegend gelesen. Das Impressum verwies allerdings darauf, dass es etwa sieben Jahre alt war. Wie verlässlich konnten die Informationen heute noch sein? Die Übersichtskarte zeigte auch, dass die Provinz Darién etwa ein Viertel der Gesamtfläche Panamas einnahm und eine lange Grenze nach Kolumbien besaß, die vermutlich Gebirgskämmen oder Flussläufen folgte. Lange war nicht überrascht, nicht mehr als sechs Unterkünfte in diesem riesigen Gebiet zu finden. Eine davon war das Hotel, in dem er sich gerade aufhielt, und an der Pazifikküste gab es eine Lodge, in der einst amerikanische Filmstars abgestiegen waren im Gefolge von John Wayne.

Keinesfalls durfte irgendjemand Verdacht schöpfen, dass Lange nach einer Spur von zwei Millionen Dollar suchte. Das Geld war höchstwahrscheinlich verloren, selbst wenn in einem Staat wie Kolumbien eine funktionierende Armee oder Polizei die Suche aufgenommen hätte. Wer sollte die Empfänger identifizieren, wer vor einem Gericht die Tat beweisen? Aber vielleicht steckte hinter van Oudevaarts Auftrag noch etwas ganz anderes. Vielleicht wollte der Reeder seine Agenten überprüfen? Die kannten schließlich Ladung, Mannschaftsstärke, Kurs und Bestimmungshäfen aller Schiffe. Lange erinnerte sich an drei Fälle, in denen Vercharterer von Yachten in der Karibik mit den Dieben gemeinsame Sache gemacht hatten.

Er rasierte sich, schlüpfte in Hose, Sweat-Shirt und in seine Loafer. So sah er zunächst nach einem neugierigen Touristen aus, konnte sich aber jederzeit in einen Abenteurer verwandeln. Auf der Veranda wurden Stimmen laut. Sicher waren das die Taucher. War vielleicht der eine oder andere schon so lange hier, dass er etwas Nützliches beobachtet hatte? Lange beschloss, sich an die Bar zu setzen und die Ohren aufzusperren.

Auf dem Flugfeld rollte gerade eine kleine einmotorige Maschine aus.

»Haben Sie viele Gäste hier?«, fragte Lange den Hotelbesitzer, der hinter der Bar Gläser polierte.

»Ich kann davon leben.«

»Geschäftsleute oder Touristen?«

»Meistens Touristen. Manchmal Geschäftsleute.«

»Die fliegen alle ein?«

»Ja, mit dem Auto kommt man nicht nach Pito, und für Boote haben wir keinen Anleger. Der nächste ist weiter im Südosten, Armila, am Fluss Armila, kurz vor der Grenze.«

»Und wie kommt das Flugzeugbenzin hierher?«

Der Patron grinste. »Das fragen alle. Bei ruhiger See kommt ein Boot aus Armila, ankert und lädt am Strand aus. Zufrieden? Was trinken Sie, Mister?«

Mit diesen Auskünften war nicht viel anzufangen. Lange beschloss nachzuhaken. »Ein Freund von mir war mit einem Partner kürzlich hier. Er hat mir Ihr Hotel empfohlen und sich hier mit zwei Herren getroffen. Erinnern Sie sich?«

»Ja, das Zimmer wurde ganz kurzfristig von Panama City aus gebucht, für eine Übernachtung bezahlt und dann nur für zwei Stunden am Vormittag benutzt.«

»Mein Freund war Eugenio Lovens aus Colón. Hat er das Zimmer selbst bestellt?«

»Nein, die Buchung erfolgte auf keinen bestimmten Namen. Es war eine Firma, die gebucht hat. Lassen Sie mich mal nachsehen.« Er blätterte in einem abgegriffenen Kalender.

»Es war ein kleiner Verlag in Panama City, El País.«

»Haben Sie die Nummer noch?«

Der Mann nickte, und Lange schrieb die Ziffern auf.

»Und wie wurde bezahlt?«

»Was Sie alles wissen wollen, Mister. Die zuerst ankamen, die beiden haben bezahlt. Bar und ohne zu handeln.«

Lange drehte sich um, als Stimmen plötzlich den Raum füllten. Die Neuankömmlinge gingen voraus, und die Einheimischen schleppten ein paar Koffer, einer eine Taucherausrüstung.

Und dann entdeckte Lange die Frau, die er das letzte Mal in Rotterdam gesehen hatte, Anne de Vries, die Schwester des Reeders.

Sieben

LANGE ERINNERTE SICH genau an ihre schmalen Schultern und daran, dass in Rotterdam ihr Haar um einiges kürzer und dunkler gewesen war. Jetzt trug sie ausgefranste Jeans, sonnengebleichte Turnschuhe und ein blütenweißes T-Shirt, in dem sogar noch Falten vom Bügeln zu sehen waren. Über der linken Schulter hing eine kurze Lederjacke, die Sonnenbrille hatte sie ins Haar geschoben.

Alle Männer gingen mit ihr an die Bar, wo sich einer der bereits dort sitzenden Gäste erhob und ihr seinen hölzernen Hocker anbot. Aber sie winkte ab, blieb stehen, fuhr sich mit der linken Hand durchs Haar und lächelte. Ungefragt stellte ihr der Barkeeper ein hohes Glas voller Eis und vermutlich Tee hin. Oder war es Rum mit Tonic, wie sie ihn damals in Rotterdam getrunken hatte? Was in Gottes Namen machte Anne de Vries in diesem verlassenen Nest, in dem sie offensichtlich so bekannt war, dass sie ihren Drink nicht einmal bestellen musste?

Noch hatte sie Lange nicht entdeckt. Wusste sie, dass er hier war? Würde sie ihn wiedererkennen? Sollte er sie begrüßen? Kam sie im Auftrag ihres Bruders? Was wusste sie von der PILAR und ihrer Besatzung? Hatte der Reeder die Vereinbarung eingehalten, nicht einmal seine Schwester in Langes Auftrag einzuweihen? Lange beschloss, bis zum Beweis des Gegenteils erst einmal davon auszugehen. Er würde auch ihr vorspielen, als Tourist im Urlaub die Lücke des Darién durchqueren zu wollen und deshalb in diesem Hotel aktuelle Informationen zu sammeln über die verschiedenen Möglichkeiten, nach Kolumbien zu kommen, um anschließend die Panamericana weiter in Richtung Peru zu bereisen.

»Ich wusste gar nicht, dass Sie sich auch für spanische Galeonen interessieren, Mr. Lange!« Wie in Rotterdam sprach sie ihn auf Englisch an.

Einige Männer schauten neugierig zu Lange rüber. Nichts war an ihm auffällig.

»Luten Lange, nicht wahr? Ich habe mir Ihren ungewöhnlichen Vornamen gern gemerkt. Sie wollten doch anrufen! Warum haben Sie mich warten lassen?«

Lange schwieg verblüfft. So hatte ihn noch nie eine Frau begrüßt! In Bremen hätte ihn ein solcher Ton auch gestört. Doch zu seiner eigenen Überraschung spürte er, wie ihm die kecke Begrüßung hier wohl tat.

»Wenn Sie Ihren Anrufbeantworter nicht einschalten, kann ich wohl kaum etwas ausrichten!«, bemühte er sich um eine vergleichbare Schnoddrigkeit.

Sie lächelte nur.

»Aber vielleicht wollten Sie von mir ja gar nicht angerufen werden«, fuhr er fort.

Ihr Lächeln verschwand. »Hätte ich Ihnen dann meine Karte gegeben und gesagt, dass ich gern wieder von Ihnen hören will?«

Er hatte mittlerweile ihre Aufforderung, sie anzurufen, tatsächlich als Floskel interpretiert. Eine Frau ihres Zuschnitts fordert einen Mann, den sie erst einmal getroffen hat, möglicherweise nicht so deutlich auf? Aber was hatte der Reeder von seiner Schwester gesagt: Sie sei mutig und leidenschaftlich, aber nicht so beharrlich wie die anderen Oudevaarts.

Ihr Lachen war wieder da. »Statt langer Telefonate also gleich ein Treffen? Von mir aus. Ich freue mich, Sie wiederzusehen. Sie arbeiten doch für Schiffsversicherungen, nicht wahr?«

Lange nickte.

»Und jetzt sind's zur Abwechslung mal spanische Galeonen?«

Er sah sie fragend an.

»Sie gehören also gar nicht zu meiner Tauchergruppe?«

»Nein«, sagte er, »ich habe etwas anderes vor.«

Sie hob das Glas und trank ihm einladend zu. Er grüßte zurück. Dann schloss sich die Gruppe der Männer plötzlich um Anne, es wurde laut gelacht. Man sprach Englisch, amerikanisches und englisches Englisch. Lange trank einen zweiten Pink Gin und verstand: Unter Anne de Vries' Leitung wollte die Gruppe am nächsten Morgen draußen bei den Bänken vor Pito tauchen und nach dem Wrack einer spanischen Galeone suchen, die hier vor einigen Hundert Jahren untergegangen war. Die meisten dieser Taucher stammten aus den USA und England, zwei waren schon eine ganze Woche hier und hatten bereits eine Tour aufs Meer, wenn auch ohne Tauchgang, hinter sich. Die Gruppe verzog sich schließlich nach draußen und nahm auf der Veranda an einem langen, rohen Holztisch Platz, Anne an der oberen Schmalseite. So kehrte sie Lange den Rücken zu, der sich allein an einen kleinen Tisch setzte. Ein alter Mann betreute ein Feuer in einem über die Länge aufgeschnittenen Ölfass, das als Grill diente. Auf Bananenblättern lagen Fische, bereits ausgenommen und gewürzt, garten dort, und erst als die Gruppe aß, kam der Alte mit einem Tablett zu Lange und bot auch ihm einen Fisch an, unterarmlang, makrelenartig, exotisch gewürzt, sodass er verblüffend gut nach süßem Pfeffer schmeckte, gefüllt mit einem strohigen, nach Limonen duftenden Kraut. Das Bier war gut gekühlt und nicht zu bitter.

Als sich die Gesellschaft am Nebentisch nach und nach verabschiedete, blieb Anne allein zurück, und Lange ging zu ihr.

»Darf ich mich setzen? Glauben Sie an Zufälle?«, fragte er.

»Ja und nein«, antwortete sie, »ja, Sie dürfen sich zu mir setzen, und nein, ich glaube nicht an Zufälle.«

Lange nahm Platz. »Und warum sind Ihre jungen Männer so schnell verschwunden?«

»Die müssen ihre Hausaufgaben machen. Es gibt einen Bericht über den Untergang der Galeone UNSERER LIEBEN FRAU VON CORDOBA mit erstaunlichen Einzelheiten, unter anderem der genauen Position. Aber das alte spanische Kartennetz war natürlich ganz anders als unser heutiges, es hatte vor allem andere Bezugspunkte. Darum müssen wir versuchen, die damaligen Angaben auf die heutige Seekarte zu übertragen. Keine einfache Sache.«

Die Abendbrise war eingeschlafen, eine schmale Mondsichel hing über dem Meer. In der Küche war das Licht gelöscht worden, nur aus der Bar tönte leise Radiomusik. Der Patron saß rauchend und Zeitung lesend bei einem Glas Rum.

»Was machen Sie hier, Mr. Lange?«

Er wusste, dass Anne de Vries ihn ausfragen wollte, und hoffte, die Geschichte, die er dem Patron aufgetischt hatte, würde auch ihre

Neugier stillen: »Reiner Abenteuerurlaub. Durch die sogenannte Lücke nach Kolumbien und über die Panamericana nach Süden weiter – vielleicht bis Peru. Je nachdem.«

»Das wird ein Schlauch! Wo wollen Sie starten? Yaviza, nehme ich an? Da brechen die meisten Abenteurer auf.«

»Yaviza ist mein nächster Stop. Der Patron sagte mir, hier kommt immer mal eine Maschine runter, die nach Yaviza weiterfliegt. So eine werde ich nehmen!«

»Und warum sind Sie nicht gleich nach Yaviza geflogen?«

»Ich wollte mich erst akklimatisieren. Und der Strand hier ist ja sehr einladend. Die Kunas weiter im Westen haben angeblich etwas gegen Touristen.«

Sie nickte. »Ja, die leben am liebsten unter sich. Ebenso wie die Emberas. Wenn jemand kommt, behandeln sie ihn freundlich und hilfsbereit, aber sie tun nichts, um Fremde anzulocken.«

»Und weshalb dürfen Sie hier tauchen und nach einem Wrack suchen?«

»Wir haben von den Regionalbehörden nur die Erlaubnis, hier zu tauchen und zu suchen.«

Der Mond wanderte weiter und hing wie ein Bollwerk am Himmel, das Sterne nie auffangen könnte.

»Jetzt würde ich ja gerne wissen«, griff Lange nach einer Pause, in der nur die Musik aus der Bar zu hören war, den Faden wieder auf, »wie Sie zur Schiffssuche gekommen sind – und ausgerechnet in dieser Ecke der Welt. Gingen nicht die meisten Silberschiffe der Spanier bei Florida oder vor den Passagen durch die Inseln unter und über dem Wind unter?«

Sie sah ihn überrascht an und machte dann eine Handbewegung, als wolle sie etwas vor ihren Augen wegwischen. »Ich wollte mich gerade wundern, dass Sie so was wissen. Aber das gehört ja vielleicht zum Knowhow von Schiffsversicherern? Ich habe mich jedenfalls schon früh für den Schiffbau des Mittelalters interessiert, und im Studium war es mein Spezialgebiet, das liegt wohl in der Familie. 1501 kamen die ersten Spanier hierher, und von hier brach Vasco Nuñez de Balboa 1513 auf und entdeckte den Stillen Ozean. 200 Jahre später gab es hier einen Goldboom, der aber nicht lange anhielt. Immerhin sind von Santa Maria de la Antigua, das heute in Kolumbien liegt, kurz hinter der Grenze, Schatzschiffe ausgelaufen. Und das eine oder andere ist untergegangen. So wie die Galeone UNSERE LIEBE FRAU VON CORDOBA, und die wollen wir jetzt lokalisieren. Als der Goldboom vorbei war, bot diese Gegend Piraten Unterschlupf. Die sind aber auch wieder verschwunden. Dann haben Schotten versucht, hier eine eigene Kolonie zu gründen, das ging schief. Und jetzt treiben sich nur noch ein paar Abenteurer hier herum.«

»Und Sie sind so eine Abenteurerin?«

Sie antwortete überraschend schnell. »Es kommt darauf an, wie Sie Abenteuer definieren. Für mich ist das Gegenteil von Abenteuer Gleichgültigkeit. Wenn Sie das auch so sehen, dann bin ich Abenteurerin. Und Sie?«

»Dito«, sagte er, »so gesehen bin ich sicherlich ein Abenteurer.«

»Ich wusste, dass wir einiges gemeinsam haben. Abenteurer sind vor allem neugierig. Sie auch?«

»Unbedingt. In meinem Beruf gehört das zur Grundausstattung.«

»In meinem auch.«

Plötzlich herrschte Schweigen zwischen ihnen. Lange empfand die Stille als angenehm und sog tief den Duft dieser Frau ein. Unendlich lange war es her, dass er solche Nähe genossen hatte!

Auch Anne de Vries schwieg und lächelte ihm nur einmal zu.

Als er merkte, dass sie aufstehen wollte, erhob er sich schneller und half ihr hoch.

Sie reichte ihm lächelnd die Hand. »Falls wir uns morgen nicht mehr sehen, gute Reise.«

»Ich bleibe mindestens noch einen Tag hier.«

»Dann treffen wir uns bestimmt noch.«

Sie nahm ihre Schuhe in die Hand und verschwand barfüssig im Innern des Hauses. Die Musik in der Bar verstummte, Lange hörte lautes Stühlerücken und sah den Patron, einen Zigarrenstummel zwischen den Lippen, die Bar ausfegen, grüßte und ging in sein Zimmer.

Der Ventilator hatte für eine erträgliche Temperatur gesorgt. Als Lange unter einem Laken im Bett lag, fiel ihm wieder das Hauserbgesetz ein, von dem Willem van Oudevaart gesprochen hatte, und er hatte sich über den aktuellen Wert der Reederei informiert: geschätzte zwei Milliarden Euro. Das hieß, dass Anne de Vries zwanzig Millionen Euro anlegen konnte, falls Willem van Oudevaart keine weiteren Geschwister hatte. Diese Summe brachte, konservativ angelegt, 600 000 bis 800 000 Euro. Pro Jahr. Damit ließ sich ein Leben gestalten, das wirklich Spaß machte. Warum also nicht eines, das zu einer Schiffssuche mit einem wilden Haufen von jungen Männern führte?

Beim Frühstück am nächsten Morgen – einer Banane, einem gekochten Ei und einem Becher Kaffee – hörte er die jungen Männer die Ergebnisse ihrer Umrechnungen der Gradnetze vortragen. Sieben hatten denselben Punkt errechnet, hockten am langen Holztisch und debattierten laut. Nur die beiden, die schon länger hier waren, beteiligten sich nicht an der lebhaften Diskussion, sondern blieben auch zurück, als die Gruppe in Richtung Meer verschwand. Sie sahen aus wie Brüder.

»Warum gehen Sie nicht mit?«, fragte Lange. »Sind Sie nicht auch zum Tauchen hier?«

»Ich heile eine Erkältung aus. Mit Ohrenschmerzen darf man nicht tauchen«, antwortete der eine im Südstaaten-Amerikanisch.

»Und was macht man hier, wenn man nicht taucht?«

»Man liest oder trinkt. Oder liegt auch mal in der Sonne. Aber es ist langweilig, wenn man nicht ins Wasser kann. Nicht mal Karten kann man zu zweit spielen. Wollen Sie pokern?«

Old Neill, Langes Ausbilder bei den britischen Marine Commandos, hatte seine Männer angehalten zu pokern, wann immer es möglich war, aber niemals mehr als 50 Dollar zu riskieren. Pokern schult die Beobachtungsgabe und das Kurzzeitgedächtnis, hatte er sie gelehrt. Und recht behalten.

Lange hatte große Mühe, nicht zu gewinnen, denn die beiden Brüder spielten wie blutige Anfänger. Es war heiß auf der Veranda, selbst die Brise im Schatten kühlte nicht. Er trank Wasser aus der Flasche, die beiden stiegen kurz vor Mittag auf Bier um. Während des Spiels holte er aus ihnen heraus, dass sie schon hier gewesen waren, als Lovens das Geld überbrachte, denn sie erwähnten ganz arglos, dass vor ein paar Tagen zwei kleine Flugzeuge fast gleichzeitig hier gelandet waren. Die Piloten hätten sich keinen Schritt von ihren Flugzeugen wegbewegt, zwei Passagiere aus der ersten Maschine seien nach einem kurzen Stopp an der Bar in einem Zimmer verschwunden, schließlich seien zwei weitere Männer aus dem zweiten Flugzeug gestiegen und mit zwei Koffern ebenfalls nach oben gegangen. Als alle vier zurückkamen, hätten die Koffer ihre Träger gewechselt gehabt, und die Szene habe ausgesehen wie in einem Gangsterfilm. Ob Namen gefallen seien, fragte Lange. Nein. Nur einmal sei derjenige, der wie der Boss aussah, aus dem Zimmer gekommen und habe auf der Veranda telefoniert.

»Auch da ist kein Name gefallen?«

»Doch. Sogar mehrmals. Irgendwas Jüdisches. Lob oder so ähnlich.«

Dann sei erst die erste Maschine mit den beiden Passagieren und den Koffern, danach die zweite mit den beiden restlichen Passagieren wieder gestartet.

Lange ließ sie gewinnen. Als die Gruppe der Taucher vom Strand zurückkehrte, alle in Badekleidung, winkte er Anne zu. Sie kam, gab ihm die Hand. Es stimmt, einteilige Badeanzüge machen eine Frau sehr viel begehrenswerter als Zweiteiler, dachte Lange, und beunruhigt von dieser plötzlichen Erkenntnis stand er auf und lud sie zum Drink ein.

»Nicht, ehe die Sonne unter der Großrah steht«, entgegnete Anne, »eine alte Marineregel, die man in unserem Haus seit Jahrhunderten befolgt.«

»Die kenne ich auch von der Royal Navy«, brummte Lange.

Sie lachte: »Also haben wir noch was Gemeinsames. Falls Sie heute Nachmittag nichts anderes vorhaben, machen Sie doch bei uns mit. Wir gehen um drei Uhr mit den Booten raus.«

Acht

Lange verriet sich um vier Uhr nachmittags hinter der Sandbank vor Pito beim letzten Tauchgang. Er hatte das Gerät, das er sich von dem erkälteten Taucher geliehen hatte, nach den Regeln geprüft, die ihm in Fleisch und Blut übergegangen waren. Tauchen mit Maske gehörte zu seiner Grundausbildung und wehe, man hielt sich damals nicht exakt an die Vorschriften. Er glitt als Vierter über Bord und merkte, dass Anne das Gruppenverhalten im Wasser nie trainiert hatte. Diese Teilnehmer blieben nur zusammen, weil sie ein gemeinsames Ziel hatten, nicht weil sie sich als Gruppe fühlten. Lange ließ sich treiben und zählte durch. Der letzte der jungen Männer machte einen geradezu lächerlichen Fehler: Er glitt ins Wasser und begann seinen Tauchgang noch mit dem Schnorchel im Mund. Dann sah Lange, wie dessen Schläuche wie Fäden im Wasser nach oben drängten, während der Mann schnell nach unten sank. Von einer Übung hatte Anne de Vries nicht gesprochen. Also war dies Dummheit oder Leichtsinn oder Unachtsamkeit. Anne war in einem Schlauchboot oben geblieben, ließ ihre Gruppe allein suchen.

In einer Tiefe, die jenseits der Spaßzone lag, bemerkte der unerfahrene Taucher plötzlich, welchen Fehler er gemacht hatte. Lange schwamm zu ihm. Der Mann hatte den Schnorchel ausgestoßen und versuchte nun, die Atemschläuche zu fangen – vergeblich. Und dann kam, was kommen musste: Die Luft ging ihm aus, und er versuchte nach oben zu steigen, zappelte dabei. Lange war sich nicht sicher, ob die Gruppe das Atemspenden geübt hatte. Als er den Hilflosen berührte, wusste er, dass dieser damit nicht vertraut war, denn er versuchte zu klammern. Lange löste sich aus dem Griff, schob den Mann in die richtige Lage und stieg mit ihm auf, den Vorschriften entsprechend und dennoch viel zu langsam.

»Der junge Mann braucht Hilfe«, keuchte Lange und griff zu, um ihn ins Schlauchboot zu zerren.

Er löste alle Gurte und legte ihn auf die Seite. Der Mann erbrach Wasser, fing sich aber schnell wieder. Natürlich gab es keine Decken im Boot. Der Strand lag 400 Meter entfernt, zu weit, um den Versuch zu unternehmen, ihn dorthin zu schleppen.

»Steigen Sie aus, Anne«, sagte Lange, »ich nehme das Boot, bringe ihn an Land und komme wieder und hole Sie ab.«

Am Strand war der junge Mann bereits wieder ganz bei Bewusstsein.

»Legen Sie sich in den Schatten. Keine Anstrengung. Nichts essen, trinken ja, aber nur Wasser. Halten Sie Ihren Atem gut unter Kontrolle. Und tauchen Sie heute auf keinen Fall noch einmal«, riet ihm Lange.

Abends war der Unfall beim Essen ein Thema. Lange hielt sich zurück. Er saß neben Anne de Vries, die von der Gruppe mehr Disziplin einforderte. Es habe zwar jeder sein Tauchzeugnis präsentiert und eigenes Gerät mitgebracht, aber das Verhalten der Gruppe im Wasser lasse zu wünschen übrig. Wenn Mr. Lange nicht darauf geachtet hätte, hätte der Freund aus Nottingham ernsthaft Schaden nehmen können.

»Was haben Sie zu ergänzen, Luten? Falls ich Sie so nennen darf. Wir haben hier alle nur Vornamen!«

»Natürlich. Eigentlich will ich nur an Grundsätzliches erinnern, das man immer wieder vergisst, wenn man es nicht ständig übt. Und zwar bei den Geräten, bei den Gurten, beim Einsteigen, beim Warten, beim Tauchen, beim Wiederaufstieg.« Er ließ raus, was Old Neill und seine Ausbilder ihm beim Kampf unter Wasser beigebracht hatten, und endete nach drei Minuten in aufmerksamem Schweigen. »Jeder braucht in der Gruppe einen Buddy, der Sie im Blick behält, für Sie verantwortlich ist und Ihnen sofort helfen kann«, fügte er noch hinzu.

»Just wie im richtigen Leben«, versuchte Anne de Vries einen heiteren Abschluss, der von den meisten mit Grinsen quittiert wurde.

Die jungen Männer verschwanden nach dem Essen zu ihren Hausaufgaben auf den Zimmern.

»Sie wissen mehr übers Tauchen, als Sie heute Nachmittag gezeigt und heute Abend gesagt haben«, begann Anne das Gespräch, als sie neben Lange wieder auf der obersten Treppenstufe der Veranda saß, mit dem Blick auf die Palmenreihe vor dem Strand, an dem die Wellen sich sanft brachen. Der Mond hing tief über der Kimm.

»Chopard«, sagte Lange, »der Duft steht Ihnen sehr gut.«

»Lenken Sie nicht ab, Luten. Aber danke. Sie haben meine Frage nicht beantwortet.«

»Sie haben keine gestellt. Sie haben nur etwas behauptet.«

»Na, und? Ich habe doch recht.«

Lange war überrascht, wie leicht ihm die Antwort fiel. »Ja«, sagte er, »Sie haben recht. Ich verstehe ein bisschen was vom Tauchen.«

»Und woher?«

»Ich habe es mal gelernt?«

»Wo?«

»Bei der Royal Navy und dann bei den Royal Marine Commandos.«

»Sie sind Engländer?«

»Ich hatte einen deutschen Vater und eine mexikanische Mutter, wurde in England geboren und ging dort auch zur Schule.«

»Und wie kamen Sie zur Royal Navy und den Marines?«

»In meinem Internat, dem Ocean College in Wales, gab es eine Kompanie, wie wir das nannten, der RNVR: Royal Navy Volunteer Reserve. Da war ich während der Schulzeit schon Kadett.«

»Aber jetzt arbeiten Sie für eine Versicherung?«

»Freiberuflich, ja.«

Sie schwieg, offenbar hatte seine Antwort ihre Behauptung bewiesen. Er merkte jetzt, wie schwer es ihm immer noch fiel, unbefangen ein Gespräch mit einer Frau zu führen, auch wenn Anne es ihm leicht machte.

»Sie sind plötzlich ganz weit weg!«, sagte sie leise und schien selber Gedanken nachzuhängen, die noch nicht auf der Veranda angekommen waren.

»Stimmt«, sagte er, »das passiert ja wohl manchmal.« Er rieb sich die Handgelenke, legte die Uhr ab und steckte sie in die Tasche.

»Sie haben da ziemliche Narben rund um die Gelenke. Andenken an die Marine?«

Lange schüttelte den Kopf. »Nein, die sind viel jünger. Aber es sind Andenken, wie alle Narben.«

»Wollen Sie darüber reden?«

Das war jetzt eine Gelegenheit zu tun, was Dr. Thedens lange mit ihm geübt und immer wieder empfohlen hatte: seine Erinnerungen wie einen Film zu erzählen. Er konnte es erst seit ein paar Monaten, nachdem er gelernt hatte, diesen Film an jeder beliebigen Stelle schmerzlos anzuhalten und in die Gegenwart zurückzukehren.

Der Film konnte also starten, aber Luten wehrte sich: »Später mal, Anne. Doch wie kommen Sie ausgerechnet an diesen Punkt der Erde?«

»Das habe ich Ihnen schon gesagt. Ich bin auf der Suche nach alten Schiffen. Und was treibt Sie her?«

»Ich hab's auch schon gesagt, ich will die Lücke des Darién durchqueren.«

»Und warum? Wollen Sie sich was beweisen?«

Luten spürte, dass ihm nicht gefiel, was er ihr jetzt antworten musste, um seinen Auftrag nicht preiszugeben: »Ja, damit könnten Sie recht haben, Anne.«

Sie parierte diese Anrede mit der Frage, ob Luten ein deutscher oder ein mexikanischer Vorname sei.

»Mein Vater kam aus einem Dorf bei Stade an der Elbe. Er war eng befreundet mit dem Nachbarssohn, der eigentlich Ludwig hieß, den aber jeder Luten rief. Und so hat man mich auf den Namen Luten getauft. Das ging in England, wo niemand eine Ahnung von deutschen Vornamen hat.«

»Luten Lange klingt gut. So verlässlich. Hat Ihnen das Treffen mit meinem Bruder geholfen?«

Wieder dieses ungute Gefühl, das zu verschweigen, was man am liebsten sagen würde. »Ja, es hat. Ich habe meinen Text abgeliefert, die Korrekturfahnen freigegeben und bin abgereist.«

»Sie wissen, dass unsere Reederei dieses Revier befährt? Wir haben fast so etwas wie einen Liniendienst zwischen Barranquilla und New Orleans und bedienen fast alle Häfen hier.«

»Lohnt sich denn das? Können hiesige Firmen nicht billiger verschiffen?«

»Billiger vielleicht, aber nicht verlässlicher. Ich habe mit dem Geschäft meines Bruders nicht viel zu tun. Aber so viel weiß ich, dass Verlässlichkeit und Pünktlichkeit bei vielen Kunden wichtiger sind als der Tonnagepreis. Und dabei hat die Reederei van Oudevaart einen sehr guten Ruf. Und zwar seit Jahrhunderten.«

»Sind es immer dieselben Schiffe, die hier fahren, oder wechseln Sie die Schiffe aus?«

»Die PLACIDA, die neulich vorm Horn von Afrika gekapert wurde, wie Sie wissen, fährt immer Fernost, die PILAR bedient von Europa aus die Karibik und die Westküste Südamerikas, die PAULITA und die PEQUELA bleiben innerhalb der Karibik. Die PLOODRA auch. Aber Genaueres müssten Sie meinen Bruder fragen, ich weiß darüber zu wenig.«

»Aber Sie werden informiert?«

»Selten genug. Ich will's auch nicht.«

»Sie ziehen Wracks vor, die unter Sand verborgen sind!«

»So kann man es sagen, Luten. Ihr Name spricht sich ganz gut aus, sag' ich mal so.«

Wie lange hatte er seinen Vornamen nicht mehr aus dem Mund einer Frau gehört?

»Soll ich uns einen Drink holen?«, wollte er wissen.

»Ja, gern. Für mich einen Añejo mit Tonic auf Eis.«

Es war das Getränk, das sie auch in Rotterdam bestellt hatte. Er verzichtete in seinem Glas auf den alten Rum. Ganz offensichtlich hatte sie von der Entführung der PILAR nichts gehört. Irgendeine Bemerkung hätte sonst darauf hingewiesen. Bei der Suche nach der Spur des Geldes und den Auftraggebern der Kaperung könnte sie ihm also höchstens zufällig helfen, und er musste mit ihr sprechen, als habe es die Kaperung der PILAR nie gegeben. Wohl fühlte er sich dabei nicht. Sie klickten mit den Gläsern.

»Anne ist ein schöner Name«, sagte Lange, »und hat einen Vorteil: Er klingt in allen Sprachen ähnlich.«

Sie lachte leise. »Aber de Vries ist schrecklich, finden Sie nicht auch?«

»Sie sind mit de Vries verheiratet? Sie hätten doch Ihren Mädchennamen van Oudevaart behalten können. Oder geht das in den Niederlanden nicht?«

»Als ich heiratete, gab es die Regelung noch nicht. Und als mein Mann starb, behielt ich den Namen. Der Grund? Weil ich, solange ich den Namen behalte, Wohnrecht auf einer Burg bei Groningen in den Niederlanden habe. Sie gehörte meinem Mann und wird an die Familie zurückfallen, wenn ich den Namen ablegen sollte. Vielleicht werde ich das mal tun, denn ich finde den Namen eigentlich schrecklich.«

»Aber Ihren Mann haben Sie geliebt?«

»Das ist Musik von gestern.«

»Und wie lautet Ihre jetzige Melodie, Anne?«

»Gute Frage. Ich bin neugierig. *Let me know how things are going.* Eine Cole-Porter-Melodie. Meine. Haben Sie auch eine? Oder geht's bei Ihnen nur mit Marinemärschen?«

Lange spürte, wie gut ihm dieses Gespräch tat. Zuzuhören, wie diese Frau von sich erzählte, Fragen zu stellen, ohne die Antwort auswerten zu müssen, den Duft von Chopard zu riechen, Annes Wärme neben sich auf der Treppenstufe der Veranda zu spüren.

»Die Navy und die Marines liegen schon lange hinter mir. Aber …«

Sie unterbrach ihn: »Die Narben bleiben, wie man sieht«, und fuhr mit den Spitzen von Zeige- und Mittelfinger über den hellen Streifen über seiner rechten Hand.

»Aber es sind keine Narben aus der Zeit. Sie hängen mit dem Tod meiner Frau und meines Sohnes zusammen.« So, jetzt war es raus, der Film konnte beginnen.

Plötzlich war es so still, dass er das Klatschen der Brandung auf den Strand hörte und das Rauschen des Windes in den nahen Büschen. Weit rechts miaute eine Katze. Im Radio gab es Nachrichten. Der Patron klapperte mit Flaschen.

»Tut mir leid«, sagte sie sehr leise und legte ihm in einer spontanen Geste die Hand auf die Schulter, »ich wollte nicht an alten Wunden rühren, Luten.«

»Ich könnte darüber reden«, sagte er. »Ich sollte es sogar. Das Ganze geschah wie in einem Film.«

Frau Dr. Thedens Therapie hatte nur darauf gezielt, die eigenen Erlebnisse und Verletzungen wie in einem Film zu sehen. »Sie sind geheilt, wenn Sie den Film erzählen und ihn an jeder beliebigen Stelle anhalten können«, hatte sie ihm immer und immer wieder gesagt. Und das Erzählen geübt.

»Wollen Sie reden, mir den Film zeigen, Luten?«, fragte jetzt Anne.

»Ja«, antwortete Luten. »Ja, ich werde Ihnen den Film vor Augen führen, aber Sie müssen Geduld haben.«

Neun

Vorspann, mit Musik:
Luten Lange und immer wieder andere Männer und Frauen in Großaufnahmen, lächelnd auf Segelyachten und größeren Motorbooten. Flaggen, auswehend im Heck: Kroatien, Griechenland, Holland, USA, Nicaragua, Panama. Keine der Yachten ist äußerlich beschädigt, aber alle sind umgespritzt. Das wird bei Nahaufnahmen sichtbar am Namenszug, an der Clubabkürzung.

Unter Deck. Wie Blitzlichtaufnahmen. Eine Stimme aus dem Off erklärt, was zu sehen ist:
– Manche Schiffsdiebe haben wie Vandalen gehaust, manchmal sind aber auch Segler an Bord, die schöne Schiffe lieben und pflegen: *shiplover*. Die Vandalen wissen immer, dass es sich um eine gestohlene Yacht handelt, die gesucht wird. Die *shiplover* ahnen davon nicht mal was. Sie haben die Yacht günstig gechartert oder zu einem vorteilhaften Preis gekauft.

Wenn Lange mit den örtlichen Sheriffs an Bord kommt, sind die Vandalen bereits auf Nimmerwiedersehen verschwunden. Er kann die Yacht für seinen Auftraggeber wieder in Besitz nehmen, ihn über den Erfolg seiner Arbeit informieren und sie zurückbringen. Waren Vandalen am Werk, rät er immer davon ab, die Yacht am Fundort liegen zu lassen. Denn nicht selten werden solche Boote, nachdem Lange sie dem rechtmäßigen Besitzer zurückgegeben hat, erneut gestohlen. Und aus Rache abgefackelt oder versenkt.

Bei den *shiplovern* ist immer mit lautem Protest zu rechnen, sobald Lange mit der Polizei auftaucht. Sie präsentieren Schiffspapiere oder Charterverträge, zeigen Briefwechsel vor, weisen sich als Besitzer von Segelscheinen aus, offiziellen wie verbandsinternen, und schweigen erst dann betreten, wenn Lange die echten Papiere und entsprechenden Fotos präsentiert, mit denen er bereits die Behörden vom Diebstahl überzeugt hat.

Das eine oder andere Mal segelte er mit den Geprellten in den Heimathafen zurück, manchmal verhalf er ihnen zu Rückreisen zu Lande oder in der Luft.

Während der Vorspann mit der Totalen auf einen Scheck mit fünfstelliger Dollarsumme weitergeht – ausgestellt auf Luten Lange & Associates, Maritime Detectives, London und Miami –, berichtet die Stimme aus dem Off weiter:
Die »Associates« wechselten, waren Freunde aus den alten Tagen, die für kurze Zeit bei Lange andockten. Wie er hatten sie ihre Karriere bei den Marine Commandos beendet und nach neuer Betätigung gesucht. Warum also nicht bei einem erfolgreichen Kameraden anheuern, der sich darauf spezialisiert hatte, gestohlene Yachten ihren Eignern zurückzubringen? Lange blieb trotzdem ein Einzelkämpfer – mit einer langen Liste von Freunden, die das Gleiche gelernt hatten wie er.

So weit der Vorspann, der bildfüllend mit den Namen der Hauptdarsteller endet:
Mit dem männlichen Hauptdarsteller Luten Lange, der auch Regie führt; mit der Hauptdarstellerin – in memoriam – Joan, seit 1999 Frau Luten Lange; und William Lange, in seiner ersten und einzigen Rolle als Sohn, geboren im Jahre 2000; alle zusammen als glückliche Familie im Karibikurlaub.

Beginn der Filmhandlung:
Die ersten Einstellungen zeigen, wie die Ketsch DESDEMONA im Hafen von Roatan, Honduras, ablegt und unter Vollzeug bei halbem Wind in die glitzernde See läuft, mit Joan am Ruder und Luten, der die Leinen aufschießt, an Deck. In der Plicht mit Schwimmweste William.

Inselidylle:
Endloser weißer Strand in einer Bucht, menschenleer, Palmen im Wind. Auf halber Höhe des Strandes ein Schlauchboot, eine Viertel-

meile entfernt auf See die DESDEMONA vor Anker. William, immer noch mit Schwimmweste, spielt in der schwachen Brandung. Am Strand liegen Joan und Luten im Schatten einer Palme, einander umarmend. Sie würden sich gern lieben, scheuen sich aber wegen des Jungen.

Kurze Dialoge und Aufarbeitung der Vorgeschichte:
Die DESDEMONA war auf den Cayman-Inseln einem Amerikaner gestohlen worden, der Lange mit der Wiederbeschaffung beauftragte und ihm nach erfolgreicher Arbeit die Yacht aus Dank für zwei Wochen auslieh. Gefunden hatte Lange sie in Belize bei *shiplovern*, die sie ganz offiziell bei Carib Sails in Panama gechartert und natürlich nur unter Protest zurückgegeben hatten. Doch gegen die echten Papiere waren sie machtlos: Es gab keine Charterfirma Carib Sails, nicht in Panama und nicht in Zentralamerika. Diesem Briefkastenunternehmen war Lange übrigens schon öfter begegnet.

Lange Passage:
DESDEMONA segelt auf die Küste zu.

Kurze Einstellungen:
DESDEMONA ankert vor dem honduranischen Festland. Ein Prospekt zeigt den Urwald-Nationalpark in Küstennähe. Das Schlauchboot wird zu einem Ausflug in den Nationalpark zu Wasser gelassen.

Im Nationalpark:
Luten ist ortskundig und erklärt Joan und William, die zum ersten Mal hier sind, die Besonderheiten: Unendlich hohe Bäume, mit mehreren Stockwerken. Termiten. Blattlose Riesenbäume, darunter einige, deren Rinde zum Schutz vor der schwindelerregenden Hitze Spitzen wie Dornen ausgebildet hat. Eine Horde Affen in den Wipfeln. Immer wieder Durchblicke auf den zum Meer hin abfallenden Wald und den unendlichen, wolkenlosen Himmel. Ein paar Geier kreisen. Weit weg eine dünne Rauchsäule.

Stimme aus dem Off:
Sie rät dazu, viel Wasser zu trinken, weist auf den Rauch hin. Eine Siedlung von Indianern unten am Fluss. Sie sind die Einzigen, die in

diesem Nationalpark wohnen dürfen. Hinweise auf die Krokodile, Süßwasserkrokodile gleich hinter der Mündung, landeinwärts, und dass die Indianer diese Tiere bejagen dürfen.

Neue Einstellung:
Eine schmale Asphaltstraße, unbefahren, über eine Brücke mit eisernem Geländer führend, 50 Meter lang, den unteren Flusslauf überquerend. Darunter: graubraun lehmiges Wasser, das zu stehen scheint.

Großaufnahme:
Auf dem Wasser, 40 Meter unter der Brücke, liegen spitze braune Blätter.

Lange erklärt seiner Frau und dem Sohn:
Was wie Blätter aussieht, sind in Wirklichkeit Krokodile. Sie liegen nur scheinbar schlafend im Wasser. Meistens sind sie hungrig und deshalb auf Beute aus. Während der Saison halten an der Brücke öfter Busse mit Touristen, die hier – trotz der Verbotsschilder – die Tiere füttern.

Gegenschnitte:
Mutter und Vater beantworten abwechselnd Fragen ihres Sohns.

Schnitt auf einen Jeep:
Zugestaubt und ohne Verdeck rollt er über die Asphaltstraße und hält kurz vor der Brücke.

Schnitt und Gegenschnitt:
Drei Männer in khakifarbenen Hemden und Hosen, mit Baseballcaps auf den Köpfen, steigen aus und hängen sich Gewehre über die Schultern. Nebeneinander nähern sie sich der kleinen Familie, die von der Brücke aus die Krokodile beobachtet. Nur Lange sieht die Männer kommen und tastet schnell seine Taschen ab. Doch seine Pistole hat er an Bord zurückgelassen. Sie würde ihm gegen drei Militärgewehre vom Typ M1, welche die US Army in den 1960er-Jahren ausgemustert hat, wohl auch nichts nützen.

Schnelle Schnitte mit kurzen Dialogen:
– Sie sind doch Lange, der Alemano aus London, eh?
– Ja. Und wer sind Sie?
– Tut nichts zur Sache, wir haben mit Ihnen zu reden.
– Gern, an Bord, wir werden dort erwartet.
– An Bord ist niemand. Ihre Frau, ihr Sohn?

Halbtotale:
Die drei Männer nehmen die Gewehre ab, legen an, entsichern.

Gegenschnitt:
Luten stellt sich schützend vor William und Joan. Er kennt solche Situationen, darf jetzt keine unbedachte Bewegung machen, muss freundlich bleiben, grinsen. Er hat nur ein Taschenmesser dabei, seinen Pass, eine Kreditkarte und eine Rolle Dollarnoten.

Gegenschnitt:
Die drei Männer fächern auseinander.

Gegenschnitt:
Lange hat die Hände halb erhoben, die Handflächen den dreien zugewandt. Hinter ihm steht schwer atmend Joan. William beobachtet ahnungslos weiter die Krokodile im schlammigen Uferwasser.

Halbtotale:
Der Anführer trägt ein rotes, offenbar sehr neues Baseballcap und ein frisch gebügeltes Hemd, auch die Hose hat noch Bügelfalten. Als Einziger hat er geschnürte Stiefel. Eine gewaltige Sonnenbrille verdeckt sein Gesicht. Ein schwerer schwarzer Schnurrbart ist in Höhe der Mundwinkel gerade beschnitten. Herrisch vorgestrecktes Kinn. Könnte ein Militär sein. Perfektes amerikanisches Englisch. Glänzend weiße, sehr regelmäßige Zähne. Kurzes, glänzendes, schwarzes Haar. Sauber rasiert. Am Gürtel eine Pistolentasche, noch geschlossen. Die Mündung des M1 zeigt auf Langes Brust, Distanz: ein Meter.

Mit harter Stimme:
– Sie haben sich zu oft in unsere Geschäfte gemischt. Das werden Sie nie wieder tun!

Groß auf die Gewehrmündung und eine Hand, die Lange heranwinkt.

Stimme aus dem Off:
– Hierher!

Gegenschnitt:
Luten Lange tritt einen Schritt vor, mit noch immer erhobenen Händen.

Gegenschnitt auf den Anführer, der seinen Blick nicht von Lange löst:
– Los, ran, Luis.

Groß auf Luis, den zweiten Mann, dann auf Joan, auf den Jungen und auf Lange in schneller Bildfolge:
Joan ahnt, was geschehen wird, und will den Jungen an sich ziehen. Luis holt aus, ohne das Gesicht zu verziehen. Ein Hieb mit dem Gewehrlauf trifft sie brutal ins Gesicht. Blut. *Aus dem Off der Schrei des Jungen.* Joan stürzt auf den Asphalt, bleibt reglos liegen. Zwei Gewehrläufe an Langes Kopf stoppen jede seiner Bewegungen. Der Junge läuft auf ihn zu. Luis schlägt ihn mit dem Gewehrkolben nieder.

Gegenschnitt auf Lange, der Luis anschreit:
– Sie haben doch auch Frauen und Kinder. Lassen Sie meine Familie aus dem Spiel. So was tragen Männer unter sich aus. (Er will sich bücken, ein Gewehrlauf reißt sein Kinn hoch.)

Schnitt auf das Gesicht des Anführers:
– Nein, Mr. Lange, wir bestimmen die Regeln. (Und auf Spanisch:) Los, ran, Luis.

Slow Motion:
Luis, der Joan und William niedergeschlagen hat, schultert sein Gewehr und tritt mit drei Schritten auf William zu, der über seine Mutter gestürzt ist, hebt ihn hoch und trägt ihn zum Geländer.

Gegenschnitt:
Langes Gesicht, panisch, entsetzt, leer, dann rasend vor Zorn.

Halbtotale:
Luis hebt William über das Geländer und wirft das Kind in die Tiefe.

Schnitt:
Kamera verfolgt den Sturz, während William sich auf halber Höhe dreht und dann kopfüber zwischen die Krokodile ins Wasser stürzt. Es blitzt von den schnellen Bewegungen der sofort zupackenden Tiere.

Schnelle Schnitte und Gegenschnitte:
Lange drückt die beiden Gewehrläufe weg und tritt Luis mit aller Kraft in die Hoden. Der krümmt sich und bricht zusammen. Lange bekommt vom Anführer den ersten Hieb ins Genick, schüttelt sich, will erneut angreifen. Noch ein Schlag.

Totale aus Langes Blickwinkel von unten:
Der Anführer schleift die bewusstlose Joan zum Brückengeländer und wirft sie ebenfalls in den Fluss. Erneuter Schlag auf Langes Kopf.

Schwarzfilm.
Dann: Flimmerndes, gleißendes Licht, aus dem sich langsam etwas herausbildet; langsame Kameraschwenks und Fahrten:
Ein Uferstreifen, drei Fuß breit, ein Streifen dürres Gras, drei Schritte breit. Im Wasser, die Mäuler auf dem Sand aufliegend, vier Krokodile, bewegungslos, mit starrem Blick den Mann am Baum fixierend. Neben den Tieren Williams nasse Mütze und der rechte zerfetzte, blutige Turnschuh von Joan.

Halbtotale:
Lange sitzt mit ausgestreckten Beinen im Gras an einen jungen Baum gelehnt, der seine Rinde mit zahllosen Stacheln gespickt hat. Er kann sich nicht rühren, seine Hände sind hinter dem Stamm mit

Handschellen gefesselt. Vorsichtig bewegt er seinen Rücken, um so die Stacheln abzubrechen, bewegt Arme und Hände; die Handschellen ziehen sich davon immer fester zu und geben schließlich nicht mehr nach. Er blutet heftig aus zwei Wunden an der linken Schläfe, auch sein Rücken trieft nun vor Blut. Die Tiere im Wasser werden unruhig.

Schnitt. Totale von der anderen Seite des Wassers aus der Flussbiegung auf die Krokodile und den gebundenen Mann.

Gegenschnitt Totale:
Von flussaufwärts nähert sich ein flaches Boot mit kräftigem Außenbordmotor. Zwei Indianer, mittellanges Haar, nackte Oberkörper, Schamtuch, hocken im Bug. Zwei schwere Jagdgewehre. Die Männer deuten auf die lauernden Krokodile und den blutenden gefesselten Mann.

Schnelle Folge von Schnitten:
Zwei Schüsse, zwei Krokodile sind tot, die anderen verschwinden blitzschnell im trüben Wasser. Das Boot läuft ans Ufer. Die Indianer springen ins Flach und ziehen das Boot auf den Grasstreifen. Mit ihren Gewehren gegen die Krokodile sichernd nähern sie sich dem nun röchelnden Lange. Sein Kopf sackt nach vorn.

Schnelle Schnitte:
Die Indianer fällen den Baum oberhalb des gefesselten Lange, heben den Bewusstlosen hoch und schleppen erst ihn, dann die beiden toten Krokodile ins Boot. Motorbootfahrt, schnell, flussaufwärts, immer nahe an den Uferwindungen. Lange, immer noch bewusstlos, wird ins Dorf der Indianer getragen.

Groß:
Blutüberströmte Hände, aufgerissene Gelenke, blutiger Rücken, blutende Stirn. Lösen der Handschellen mithilfe eines gebogenen Drahtes. Frauen reinigen und verbinden die Wunden. Männer sitzen rauchend an einem Feuer. Nachts. Mondlicht. Zwei Männer stehen auf, ziehen T-Shirt und Jeans an, tragen Lange zum Boot. Flussfahrt,

schnell, im Mondlicht. Die Männer machen an einer Anlegestelle fest. Ein Hotel für ausländische Touristen. Die Indianer gehen zur Rezeption, deuten nach draußen. Der Mann hinter der Theke greift zum Telefon.

Im ersten Morgenlicht erscheint ein Hubschrauber und folgt dem Flusslauf. *Touch down* vor dem Hotel. Lange wird mit verbundenem Kopf, verbundenen Händen und Handgelenken, verbundenem Rücken seitlich auf einer Trage liegend in den Hubschrauber gehoben. Vom Hubschrauber in ein zweimotoriges Privatflugzeug umgeladen. Weiter in eine viermotorige Passagiermaschine. Landung in Miami. Amerikanisches Krankenhaus.

Großaufnahme Arztgesicht.
– Er ist transportfähig, schickt ihn nach Deutschland. Ich werde mit Oldenburg reden. Da ist diese Spezialistin für Handverletzungen.

Totale:
Landung Bremen Airport.

Schnelle Schnitte:
Krankenwagen, Blaulicht. Autobahnschilder Oldenburg. Durch die Stadt ins Krankenhaus Oldenburg, Klinik für plastische und Handchirurgie.

Halbtotale:
Ärztin entfernt Verbände.

Ärztin, im Off:
– Eine Herausforderung! Aber wir werden das hinkriegen.

Zehn

ANNE HATTE LUTEN die Arme um die Schultern gelegt und lehnte ihren Kopf gegen seine Wange. Im Hotel rührte sich nichts mehr. Der Patron hatte ihnen noch einen Kübel mit Eis, eine Flasche Añejo und drei Flaschen Tonic-Wasser auf die Treppenstufe gestellt und war dann in seine Privaträume verschwunden. Die jungen Männer schliefen längst. Der Mond war verschwunden.

»Du lieber Gott, wann ist das passiert?«

»Vor drei Jahren!«

»Wie hast du das bloß durchgestanden?«

»Ich weiß es nicht mehr.«

Luten spürte immer noch den Druck auf der Kehle. Zum ersten Mal hatte er den Film einer außenstehenden Person bis zum Ende vor Augen geführt und dabei ein paar Mal seinen Tränen freien Lauf gelassen. So wie er das in den zahllosen Gesprächen mit Dr. Thedens in Bremen sehr mühsam gelernt hatte.

»Gibt es überhaupt jemanden, der so etwas aushalten kann?« Anne fragte, ohne eine Antwort zu erwarten. »Bist du deshalb hier? Willst du zurück zu der Brücke? Hilft dir das?«

Luten spürte ein leichtes Zittern in den Schultern und schüttelte den Kopf. »Nein, das war doch in Honduras, nicht hier.«

Eigentlich musste er Anne jetzt vom Auftrag ihres Bruders berichten und sie dann um Verschwiegenheit bitten. Aber dann griff wieder alles nach ihm, was ihm sowohl bei der Navy als auch den Marines in Fleisch und Blut übergegangen war. Er schwieg.

Anne löste die Umarmung. »Ich danke dir, dass du mir alles erzählt hast.«

Alle weiteren Worte purzelten so überschwänglich aus ihr heraus, dass er nichts mehr verstand. Also streichelte er nur ihre nackten Oberarme und sah fragend in ihre dunklen, schräg stehenden Augen mit dem einladenden Blick.

»Ich werde morgen in den Dschungel aufbrechen«, sagte er schließlich, »von Yaviza aus. Ich glaube, der Trip wird mir helfen. Ach und noch was: danke fürs Zuhören.«

Anne legte ihren Kopf auf seine linke Schulter, als wolle sie Luten einladen, ihn zu streicheln, und sagte plötzlich: »Ich werde dich hinfliegen, sonst bist du tagelang unterwegs, ehe dein Trip beginnt.« Und dann nach einem Augenblick der Stille: »Schade übrigens ...«

»Wie meinst du das?«

»Du hättest so gut zu uns gepasst! Du bist so einer, den die jungen Männern bewundern und an den sich Frauen gern anschmiegen.«

»Frauen? Mehrzahl? Ich bin mehr für den Singular.«

Jetzt lachte sie, und ihre Zähne glänzten im schwachen Licht einer Petroleumlampe weit weg auf der Veranda. Falls er jetzt doch tat, was er nicht durfte, würde er seinen Auftrag nie erfüllen können. Seine Schultern strafften sich. Die nächsten Sätze fielen ihm leicht.

»Wir werden uns wiedersehen, Anne. Ich muss nur hier erst mal durch. Ich melde mich von unterwegs. Und dann treffen wir uns hier oder wo immer du willst. Einverstanden?«

Sie nickte. »Dann muss das wohl so sein.«

Sie standen auf und stellten den Eimer, in dem das Eis geschmolzen war, und die Flaschen und Gläser auf den nächsten Tisch.

»Gute Nacht, Anne.«

»*Buenas noches*, Luten.«

Sie stellte sich auf Zehenspitzen, küsste ihn auf den Mund, zögerte einen Augenblick und war dann im Dunkeln verschwunden, die Latschen in der Hand. Luten hörte das leise Geräusch ihrer nackten Füße auf dem rohen Holz.

Am nächsten Morgen, als kaum die Sonne über die Kimm gestiegen war, duschte er, rasierte sich und packte seinen Rucksack. Unten traf er auf die Gruppe, die bereits um den Frühstückstisch vor der Bar versammelt war. Anne nahm gerade mit einem Teller Rühreier in der einen und einer Kaffeetasse in der anderen Hand Platz. Mit einem Nicken forderte sie Luten auf, sich neben sie zu setzen.

»Wir werden unseren Tauchgang heute um zwei Stunden verschieben und die Wartung und Pflege der Geräte vorziehen, Männer. Ich muss Luten Lange nach Yaviza fliegen und bin wahrscheinlich gegen 10 Uhr wieder hier. Dann können wir noch vor dem Mittag einmal tauchen.«

Einige bedauerten Lutens Abreise lauthals: »Bleib doch, auf ein paar Tage mehr oder weniger kommt es in diesem Land nicht an.«

Recht hatten sie, aber da war sein Auftrag.

Luten half Anne beim Check der Cessna, indem er die Liste vorlas und ihre Antworten abhakte. »VP-C«, fragte er neugierig, »die Maschine ist auf den Caymans registriert?«

»Ja, da habe ich ein Haus«, antwortete sie, »aber ich fliege so gut wie immer über Land, nur das letzte Stück übers Wasser. Mit nur einem Motor, doch das weißt du sicherlich …«

»Ich habe meine Lizenz auf eine PPL umschreiben lassen, und in diesem Jahr muss ich noch acht Stunden fliegen, sonst verfällt meine Privatpiloten-Lizenz.«

»Das können wir ja nachholen, wenn wir uns wieder treffen. Auf diesem Flug kannst du dich schon mal mit dem Gerät vertraut machen. In Pito kümmert sich niemand darum, wie du ankommst, landest oder startest. In Yaviza ist das anders. Da gelten alle Regeln des Sichtflugs.«

Sie war wieder zu der Lady geworden, die er in Rotterdam kennengelernt hatte, und flog konzentriert die Maschine. Der Propellerlärm war erträglich, dennoch sprachen sie per Mikrofon und Kopfhörer nur das Notwendigste miteinander. Luten vernahm erstaunt, dass es in der Provinz Darién sogar drei größere Flughäfen gab, mit internationaler Anbindung. Das hielt er für ungewöhnlich. Aber Flughäfen waren natürlich leichter zu bauen und zu unterhalten als Straßen.

Sie flogen sehr niedrig westlich über den Kamm der Serrania, und dann drehte Anne nach Süden ab. Unter ihnen lag ein gewaltiger grüner Teppich, der sich bis über die Berggipfel zog und immer mal wieder Flussläufe durchscheinen ließ. Keine Siedlungen, keine Rauchfahnen, dieser Landstrich schien menschenleer. Lange war klar, dass die Durchquerung dieses Gebiets alles von ihm verlangen würde, was er bei Old Neill während der Ausbildung im ehemaligen British Guayana gelernt hatte. Wie gut, dass solch ein Ausbilder niemals einen Fehler durchgehen ließ! Dann tauchte plötzlich ein heller Streifen in der Baumlandschaft auf, der nicht glänzte: das Ende der

Straße. Die großartige Panamericana war ab Canglón einspurig und endete abrupt in Yaviza.

Das Englisch der Fluglotsen war in der schweren spanischen Färbung kaum zu verstehen, Luten entnahm ihm dennoch, dass Anne ihn nur absetzen und sofort zurückfliegen wollte.

Sie stoppte auf dem Runway vor einer Hütte, in der er sich melden sollte, und reichte ihm die Hand.

»Das ist hier alles ein bisschen nüchtern, Luten, aber ich sage immer, was ich denke: Ich möchte dich gern wiedersehen.« Und beim Schließen der Tür fügte sie hinzu: »Und bald, bitte. Melde dich.«

Er blickte ihr nach, solange sie mit der Cessna auf die Piste zurückrollte, und fühlte einen ähnlichen Kloß im Hals wie in der vergangenen Nacht. Dann lud er sich den Rucksack auf die Schultern und ging auf die Hütte zu. Die Cessna stand bereits zitternd am Ende des Runway und begann zu rollen. Lange wollte die Hand heben, unterließ es aber. Anne würde ihn nicht sehen können.

Zwei Uniformierte betrachteten seinen Pass sehr genau und winkten ihn dann weiter. Nein, ein Taxi, um in den nächsten Ort zu fahren, gab es nicht. Und nur ein einziges Hotel.

»Eher für junge Leute, Señor Lange. Und Sie wollen wirklich durch die Lücke?«

Lange nickte. Die Beamten hatten Zeit, und er brauchte eine gute Stimmung. Nach einem kleinen Smalltalk boten sie ihm süßen Kaffee in einem Pappbecher an, den er bezahlen wollte. Entrüstet lehnten sie ab, und ohne konkret nachzufragen, holte er im lockeren Gespräch aus ihnen heraus, was er wissen wollte: Am Mittwoch, am 19. März, war eine Skyhawk der Blue Skies Charterlinie um 13.30 Uhr gelandet. Von Pito kommend. Sie flog später weiter nach Panama City, wo sie auch registriert war. Einer der Passagiere, gekleidet wie ein Herr aus der Stadt, mit einem Rucksack und mit einem Aluminiumkoffer, den ein starker Gepäckriemen umschloss, war hier geblieben. Nein, das Gepäck war nach der Landung nicht kontrolliert worden, es handelte sich schließlich um einen Inlandsflug, und der Pilot war ihnen persönlich bekannt, die Airline ebenso, und alle Insassen hatten panamaische Pässe.

»Und wohin ist der Mann von hier aus verschwunden?«

»Nach Yaviza. Er wollte weiter nach Canglón.«

An alle Namen konnten sie sich nicht erinnern, aber sie hatten sie in dem großen Buch notiert, in dem die Namen aller Passagiere festgehalten wurden, die in Yaviza landeten oder starteten. Der Pilot war ein gewisser Pablo Ruiz, und der Mann, der weiterflog, hieß Regnaldo Batuja. Derjenige, der hier blieb, hieß Franz Checo. Lange hatte nur den Vornamen von Batuja schon einmal gehört. Um sich warmzulaufen, lehnte er nach einem weiteren Kaffee das Angebot des älteren Beamten ab, ihn mit dem Auto die halbe Meile nach Yaviza zu bringen, und unterwegs auf dem Asphaltstreifen, dessen zahlreiche Löcher mit kleinen runden Steinen gefüllt waren, ordnete er seine Gedanken.

Die Empfänger des Geldes waren also nach Yaviza geflogen und hatten sich hier getrennt. Regnaldo Batuja, der Boss, flog nach Panama City weiter, Franz Checo wollte angeblich in den Nordwesten. Ganz offensichtlich hatten sie das Lösegeld geteilt.

Einen der beiden mit auffälligen Gepäckriemen gesicherten Aluminiumkoffer, die Eugenio Lovens mit dem Lösegeld nach Pito gebracht hatte und an den sich die Beamten hier deutlich erinnerten, schien Franz Checo mitgenommen zu haben. Dieser Teil der Dollars würde von hier aus seinen Weg nehmen, der andere Teil war inzwischen sicherlich längst in Panama City verschwunden – höchstwahrscheinlich ohne Spuren zu hinterlassen.

Yaviza erwies sich als eine Ansammlung von dreckigen Hütten zwischen zwei Flüssen. Lange war froh, dass er noch vor der Mittagshitze das nicht weniger schmuddelige Hotel erreichte; der Armeeposten vor einer kleinen Betonhütte mitten im Ort hatte ihn gegrüßt und ihm den Weg gewiesen.

Eine Pfeife rauchende, alte, schwarze Frau mit blendend weißen Zähnen, die ihn für drei Dollar im Hotel übernachten lassen wollte – Abendessen, Frühstück und alle Drinks gingen extra –, erklärte ihm, dass es sich bei den vielen Schwarzen vor der Tür um ehemalige Lohnarbeiter handelte, die nach dem Verwildern der Bananenplantagen einfach hier geblieben waren. Im Zimmer griff Lange sofort nach dem Besen, der neben dem Bett lehnte, und fegte zusammen, was an fliegendem und krabbelndem Getier auf dem Boden verendet und vertrocknet war. Dann holte er sich in einem großen Eimer sein Waschwasser vom Hof hinter dem Hotel, wo ein paar Hühner im Schatten der Bananenbäume träge ihr Leben fristeten. Ein Hund wedelte freundlich mit dem Schwanz, folgte Lange aber nur mit den Augen, während sich zahllose Fliegen um ihn sammelten. Lange fragte seine Wirtin nach einem Laden, wo er eine für den Dschungel geeignete Machte kaufen könne. Unten am Fluss, da kaufen alle diese Hackmesser, war die Antwort.

Ein Mulatte, breite Schultern, schwarzes glattes Haar, schmale Nase, eins neunzig groß, legte Lange drei Exemplare vor, alle frisch geschliffen, und dieser entschied sich für eine kleinere Machete, die ihm ganz besonders gut in der Hand lag. Dann erwarb er noch ein Lederband und ließ es durch ein Loch im Griff fädeln, sodass er das Ding am Handgelenk sichern konnte.

»Hat am Mittwoch hier ein Weißer eine Machete gekauft?«, fragte er am Schluss.

»Nein«, war die Antwort, »aber am Donnerstagmorgen.«

Und im Hotel erzählte ihm später die Alte, dass Franz Checo hier gewohnt hatte und plötzlich ein zweiter Mann aufgetaucht und zusammen mit ihm sehr eilig in Richtung Norden aufgebrochen war. Checo hatte offenbar ununterbrochen mit seinen zwei *mobiles* telefoniert, und, ach ja, bei der Abreise hatte er ihr den Koffer und seinen feinen Anzug geschenkt. Checo hatte wohl alle seine Habseligkeiten in den Rucksack umgepackt, der andere war von Anfang an so ausgerüstet gewesen.

»Das ist ja auch nur vernünftig, wenn man in den Dschungel will«, sagte die Frau.

Lange bat sie, die Sachen zu bringen, und sah sich den Anzug genau an: Stangenware aus dem Kaufhaus *Corte Ingles* in Panama City. Der Koffer aus dünnem Aluminium zeigte eine Delle und Einkerbungen, die gut von einem starken Lederriemen stammen konnten.

»Warum wollen Sie eigentlich in den Regenwald? Und dann ganz allein? Und wohin?«

Lange rechnete nicht damit, dass jemand seiner Spur folgen würde. Doch es war in jedem Fall richtig, eine Legende zu haben, die er überall erzählen konnte. Auch hier, am vorläufigen Ende der Zivilisation sprach sich bestimmt manches schneller herum, als ihm lieb sein konnte.

Er wolle die Lücke des Darién durchqueren, ohne kolumbianisches Gebiet zu betreten, also nach Norden ziehen, statt nach Südosten, aus reiner Abenteuerlust, erklärte er ihr.

»Die meisten wollen nach Kolumbien«, brummte sie und ließ ihr Pfeifchen qualmen, »aber Kolumbien ist ein schlimmes Land, jedenfalls oben im Nordosten, im Chocó. Folgen Sie den Flüssen, dann können Sie sich nicht verlaufen, Señor. Gott segne Sie!«

Elf

Am zweiten Tag im Dschungel wusste Lange, dass er nicht allein unterwegs war. Er sah die anderen nicht, wohl aber hörte und roch er sie. Wieder einmal dankte er in Gedanken dem Feldwebel Neill MacDougall, der seine Männer in Guayana gedrillt hatte, bis sie fix und fertig waren. Eine ganze Woche hatte Old Neill, wie sie ihn nannten, damals beim Kompaniechef herausgehandelt, in der er nur ein Ziel verfolgte: jeden das Hören und Riechen zu lehren, der nicht im Dschungel geboren worden war, aber dort ums Überleben kämpfen musste.

Wie klang der Dschungel? Was schrie, bellte, krakeelte, kratzte, krähte und pfiff – im Dunkeln, im Halbdunkel, bei Tage, am Wasser, in Kopfhöhe, über Mützenhöhe und in den Baumkronen? Wie knacken Äste unter dem Gewicht eines Mannes? Wie klingt es, wenn jemand durch Buschwerk schleicht? Oder sich in Wasserläufen vorwärts bewegt? Sehr viel einfacher war es, einen Menschen zu riechen. Jeder, der in den Dschungel eindringt, stinkt – nach Mensch, das heißt nach Schweiß, nach Seife, nach Kaffee, häufig nach Tabak, manchmal nach Urin, öfter nach Kot, fast immer nach Essen. Old Neill hat seinen Männern die Augen verbunden und dann einen Kameraden ein paar Schritte entfernt lautlos vorbeischleichen lassen. Auch Lange lernte so, Männer auf 20, 30 Meter zu riechen und auf 100 Meter zu hören, ohne sie zu sehen. Allerdings war Lange nun so lange außer Übung, dass er die Entfernung nicht einzuschätzen wusste.

In Yaviza hatte man ihm von einigen Abenteurern erzählt, die zwei Wochen vor ihm in die Lücke aufgebrochen waren: drei Kanadier, zwei Männer, eine Frau. Die Frau hatte angeblich dichte rote Locken, die Männer glatte Schädel wie Billardkugeln.

Und der Bus konnte jeden Tag neue Verrückte ausspucken, die sich unbedingt daran messen wollten, ob sie den Dschungel bezwingen konnten. Üblicherweise gingen alle nach Südosten. Lange aber zog nach Nordwesten, folgte bis Finca Tupista der Straße. Der Fluss im dichten Regenwald war nur zu hören, nicht zu sehen. Wieder einmal fragte er sich, ob sich die Strapazen, die es ihn kostete, um das Geld zu verfolgen, auch lohnten. Aber natürlich gab es darauf die sehr vernünftige Antwort des Reeders: Wer weiß, wer das Geld hat, kann vielleicht die Piraten an weiteren Schiffskaperungen hindern. Wo würde es ausgezahlt werden? Im Dorf der Fischer? Wo lag das? In Panama, in Kolumbien? Jedenfalls irgendwo an der Küste, davon war Lange fest überzeugt.

Auf der PILAR und während der Gefangenschaft an Land hatte er ja immer wieder versucht, die Bewacher nach ihrem Heimatdorf auszuhorchen, aber stets nur ein breites Grinsen geerntet. Ohnehin waren sie – ähnlich wie die bitterarmen Fischer vor der jemenitischen oder der somalischen Küste, die sich für die Drecksarbeit bei den Schiffsentführungen als Handlanger verdingten und ihre Haut riskierten – ebenso Opfer wie die entführten Seeleute, damit andere aus der Ferne im großen Stil kassieren konnten. Um an die heranzukommen, musste Lange aber nun erst einmal die Spur verfolgen, die in den Dschungel führte. Warum hatte dieser Checo auf den zweiten Mann so lange gewartet? Warum war er nicht sofort nach der Zwischenlandung mit dem Geld aufgebrochen? Darauf gab es eigentlich nur eine Antwort: Checo gehörte nicht zu den Männern, die sich allein durch den Dschungel bewegen konnten.

Lange schulterte nach einer kurzen Pause wieder seinen Rucksack, hakte die Machete an den Gürtel und warf noch einen Blick auf seine ungenaue Karte, die ihm eine dünn gestrichelte Linie parallel zu einem Fluss zeigte: einen Pfad, von dem Lange vermutete, dass er sich ihn erst freihauen musste. Doch das erwies sich als Irrtum, jemand hatte bereits für ihn diese harte Arbeit erledigt – die beiden Männer mit dem Geld? Oder die drei Kanadier?

Am Sonntagabend wurde ihm klar, dass er irgendwo nicht aufgepasst und einen Fehler gemacht hatte, denn plötzlich musste er sich den Weg selber freihacken. Hatten die anderen sich versteckt, um ihn passieren zu lassen? Am Montag gab es keinen Zweifel mehr, dass zwei Männer ihn verfolgten. Er ging mal langsamer, mal schneller, sie hielten immer den gleichen Abstand: zwei Raucher, die viel Kaffee tranken und leichtes Schuhwerk trugen. Lange musste handeln und beschloss, sich seine Eskorte näher anzusehen. Kurz vor Sonnenuntergang wich er 100 Schritte in höher gelegenes Gelände aus, wartete hinter einem Urwaldriesen geduckt und ließ sie passieren. Als es dunkel geworden war, roch er ihr Lagerfeuer und schlich sich an.

Die beiden wirkten wie Männer, die jemand in die Kluft von Dschungelläufern gesteckt hatte, trugen leichte Stoffschuhe mit dicken Gummiprofilsohlen, Hosen in Tarnfarben, graubraune Hemden mit aufgerollten Ärmeln und Mützen wie einst Che Guevara. Sie rauchten und hielten die Glut des Feuers am Flussufer klein. Ein Topf Kaffee stand auf drei Steinen. Dort sprachen sie laut miteinander, nach den Bewegungen der Lippen zu schließen. Das Rauschen des Flusses machte jedes Flüstern überflüssig.

Die Männer schienen unbewaffnet, bis auf die Macheten, ohne die kein Mensch sich in den Dschungel traute. Ihre Gürtel waren leer. Beide lehnten sich unter ihren Hängematten auf Rucksäcke, die sie zwischen die Steine am hohen Rand des Ufers gelegt hatten, weit genug weg vom eilig fließenden Wasser. Sie würden also hier übernachten, wohl wissend, dass auch Lange in der Nacht rasten musste. Am Morgen würden sie seine Spur wieder aufnehmen und ihm weiter durch den Dschungel folgen. Was hatten sie vor, warum folgten sie ihm? Wohin? Und in wessen Auftrag? Was würden sie tun, wenn Lange verschwinden würde? Trainiert und erprobt hatte er spurloses Verschwinden lange und oft genug. Er suchte im flackernden Licht des schwachen Feuers ihre Gesichter auszumachen. Es waren Eingeborene, wie erwartet, aber er kannte sie nicht; mit Sicherheit waren sie nicht unter den Bewachern der Mannschaft der PILAR gewesen. In ihren Rucksäcken transportierten sie wahrscheinlich den Teil des Lösegeldes, der den Fischern zustand. Doch warum folgten sie dann ihm? Warum hatten sie ihn überholen lassen?

Er musste eine Annahme machen, wie er das gelernt hatte: beobachten, Schlüsse ziehen, handeln. Waren Rückschlüsse nicht möglich, mussten immer Annahmen her: Sie kannten ihn nicht und zogen mit viel Geld durch den Dschungel, um es Leuten an der Küste zu bringen. Da war zunächst jeder verdächtig, der ihnen folgte. Auch falls er nichts vom Geld wusste? Nein, dann nicht notwendigerweise, doch niemand mag Fremde in der Nähe, wenn er einen

Sack voll Geld transportiert. Wusste Lange etwas von dem Geld, dann bedeutete das für den Verfolger höchste Gefahr, weil jeder, der Bescheid wusste, einen Teil davon oder alles haben wollte. Das Verhalten der beiden ließ im Grunde den Schluss zu, dass es für Lange gefährlich war: Sie hatten ihn lieber vor sich als hinter sich und immer im gleichen, sicheren Abstand. Lange wechselte den Blickwinkel: Was würde jemand denken und tun, der zwei Millionen Dollar aus einer Erpressung unauffällig durchs Land bewegte? Als Erstes: dass die Geldgeber ihm jemanden auf die Fersen hefteten, um das Geld wieder zurückzuholen.

Am Flussufer war die nächtliche Luft etwas frischer als im Dschungel unter dem dichten Dach der riesigen Bäume. Lange suchte in dem schmalen Streifen Himmel nach Sternbildern, die er kannte, aber die Wolken waren zu dick und hingen zu tief. Selbst der Mond wurde verdeckt. Der Dschungel tönte weiter, etwas dumpfer als tagsüber, das Vogelgeschrei fehlte und das Heulen tobender Affen. Lange spannte seine Hängematte in Kopfhöhe zwischen zwei Stämme, hängte seine Stiefel mit den Sohlen nach oben ans Fußende der Hängematte und schwang sich in den Stoff. Seine Pistole verbarg er unter dem Ersatzhemd, das ihm als Kopfkissen diente, die Machete hing in der Schlaufe in Höhe seines linken Ellenbogens. Er wusste, dass er, wie während seiner Ausbildung in Guayana, immer mit Schlangen rechnen musste und mit schwarzen Panthern. Beide griffen Menschen jedoch nur an, wenn sie sich bedroht fühlten.

Er wurde mit dem ersten Tageslicht wach. In dieser zerklüfteten Berglandschaft begann der Tag ohne Sonnenlicht. Blau dämmerte der Morgen über den Bergkämmen. Aus dem Uferschatten heraus suchte er mit dem Fernglas nach seinen Verfolgern. Sie hatten ihr Feuer nicht gelöscht, ein Fädchen Rauch hing über dem Aschehaufen. Einer hockte nackt im seichten Uferwasser und schien sich zu erleichtern. Der andere tauchte mit einem Arm voller Holz aus dem Wald auf.

Lange hatte in der Nacht beschlossen, die Probe auf seine Annahme zu machen. Wie würden die beiden handeln, wenn sie ihm von Angesicht zu Angesicht begegneten? Waren sie wirklich unbewaffnet oder trugen sie, wie Lange, ihre Pistolen verborgen mit sich?

Würden sie ihn herankommen lassen, um ihn aus der Welt zu schaffen? Auf eine Schießerei mit zwei Unbekannten pflegte Lange sich nur einzulassen, wenn er keine andere Wahl oder einen dienstlichen Befehl hatte. Beides traf nicht zu. Eine List konnte hier Klarheit bringen. Lange beschloss, ein paar herumliegende, schmale Baumstämme zusammenzubinden und sich an seinen Verfolgern vorbei den Fluss hinunter treiben zu lassen. Die Stämme müssten ihn und seinen Rucksack verbergen. Und ihm notfalls Feuerschutz geben. Seine Verfolger dürften natürlich nicht zu früh Lunte riechen, die Arbeit müsste unauffällig geschehen, etwas anderes müsste die beiden ablenken. Also spannte er eine Leine sichtbar am Fluss auf und begann, seine Wäsche zu waschen und sie auf die Leine zu hängen. Deutlicher konnte er kaum zeigen, dass er den Tag hier verbringen wollte, an einem Ort, an dem die Sonne das Flussbett gut erreicht. Dann verschwand er im Dschungel.

Ein Windwirbel hatte 50 Meter vom Ufer entfernt auf einer Fläche halb so groß wie ein Tennisfeld unter den Bäumen gewütet. Die Urwaldriesen hatten ihm widerstanden, die kleineren Bäume waren wie Streichhölzer weggeknickt. Lange fand drei kürzere Stämme, die ihn an Balsaholz erinnerten. Sie ließen sich leicht aneinanderbinden. Den längsten hielt er in der Mitte, er sollte als Ruder dienen. Wieder lobte er in Gedanken Old Neill. Old Neill hatte einen Stein benutzt, der am Heck an einem Seil über das Flussbett schurrte – eine Steuermethode, die das Floss zwar langsam machte, es aber gut in der Mitte des Wassers hielt.

Um die Mittagszeit pausierte Lange. Während der Arbeit hatte er eine armdicke Liane gekappt und ihren Saft wie Wasser getrunken. Die Hitze kurz nach dem höchsten Stand der Sonne war auch am Flussufer schwer zu ertragen. Aus dem Dunkel des Uferwaldes suchte er mit dem Fernglas nach seinen beiden Verfolgern. Wie erwartet hatten sie ihren Lagerplatz flussabwärts nicht verlassen – ein Indiz dafür, dass sie ihn unbedingt weiter vor sich halten wollten. Um drei Uhr sammelte er die Wäsche von der Leine und packte seinen Rucksack, schoss die Leine auf und kämpfte sich durch das Dickicht zu seinem Floss. Er band den Rucksack hinter den kurzen Stamm, der als Sichtschutz diente, schob seine Pistole in eine Außentasche und das Floss ins Wasser. Der Fluss war hier zwischen den rund geschliffenen Ufersteinen 40 Meter breit und führte sehr klares Wasser. Lange hielt das Floss in der Mitte, der Stein als Rudererersatz machte die Stämme langsamer, eigentlich kein guter Eintritt in eine Zone, in der man ihn mit einer Pistole unter Feuer nehmen konnte. Falls die Kerle ihn überhaupt bemerkten …

Und tatsächlich: Seine beiden Beschatter hatten sich in der großen Hitze in die Uferbüsche zurückgezogen und schenkten dem treibenden Holz keinen Blick. Lange beschloss, bis kurz vor Anbruch der Dunkelheit, also noch eine Stunde lang, flussabwärts zu treiben, sich dann an Land ein unsichtbares Lager zu machen und abzuwarten. Obwohl abwarten nur selten eine gute Strategie war. Lange hatte noch nie viel dafür übriggehabt, doch im Moment sah er keine Alternative. Was würden die beiden tun, wenn sie endlich entdeckten, dass er die Wäsche eingepackt hatte und verschwunden war?

Es gab nur zwei Richtungen, ihn zu verfolgen: flussaufwärts oder flussabwärts. Flussaufwärts war seine bisherige Marschrichtung gewesen, und deshalb war Lange so gut wie sicher, dass sie ihn genau dort suchen würden. Er hatte diesen Tag verloren. Einen zweiten musste er mit Warten zubringen. Einen dritten würde er brauchen, um wieder an die Stelle zu gelangen, an der er die Stämme ins Wasser gesetzt hatte. Drei Tage also, um herauszufinden, ob man ihn verfolgte? Vielleicht waren die Männer ganz harmlos und hielten nur aus Klugheit Abstand zu ihm?

Der Dschungel ist kein Ort, in dem man darauf aus ist, unkalkulierbare Fremde kennenzulernen. Für Ordnung, Recht und Gesetz standen dort nur die eigene Waffe und die Machete zur Verfügung. Eine Region ohne Gesetze? Vermutlich. Wertloses Land für Panama, ebenso wertlos für Kolumbien, nichts als bergiger Dschungel, der im Süden in einen gewaltigen Sumpf überging, was zählte hier ein Abenteurer? War man nicht schon mit nur einem Rucksack voller Wäsche und ein paar hundert Dollar in der Tasche jemand, den umzubringen sich lohnte?

Zwölf

Er hatte sie nicht gehört, und er hatte sie nicht gerochen. Sie standen plötzlich im Schatten der Bäume, wo die Sandbank in Gras überging, mit Bogen und Pfeilen in den Händen – vier Indianer, mit einem roten Schamtuch bekleidet, die muskulösen Körper mit schwarzen Linien und Flächen bemalt. Ihr Haar war entgegen den hiesigen Gepflogenheiten kurz geschnitten. Langes Machete lag auf dem Floß, die Pistole steckte in der Außentasche seines Rucksacks – Old Neill hätte seine Männer für diesen Leichtsinn bis zum Glühen geschliffen.

Lange versuchte ein Lächeln und hob beide Hände. Das konnte als Gruß verstanden werden oder als Zeichen, dass der Fremde sich ergab. Die vier standen so, dass er immer nur zwei im Blick hatte, bewegten sich nicht, sahen ihn abwartend an, und Lange zweifelte nicht daran, wie schnell sie ihre Bogen spannen und die Pfeile abschießen konnten. Schon einmal hatte er erfahren, wie tief so ein Holz mit seiner stählernen Spitze ins Fleisch drang. Pfeile für den Kampf hatten Widerhaken, Pfeile für die Jagd waren glatt. Wer einen Kampfpfeil aus seinem Fleisch ziehen muss, hört Engel im Himmel pfeifen und hat eine Wunde, die schwer zu schließen ist. Wenn irgend möglich, brach man deshalb den größeren Teil des Schaftes ab und schob mit dem Restschaft die Pfeilspitze weiter und tiefer ins Fleisch, sodass sie auf der anderen Seite herauskam. Bei Arm- und Beinwunden klappte diese Methode in der Regel gut, bei Bauch- und Brustwunden musste man sich etwas anderes einfallen lassen.

Der am nächsten stehende Indianer trug über seinem Schamtuch einen Ledergurt, an dem links ein langes Messer in einer Scheide hing. Ob auch die anderen drei mit Messern bewaffnet waren, konnte Lange nicht erkennen. Im Fall des Falles würden sie ihn vermutlich mit Pfeilschüssen töten. Er spürte, wie sein Schweiß kühl wurde. Dann erinnerte er sich an Old Neills eindringliches Schottisch: Du bist erst tot, wenn du tot bist. In der Tat, einen der vier konnte Lange in die ewigen Jagdgründe mitnehmen, wenn er entschlossen und schnell handelte. Er spannte die Beine zum Sprung.

»*Buena sera, señor*. Willkommen am Fluss der Tapire.«

So lernte Luten Lange Rodriguez, Roberto, Ludovico und Benito kennen – Embera-Indianer, deren Eingeborenennamen ganz anders lauteten. Rodriguez, dessen R wie L klang, sprach Spanisch mit ihm. Sie kamen aus einem Dorf, »drei Tage gegen Sonnenaufgang entfernt«, und waren auf der Jagd nach Fleisch. Und Lange war an einer Stelle angelandet, wohin die Tapire zum Trinken kamen.

»Jetzt hast du sie vertrieben, aber sie werden wiederkommen, flussaufwärts. Tapire sind klug, sie wissen, dass Menschen Dreck machen, den man nicht saufen muss.«

Lange ließ die Hände sinken, bückte sich, nahm seine Flasche mit Kaffee aus dem Rucksack und reichte sie Rodriguez, der an der Öffnung roch, nur einen Schluck nahm, fragend die Schultern hob und auf Langes Nicken hin die Flasche an die anderen weiterreichte. Die vier hockten sich auf den Rand des Floßes und behielten so das Wasser und den Wald im Blick. Lange ließ sich auf einem Stein nieder und bedauerte, dass er nicht rauchte. Tabak wäre jetzt das Richtige gewesen, die Stimmung weiter zu entspannen.

»Habt ihr schon was geschossen?«, wollte er wissen.

»Nein. Es sind zu viele Fremde hier. Da verschwinden die Tiere.«

»Fremde?«, fragte Lange. »Habt ihr da oben am Fluss jemanden gesehen?«

Rodriguez nickte und wechselte dann in einer schnalzenden Sprache ein paar Worte mit seinen Freunden. »Benito hat vor drei Stunden zwei Männer gesehen. Vermutlich Guerilleros, aber sie trugen keine Waffen. Sie zogen flussaufwärts auf der anderen Seite.«

»Mit Mützen, gefleckten Hosen und mit aufgerollten Hemdsärmeln?«

Rodriguez übersetzte und nickte dann zu Benitos Ausführungen. »Ja, so sahen sie aus. Jeder trug einen Rucksack, so ähnlich wie deiner hier. Gehörst du zu ihnen? Wie heißt du?«

Lange nannte nur seinen Vornamen, über den alle grinsten, vielleicht bedeutete Luten etwas Lustiges in der Sprache der Indianer, und sagte dann: »Nein, ich gehöre nicht zu den beiden. Erst bin ich ihnen, dann sind sie mir gefolgt.«

»Wir wissen das. Die beiden machen viel Lärm, dich hört und sieht man nicht, und du riechst auch kaum. Warum kannst du dich so gut im Wald bewegen?«

»Ich habe das mal gelernt«, antwortete Lange so allgemein wie möglich.

Rodriguez fragte vorerst nicht weiter, sondern musterte ihn und den Rucksack sehr genau. »Du bist kein Guerillero?«

»Nein, ich bin auch nie einer gewesen.«

»Warst du Soldat?«

»Ja, bei den Briten.«

»Dann ist es gut. Die sind weit weg. Warum bist du hier?«

Was sollte er ihnen sagen? Dass er die Lücke durchqueren und nach Kolumbien wollte? Dass er hinter den beiden Guerilleros auf der Spur eines Lösegeldes her war? Er entschied sich, bei der Version von der Durchquerung der Lücke des Darién zu bleiben: auf dem Weg nach Südamerika.

»Warum bist du denen gefolgt, Luten?«

»Sie hatten denselben Weg.«

»Und warum sind sie dir dann gefolgt? Und warum wolltest du das nicht und hast ein Floß gebaut?«

»Sie sind mir immer im gleichen Abstand gefolgt. Ich mag das nicht. Ich mag überhaupt nicht, dass einer hinter mir her ist. Lieber bin ich hinter ihm her. Wo sind die beiden denn jetzt?«

»Die sind schon am Marragantifluss.«

»Wisst ihr, wo sie hin wollen?«

Rodriguez wechselte die Sprache. Lange verstand kein Wort, registrierte aber genau, dass jeder den anderen ausreden ließ. Als Letzter sprach Benito, der Jüngste. Rodriguez wiegte den Kopf.

»Wenn du durch den Regenwald willst, kannst du mit uns kommen. Wir folgen dem Marraganti bis fast an die Quelle. Da liegt unser Dorf. Von da brauchst du einen Tag, bis du in Kolumbien bist. Willst du mit uns mitkommen?«

Die beiden Guerrilleros folgten offenbar demselben Fluss. Also fiel Lange die Antwort leicht: »Danke. Ich werde mit euch kommen und von eurem Dorf nach Kolumbien weiterziehen.«

Alle vier lächelten und reichten ihm nacheinander die Hand. Also verstanden alle Spanisch, aber sprechen ließen sie nur Rodriguez.

»Warum seid ihr so weit weg von eurem Dorf?«, wollte Lange nun wissen. »Drei Tagesreisen sind eine lange Strecke.«

Rodriguez schüttelte den Kopf. »Nein, wir haben ein Boot mit Motor einen halben Tag flussaufwärts versteckt. Hast du ein Gewehr?«

»Nein, ich habe nur meine Machete«, log Lange.

Niemand, selbst kein freundlicher Indianer, brauchte zu wissen, dass Lange eine Pistole und zwei Schachteln Munition mit sich führte. Das würde nur dumme Fragen provozieren und Neid hervorrufen.

»Dann kannst du nicht mit uns jagen«, bedauerte Rodriguez.

»Ich kann euch aber helfen, das Fleisch zu zerlegen«, schlug Lange vor.

»Das brauchst du nicht. Wir tragen die Beute im Ganzen auf den Schultern. Können wir heute Nacht an deinem Feuer bleiben?«

Noch hatte er keins entfacht, aber natürlich lud er die vier ein. Ludovico und Roberto verschwanden und kehrten mit Holz und einem Ledersack zurück, den sie in der Nähe versteckt hatten, nachdem ihnen Lange am Fluss aufgefallen war. Sie lehnten ab, als Lange ihnen ein Feuerzeug reichte. Mit großer Schnelligkeit brachten sie, ein Stück Holz am anderen reibend, ein paar staubtrockene Fasern zum Glimmen, schoben knisternde Blätter in die winzige Flamme, und bald brannte ein kleines Feuer – fast rauchlos. Sie fischten einen eisernen Topf aus der Tiefe des Sacks, holten Flusswasser und brachten es über vier runden Steinen zum Kochen. Rodriguez schüttete aus einer unbeschrifteten Papiertüte ein braungraues Pulver ins kochende Wasser, das kurz aufblubberte und sich in einen Brei verwandelte, bevor sie den Topf vom Feuer hoben.

Die Indianer forderten Lange auf, sich aus dem Topf zu bedienen, und er schmeckte etwas, das ihn an das Pemmikan der Inuit erinnerte, das er während seines Trainings im Norden Kanadas kennengelernt hatte. Er steuerte zwei Dosen Ölsardinen bei, die die vier augenscheinlich kannten. Als die Sonne gesunken war, ließen sie das Feuer größer werden. Die Männer wollten auf der Erde schlafen, während immer einer Wache hielt, damit das Feuer nicht ausging.

Offensichtlich rechneten sie nicht mit weiteren Fremden, die der Schein anlocken könnte, und die Guerrilleros waren nach Rodriguez' Schätzung schon mehr als einen Tagesmarsch entfernt. Es gäbe immer mal wieder Fremde, die hier durchzögen, erzählte später Rodriguez. Die Lücke des Darién zog viele Abenteurer an.

»Manche kommen sogar mehrmals.«

Lange nickte. Am nächsten Morgen müsste er die Klinge seiner Machete mit Steinen aus dem Fluss nachschärfen. Er liebte seine Messer so schneidig, dass er sich mit der Klinge die Haare auf dem Unterarm abrasieren konnte, ohne etwas zu spüren.

Roberto sagte plötzlich: »Und dann war da immer mal auch eine Frau.«

»Immer dieselbe?«

Rodriguez nickte. »Eine große mit goldenem Haar. Sie hat immer ein paar Begleiter, die so aussehen wie die beiden Männer am Fluss heute Nachmittag.«

»Kennt ihr ihren Namen?«

»Ja, sie war sogar in unserem Dorf. Sie heißt Anna.«

»Donnerwetter«, brummte Lange. Warum nur musste er sofort an Anne de Vries denken? Anna war in Zentral- und Mittelamerika ein häufiger Name. Aber Annas mit goldblondem Haar waren hier selten.

Vermutlich war die Frau, die Roberto und Rodriguez beschrieben, also Anne de Vries. Sie war immer aufs Neue für Überraschungen gut, offenbar brachte sie Männern nicht nur Tauchen und die Suche nach Schatzschiffen bei, sondern zog auch durch den Dschungel.

»Kommt sie aus Europa?«

»Ja, aus den *paisos bachos*.«

Aus den Niederlanden! Kein Zweifel, es musste Anne de Vries sein. »Spricht sie Spanisch und Englisch?«

»Auch Worte, die wir nicht verstehen.«

»Und was will sie hier?«

Rodriguez rieb sich die Nase. »Wir wissen es nicht genau. Ich habe sie zweimal getroffen und mit ihr geredet, aber ich weiß nicht, was sie will. Vielleicht Abenteuer.«

»Wie lange blieb sie denn bei euch?«

»Nur ein oder zwei Tage.« Er hob die Hände und spreizte die

Finger. »Dann zieht sie weiter mit ihren Begleitern. Sie kommt immer aus dem Norden und verschwindet in den Süden.«

»Nach Kolumbien?«

»*Si, señor.*«

»Und wer sind ihre Begleiter?« Hiker, mit denen Anne durch den Dschungel zog, sahen anders aus als Guerilleros.

Rodriguez zögerte und rieb sich mit dem Daumennagel die linke Schläfe. »Ich glaube, es sind Guerilleros. Sie haben immer Revolver. Manchmal kommen sie auch mit Gewehren, Yankee-Gewehren, nicht Jagdgewehren.«

»Habt ihr Namen gehört?«

Rodriguez fragte seine Begleiter etwas, bekam schnelle Antworten, die Lange nicht verstand, und sagte dann nach kurzem Nachdenken: »Ich glaube, sie gehören zur Ejército del Pueblo.«

»Du meinst die Fuerzas Armadas Revolucionarias de Colombia?«

»Ja, die, sie haben zwei Gewehre auf dem Ärmelzeichen!«

»Sind die Männer eure Freunde?«

Rodriguez wiegte den Kopf. »Manchmal ja, manchmal nein. Es ist besser, man geht ihnen aus dem Weg.«

»Und die Frau? Ist die eure Freundin?«

Der Indianer nickte. »Sie ist immer sehr freundlich, aber ich glaube, sie hat nichts zu sagen, wenn sie mit den Männern zusammen ist.«

»Und was machen die FARC-Leute bei euch?«

»Nichts, sie ziehen weiter.«

»Wohin?«

»Nach Norden an die Küste zu den Kunas. Sie bleiben ein paar Tage und kommen nur manchmal in unser Dorf zurück. Manchmal fahren sie wohl über das Meer nach Kolumbien!«

Nachdem Lange in seine Hängematte geklettert war und das Moskitonetz festgezurrt hatte, versuchte er, seine Gedanken zu ordnen: Anne de Vries ist immer mal in Panama; immer wieder taucht sie mit Männern der FARC aus Kolumbien bei den Emberas an der panamaischen Grenze auf, sie ist stets freundlich, hat aber unter den Männern nichts zu sagen, die zusammen mit ihr zu den Kunas ziehen und häufig über See nach Kolumbien zurückkehren. Wusste

Willem van Oudevaart etwas von dem abenteuerlichen Leben seiner Schwester? Und warum hatte Anne, die so trostreich zuhören konnte und sich angeblich auf ein Wiedersehen freute, nichts von ihren Aktivitäten in Mittelamerika erzählt? Sie suchte jedenfalls nicht nur nach Schatzschiffen und tauchte in der Karibik, sondern marschierte auch durch den Dschungel. Davon hatte sie, als er ihr seine Pläne beschrieb, nicht einmal eine Andeutung fallenlassen. Und warum, zum Teufel, gab sich eine Frau aus einer angesehenen, niederländischen Familie mit der FARC ab, einer marxistischen Gruppe, der größten Guerillaorganisation Lateinamerikas? Gehörten die beiden Männer einen Tag am Fluss entfernt vielleicht auch zur FARC? Falls das der Fall war, hatte Anne etwas mit dem Lösegeld zu tun! Und mit der Entführung der PILAR! Musste Lange seine Strategie ändern? Er beschloss, am nächsten Morgen weiter darüber nachzudenken.

Ludovico übernahm die erste Wache und legte dicke Hölzer auf die Glut, die sofort hohe Flammen warf. Tiere würden sie abhalten. Aber wen konnten sie anlocken? Lange schlief ein und spürte den Griff seiner Pistole unter dem Kopf.

Dreizehn

In dieser Nacht träumte Lange zum ersten Mal seit einem halben Jahr wieder von einer Frau. Sie war blond, hatte leicht schräg stehende Augen und lag neben ihm auf einem festen Sandstrand, über den die Schatten von Palmenblättern zogen. Sie waren beide nackt und umarmten sich lange und hingebungsvoll. Dabei sprachen sie kein Wort miteinander. Als Lange ihr irgendwann eine Frage stellen wollte, stand sie auf, lief über den harten feinen Sand, tauchte unter der Brandung durch und verschwand. Erregt wachte er auf. Er hatte von Anne geträumt. Das verwirrte ihn. Bisher war in seinen seltenen Träumen immer nur Joan aufgetaucht. Benito hockte am Feuer, sah zu Lange und grinste dabei im ersten Frühlicht, das durch das Dach des Regenwaldes drang.

Bald saßen sie zu fünft um die Glut, aßen wieder diesen Brei, und Lange kochte Wasser ab.

»Wann brechen wir auf?«, wollte er von Rodriguez wissen.

»Wir werden erst jagen, heute Nacht haben wir den großen Tapir gehört.«

Lange hatte seine Pistole wieder in seinem Rucksack verschwinden lassen, für die Jagd war sie nicht zu gebrauchen. Aber auch mit seiner Machete würde er nicht viel ausrichten können.

»Du gehst am Ufer entlang«, schlug Rodriguez vor, »wir folgen im Land dem Tapir. Warte auf uns am Boot.«

Das Boot der Indianer lag etwa zwei Stunden weiter flussauf. Sie löschten das Feuer mit Ufersand und verschwanden so lautlos, wie sie gekommen waren. Nichts erinnerte mehr daran, dass hier eine Gruppe Männer eine Nacht verbracht hatte. Flussaufwärts gab es auf dieser Seite einen Streifen festen Sand, der immer mal wieder durch quellende Wurzeln und gelegentlich auch durch einen Bach unterbrochen wurde. Auf der anderen Seite hing das Grün bis ins Wasser. Lange begann seinen Marsch auf diesem Sandstreifen. Dass er von

Anne geträumt hatte, machte ihn unruhig, und gleichzeitig war er mit sich sehr zufrieden. Solche widersprüchlichen Stimmungen waren normalerweise seine Sache nicht. Als er damals seine Gespräche mit Dr. Thedens begonnen hatte und dann aus der wutroten Nacht seiner Gefühle aussteigen konnte, waren Joan und William immer wieder in seinen Träumen aufgetaucht. Anfangs in den peinigenden Bildern ihrer letzten Lebenssekunden, später in den leuchtenden Farben der Tage auf der Yacht und der Jahre davor, als die Familie in Kent gelebt hatte, südöstlich von London, im ehemaligen Landsitz eines Bischofs. Er sah die beiden beim Segeln, beim Reiten, beim Streifen über Strände, beim Bummeln in Städten und spürte fast körperlich die kleine feste Hand und hörte die helle Stimme, mit der William ihm stets Löcher in den Bauch gefragt hatte. Während Lange dann mithilfe seiner Ärztin an seinem imaginären Film arbeitete, sah er plötzlich keine einzelnen Bilder mehr. Sie hatten sich in Sequenzen verwandelt: Joan und er refften bei einem aufziehenden Sturm vor Hastings das Großsegel und legten ihre Yacht so heftig auf die Seite, dass William unter Deck von der Bank rutschte und sich eine Rippe brach. Tränenüberströmt tauchte er im Niedergang auf, doch sein Klagen war nicht zu hören. Dr. Thedens hatte immer wieder Langes Gefühle nach solchen Sequenzen abgefragt, hatte ihn ständig ermuntert, die Szenen immer detaillierter zu erzählen. Und nur bestätigend genickt, als er nach den ersten sechs Sitzungen feststellte, dass er selber langsam aus diesen Träumen verschwand.

Und nun tauchte Anne auf. Warum wusste er, wie fest ihre Schenkel waren, wie sich ihre Brust unter seiner Hand anfühlte, wie sie die Lippen öffnete und wie sie duftete, als ihre Haut feucht geworden war? Lange hielt an und trat aus der gewaltigen Hitze in den Schatten der Uferbüsche. Ihm wurde klar, wie gefährlich es werden konnte, wenn er seine Gedanken so schweifen ließ. Old Neill hatte seine Männer immer wieder davor gewarnt, auf langen Unternehmungen den eigenen Gedanken nachzuhängen, und sie in der Ausbildung immer wieder zu Stopps und genauem Hinsehen gezwungen. Lange suchte mit seinem Fernglas das andere Ufer ab: Wurzeln ragten aus dem Wasser, hin und wieder ein dichter grüner Streifen aus Blättern und Zweigen in unterschiedlichen Formen, dicht ineinander verwoben. In einer breit ausladenden Gabel entdeckte er eine Schlange, zusammengerollt, ruhend, vermutlich nicht auf der Lauer. Violette Blüten, deren Namen er nicht kannte, schmückten die grüne Blätterwand und umwachsene Baumstämme. Die Pflanzen umschlangen die Riesen bis zu den Kronen. Das alles hatte er damals in Guayana zu erkennen gelernt. Doch seine Arbeit auf dem Wasser und in Häfen hatte ihn später vieles vergessen lassen, das sich jetzt wieder meldete. Ihm unbekannte Vögel tippelten über den festen Sand. Hoch oben über dem Spalt, den die Baumriesen über dem Fluss ließen, sah er einen Raubvogel kreisen. Vermutlich ein Geier, der wohl auch im dichtesten Dschungel immer etwas zu verschlingen fand. Lange schloss die Augen. Der Urwald klang wie immer, der Fluss rauschte, nichts Fremdes war zu auszumachen. Nur ab und an hörte er spitze Pfiffe, die wohl von einer Affenhorde stammten.

Das Boot der Indianer war so geschickt versteckt, dass Lange fast vorbeigelaufen wäre. Der Sandstreifen am Ufer war breiter geworden, das Gebüsch am Rande des Dschungels dichter. Ein schmaler Bach, keine zwei Fuß breit, lief in den Fluss. Drei faustgroße Steine lagen da, wo der Bach aus dem Grün trat, auffällig angeordnet bildeten sie eine gerade Linie und waren jeweils eine Handbreit vom anderen entfernt. Lange schob sich am Rand des Bachs in das Grün, das hinter einer ersten Schicht, die wie eine Tarnung wirkte, durchlässig wurde. Er sah die Spuren von Messerhieben, ehe er das Boot entdeckte: einen Baumstamm, sechs Meter lang und dick wie zwei Männer. Beide Enden lagen in dichten Büschen. Aufgefallen war ihm das Ding nur, weil nichts aus dem Stamm wuchs oder ihn umwuchs. Ein Außenbordmotor und ein Kanister lagen unter einer Lederhaut, und unter einem anderen Busch, der den Bug verbarg, fand er zwei Paddel.

Seine neuen Freunde verfügten also über einen Einbaum, den ein Außenborder antrieb. Das Benzin konnten sie wahrscheinlich in einer größeren Siedlung am Fluss ertauschen. Lange hockte sich auf das Boot. Er hätte es zwar auch allein umdrehen und fahrbereit machen können, doch zu fünft war das leichter zu schaffen. Also streckte er sich aus und wartete auf seine Begleiter. Hätten sie mit Gewehren gejagt, hätte er die Richtung und die Distanz an den Schüssen abschätzen können. Doch Pfeile töten lautlos und verraten den Jäger nicht. Die Indianer bewegten sich in der Tat lautlos. Und sie rochen nicht. Er hatte zwischen ihnen am Lagerfeuer gesessen, war zwischen ihnen am Ufer entlanggezogen und hatte keinerlei Körpergeruch wahrgenommen. Er sah sie auch nicht schwitzen. Ob außer den Spuren ihrer breiten nackten Füße überhaupt etwas ihre Anwesenheit verriet? Noch einmal suchte er mit seinem Fernglas die Ufer ab, entdeckte aber nichts Auffälliges. Auch die Flanke des Berges, um den der Marraganti lief, zeigte nichts Ungewöhnliches. Noch immer zog der Geier große Kreise durch den heißen blendend blauen Himmel.

Lange nutzte die Zeit, um seine Machete erneut mithilfe von Ufersteinen nachzuschleifen. Die Klinge hatte zwar noch keine Scharten, aber sie war nach drei Tagen Gebrauch nicht mehr so scharf, wie er sie gerne haben wollte. Kurz überlegte er dann, ob er sich mit seiner Pistole einschießen sollte. Bisher hatte er lediglich ihre Funktion geprüft und die amerikanische Munition makellos gefunden. Aber in welche Richtung ein Schuss abdrehte, wusste er noch nicht. Vermutlich nach rechts oben, wie bei den meisten Pistolen. Doch das jetzt zu probieren, würde den Dschungel völlig unnötig in Aufregung versetzen. Während er einen Schluck von dem abgekochten Flusswasser aus der Flasche nahm, hörte er ein Knacken von Ästen und warf sich flach hinter den Stamm. Erst als er ihr Lachen wiedererkannte und den Geruch von Blut und Wild wahrnahm, erhob er sich wieder. Rodriguez brach als Erster durch den Busch. Roberto und er schleppten einen Tapir, Ludovico und Benito einen zweiten. Beide Tiere waren nicht größer als junge Hausschweine und hingen unausgenommen an zwei kräftigen langen Stangen.

»Wir brechen gleich auf.«

Sie waideten die Kadaver aus, schnell und geschickt, und wickelten nur die Nieren, die Leber und die Herzen in Bananenblätter. Alle anderen Innereien vergruben sie in einem Loch im Sand, das sie mithilfe ihrer Messer aushoben. Lange staunte nicht schlecht, wie geschickt die Männer den Einbaum führten. Benito stand im Bug mit einer langen Stange, mit der er gelegentlich das Boot von Steinen in der Fahrrinne abhielt. Rodriguez bediente im Sitzen den Außenborder, den er immer wieder mal hochklappte, wenn das Fahrwasser zu flach wurde. Zweimal saßen sie fest, Roberto und Ludovico sprangen ins Wasser und schoben sie wieder frei. Die Tapire lagen mittschiffs unter Wasserkräutern, die die Männer nach dem Beladen aus dem Fluss gerissen hatten. Sie überquerten einen See oder nur eine Flussbreite, sahen einmal eine verfallene Anlegestelle am südlichen Ufer und fuhren dann in ein schattiges Stück des Flusses mit sandigen Steilufern, auf denen gewaltige Bäume mit hohen Stämmen und großen, breiten Kronen Schatten warfen. Wo die Bäume einen Durchblick erlaubten, sah man die Berge der Serrania. Sie waren bis in die höchsten Höhen dicht bewachsen. Das dunkle Grün des unteren Regenwaldes wurde an den Hängen heller, die Bäume wurden kleiner, doch nirgendwo war nackter Fels zu sehen. Die beiden höchsten Spitzen identifizierte die Karte, die Lange sich vor dem Aufbruch eingeprägt hatte, als Bell und Anachucuna. Sie waren durch einen bewaldeten Sattel verbunden, den Lange auf dem Weg zur Küste überwinden müsste.

Rodriguez drosselte den Motor und hielt aufs Ufer zu, Benito sprang ins Wasser und zog den Bug so weit auf den Sand, wie er konnte. Roberto und Ludovico luden sich die Tiere auf die Schultern und kletterten einen steilen Pfad die Uferböschung empor. Drei nackte Jungen und vier Mädchen in Baströcken kamen ihnen jubelnd entgegen, schwiegen aber sofort, als sie Lange mit seinem Rucksack auf dem Pfad entdeckten. Rodriguez kämpfte sich mit dem Bündel, das in die Bananenblätter gewickelt war, als Letzter den Pfad hoch, und Lange stand nach wenigen Augenblicken in einem Indianerdorf, das dem glich, in dem die Mannschaft der PILAR interniert gewesen war. Auch hier lag das Gemeinschaftshaus in der Mitte eines mit Gras bewachsenen Platzes, im Kreis ringsum standen sechs kleinere Hütten, und etwas abseits wartete ein weiteres großes Haus mit einem Boden, zu dem eine aus einem Baumstamm geschlagene Treppe hinaufführte.

»Du kannst deine Hängematte im großen Haus aufhängen«, forderte Rodriguez ihn auf. »Oder willst du lieber bei den Alten da drüben im Haus mit der Baumtreppe nächtigen?«

Lange entschied sich, in der Mitte des Dorfes zu bleiben, in dem ein ewiges Feuer zu brennen schien, das im Nu zu größerer Glut angefacht werden konnte. Rodriguez stand im Schatten des großen Hauses für die Alten und hielt einen kleinen nackten Jungen und ein nacktes Mädchen auf den Armen. Schließlich übergab er beide einer

Frau, und dann begann ein allgemeines Gerede. Lange verstand nichts und verschwand zum Fluss, um sich frischzumachen. Rodriguez folgte ihm. Sie hockten sich auf einen Stamm, sodass der leichte Rauch sie nicht erreichte.

»Wir haben etwas über die Männer gehört, die dir gefolgt sind. Sie sind da oben über den Berghang verschwunden. Auf dem Weg zum Meer. Vor zwei Tagen.«

Lange nickte beruhigt. Die Typen waren also weiter vor ihm. »Weißt du, was sie da wollen?«

Rodriguez schüttelte den Kopf. »Es heißt, oben im Norden bei Sukunya lag ein großes Schiff ein paar Tage vor Anker. Das Schiff ist dann wieder abgefahren.«

»Manchmal haben Schiffe einen Schaden und müssen ausgebessert werden. Das geht manchmal schnell, manchmal dauert es länger«, sagte Lange.

Jetzt nickte Rodriguez. »Es heißt, Fischer hätten dem Schiff geholfen, wieder freizukommen.«

»Fischer? Welche Fischer?«

»Man sagt, aus Pueblo Nuevo, das ist kurz vor der Grenze nach Kolumbien.«

»Was haben die beiden Männer mit dem Schiff zu tun, das da bei Sukunya lag?«

Rodriguez schwieg eine Weile und sagte dann: »Vielleicht haben die aus dem Schiff ja was ausgeladen. Guerilleros brauchen immer Waffen und Patronen. Die könnten sie sich doch dort geholt haben.«

»Schon möglich. Woher wisst ihr das alles?«

»Hier wandern Neuigkeiten schneller, als du dir vorstellen kannst.«

»Und was sagt man über mich?«

Rodriguez zuckte etwas verlegen mit den Schultern. »Du bist der Mann mit dem langen Penis, der eine Frau sucht.«

Lange lachte lauf auf. »Wie kommt ihr denn darauf?«

Rodriguez lachte mit. »Dein Name bedeutet in unserer Sprache ›Langschwanz sucht Frau‹. Darum haben wir gelacht, als wir uns trafen und du deinen Namen genannt hast.«

Die erfolgreiche Tapirjagd endete in einem Dorffest, in dem zum Schluss die Frauen in einem Kreis ums Feuer in kurzen Schritten sich in den Hüften wiegend tanzten, während die Männer in einer geraden Linie saßen, große und kleine Trommeln schlugen und lange Flöten ansetzten, die nur wenige Töne produzierten. Auch Lange tanzte mit, satt vom Fleisch und von der gerösteten Leber, die unter den Männern des Dorfes aufgeteilt worden war. Einer der jüngsten Männer hatte den Tapiren den Schädel mit einer Machete gespalten und das Hirn der Tiere auf einem Bananenblatt am Rande des Feuer gegart, es dann in das abseits liegende Haus getragen, das den Alten im Dorf gehörte: Männern ohne Frauen und Frauen ohne Männer, die nicht mehr für sich selber sorgen konnten. Sie beobachteten das Fest aus der Ferne und ließen sich vor dem Fremden nicht blicken.

»Aus Scham«, erklärte Rodriguez, »sie können nicht mehr mittanzen.«

Rodriguez war nicht nur der Anführer der kleinen Jagdgesellschaft, sondern auch der Dorfälteste. Er hockte sich schließlich auf einen Klotz aus einem Baumstamm am Feuer Lange gegenüber, der ebenfalls ein solches Sitzholz bekam und es ganz bequem fand. Rodriguez rauchte hier im Dorf Zigaretten und bot aus einer Stahlflasche Rum an, den Lange nach einem zögerlichen Probierschluck ablehnte: Er müsse morgen weiter zur Küste, und da sei es nicht klug, nachts noch Rum zu trinken.

Das Dorf lebte vom Fischfang im Fluss, von gelegentlicher Jagd und von dem, was der Urwald und ein paar kleine Plantagenflächen hergaben an Bananen und Yamswurzeln und der einen oder anderen Frucht, von der Lange noch nie gehört hatte. Benzin für das Boot, Rum und Zigaretten waren im nächsten Dorf an einem Nebenarm des Flusses im Tauschgeschäft zu erwerben. Und im Übrigen verfügten die Indianer auch immer wieder mal über ein paar Dollar, weil die Frauen Körbe flochten und die Männer Amulette schnitzten, die sie an der großen Straße von Yaviza oder sogar am Panamakanal Touristen anboten.

»Der Urwald gibt uns alles, was wir brauchen.«

Einmal im Jahr kam in einem flachen Motorboot ein Arzt im Auftrag der Bezirksregierung, impfte, zog Zähne und operierte kleine Übel. Er ließ Medizin da und ab und an für die, die lesen konnten, auch fromme Schriften.

»Wird das Leben bei euch immer so weitergehen? Was wünschen sich eure Kinder? Wo kommen eure Frauen her?«

Rodriguez wiegte den Kopf und verschloss die Flasche. Nach der dritten Zigarette, eine an der anderen angesteckt, hatte er mit dem Rauchen aufgehört. »Die Zeiten ändern sich, vieles ändert sich jetzt. Einige Jungen wollen in die Schule gehen. Im Nachbardorf gibt es drei Jungen, die in Santa Fé Unterricht haben. Aber sobald sie aus dem Boot steigen, ziehen sie ihre Schulkleider wieder aus. Doch in Santa Fé sehen sie natürlich alles, was Kinder gern haben wollen: Klappmesser, kleine Radios, Jeans und T-Shirts.«

Ihre Frauen suchten sich die Männer in einem anderen Stammesgebiet, »sechs Tage nach Nordosten entfernt am *Mare Pacifico*«. Rodriguez und seine drei Begleiter sahen nicht unzufrieden aus.

»Was meinst du, was sich noch ändert?«

Oben an der Küste entstünden Hotels, weit weg noch, aber die könnten bald näher kommen. Und im Süden gäbe es große, rollende Maschinen, die die Bäume fällten. »Die waren erst nur in Kolumbien, aber jetzt gibt es sie auch schon bei uns. Für die Bäume wird viel Geld gezahlt. Die Maschinen schleppen sie zur Küste oder zu den großen Flüssen. Es dauert viele Menschenleben, bis wieder so große Bäume nachgewachsen sind.«

»Habt ihr mit den Fischern da unten an der Küste zu tun?«

»Nein, Luten, die kennen wir nicht. Aber wir werden dir zeigen, wie du hinkommst. Was willst du denn von denen?«

Luten zuckte mit den Schultern. »Ich möchte wissen, wie sie leben. Mein Vater war Fischer, aber das ist lange her. Wie oft kommen Fremde zu euch hier ins Dorf?«

Rodriguez dachte nach. »Sehr selten. Meistens sind es Guerilleros, also diese Fuerzas Armadas, die machen hier manchmal Pause, manchmal ziehen sie auch nur den Fluss rauf oder runter. Wir sehen sie ungern kommen und freuen uns, wenn sie schnell wieder gehen.«

»Und diese blonde Frau? War die schon mal hier?«

»Ja«, sagte Rodriguez, »zweimal war sie hier mit Männern in Uniformen. Du fragst schon wieder nach ihr? Brauchst du eine Frau für die Nacht, Luten? Ich glaube, die eine oder andere von unseren Frauen würde sich gern heute Nacht zu dir auf deine Matte legen.«

»Danke«, sagte Luten, »aber ich schlafe lieber allein.«

»Du musst es wissen«, sagte Rodriguez. »Dann bleib allein. Vielleicht kommt die Blonde ja mal. Wenigstens in deine Träume.«

Rodriguez schob die Asche über der Glut zusammen, verschwand in seiner Hütte, und Lange sah Schatten auf dem Dorfplatz im Mondlicht, hörte einen Hund jaulen, bis eine scharfe Stimme das Tier zum Schweigen brachte, hörte das Knarren zweier Palmenstämme, die sich aneinander rieben, und kletterte in seine Hängematte. Es roch noch immer nach geröstetem Fleisch und Bananen. Lange überlegte, ob er die Pistole aus seinem Rucksack unters Kopfkissen legen sollte, und entschied sich, es nicht zu tun. Er war hier unter Freunden.

Vierzehn

Lange war nicht schnell genug. Die Mündung des Gewehrs folgte ihm wie ein böser Blick, wohin er auch ausweichen wollte. Und dann drückte der Lauf auf seine Brust.

»Eh, *hombre*, steh auf.«

Er blickte in ein unrasiertes Gesicht mit kalten braunen Augen, einem breiten Schnurrbart, unter dem sich ein Grinsen versteckte.

»Steh auf.«

Ein amerikanisches M1, ein Guerillero – er war im Schlaf im Dorf von Kämpfern überrascht worden. Oder von den Indianern an sie verkauft worden? Ein Überfall? Ein Routinebesuch? Eine Kontrollvisite?

»Ich stehe jetzt auf«, antwortete er Englisch. »Geh zur Seite, damit ich hier raus kann.«

Als er auf dem festgestampften Boden stand und sich Strümpfe und Stiefel anzog, sah er sich vorsichtig um. Unter dem Dachrand standen drei Männer, so platziert, dass sie ihn mit ihren Gewehren deckten. Sie würden sich nicht gegenseitig treffen, wenn sie schossen. Es musste gerade eben hell geworden sein, im Gras hing noch Tau, die Luft hatte noch nicht das schwüle Glitzern, das schon bei Sonnenaufgang zu ersten Schweißausbrüchen führte. Ob die Dorfbewohner schon wach waren, konnte Lange nicht feststellen. Er entdeckte jedenfalls keinen der Indianer, nicht einmal Kinder, die morgens immer die Ersten waren und ihn während des vorangegangenen Abends neugierig betrachtet hatten. An Flucht war nicht zu denken. An Widerstand auch nicht. Womit hätte er sich wehren können? Seine Machete lehnte gegen den übernächsten Pfeiler. Und seine Pistole steckte im Rucksack. Er knöpfte sein Hemd zu und zurrte den Gürtel fest.

»Was kann ich für Sie tun, *señores*?«

»Mitkommen.«

»Wohin?«

Einer machte mit dem Gewehrlauf eine vage Bewegung in Richtung auf den Fluss. Also eine Entführung?

»Und wenn ich mitgegangen bin, was wollen Sie dann?«

»Das erfährst du später.«

»Ich rolle jetzt meine Hängematte zusammen und das Moskitonetz und werde sie in den Rucksack stecken.« Schon in seiner Grundausbildung hatte er gelernt, wie wichtig es war, Bewaffneten immer mitzuteilen, was man als Nächstes tun wollte.

Die meisten Überfallenen werden erschossen, weil keine Seite weiß, was die andere vorhat. Lange überlegte, ob er beim Packen versuchen sollte, die Pistole unbemerkt in seine Hosentasche gleiten zu lassen, was beim Zusammenrollen und Stauen durchaus gelingen konnte. Aber er entschied sich dagegen, denn wenn die Burschen ihr Pulver wert waren, würden sie ihn vor dem Aufbruch abtasten. Und genau das taten sie, als er, den Rucksack hinter sich her schleifend, aus dem Gemeinschaftshaus auf den Dorfplatz in die Sonne trat. Er hob die Hände und erwartete, brutal abgegriffen zu werden, aber der Tastende tat das ohne rohe Gewalt. Das Schweizer Armeemesser nahm er Lange trotzdem ab, und die Machete, auf die Lange deutete, hing sich einer der Kerle an sein Koppel. Der, der am weitesten entfernt gestanden und mit erhobenem Gewehr die Szene beobachtet hatte, kam nun mit großen Schritten auf ihn zu und schob dabei seine Waffe über die rechte Schulter. Lange erkannte den Mann sofort wieder: Es war José, der den Überfall auf die PILAR geleitet hatte.

Lange grüßte mit der rechten Hand, die er in Schulterhöhe hob: »Ola, José. Was soll das? Ihr habt das Geld bekommen und das Schiff freigegeben, was wollt ihr von mir? Für mich zahlt niemand Lösegeld.«

José reagierte kurz angebunden: »Ich hole Sie nur ab, *señor*. Jemand will Sie sprechen. Sie kommen mit.«

»Wohin?«

»Folgen Sie uns. Keine Fluchtversuche oder Tricks. Meine Männer schießen schnell und sehr genau.«

Das lernt man offenbar in dieser Gegend schon von Kindesbeinen an, dachte Lange. »Ich werde Ihnen folgen, José, aber ich möchte mich zuerst von meinen Freunden verabschieden.«

Rodriguez hatte als Erster seine Furcht überwunden und wollte aus seiner Hütte auf den Dorfplatz laufen. Ein Gewehrlauf wies ihn zurück. Lange nahm ein Kopfnicken Josés als Erlaubnis und ging die sechs Schritte auf Rodriguez zu.

»Ich weiß nicht, was die von mir wollen, Rodriguez. Ich muss mitgehen. Ich bitte dich um eins: Versuch Anna zu erreichen, Anna de Vries, die bei Pito an der Küste mit einer Gruppe Männer im Meer taucht. Sag ihr, dass ich entführt worden bin und Hilfe brauche.«

»Anna, die Frau, von der du geträumt hast?«

»Woher weißt du das?«

»Du hast im Schlaf ihren Namen genannt. Wir finden sie. Wir haben mit diesen Guerilleros nichts zu tun. *Vaya con dios.*«

Sie umarmten sich kurz, und dann trat Lange den Marsch in den Bergwald an. Er war der Einzige, der Gepäck mit sich führte. Die vier Kämpfer trugen nur ihre Gewehre und am Koppel Taschen mit Munition und große mit Filz bezogene Feldflaschen. Sie hatten offenbar in der Nähe ein Lager oder ein Boot mit ihrer Ausrüstung. Hintereinander verließen sie den Dorfplatz und verschwanden in einer Dschungelöffnung. Die beiden Ersten wechselten sich ab im Freihacken des Pfads, der Mann hinter Lange behielt sein Gewehr im Anschlag, und als Letzter kam José – Lange hatte also keinerlei Möglichkeit, sich mit ihm zu unterhalten. An Flucht war nicht zu denken, selbst wenn er den Rucksack abwarf, denn ohne den kleinsten Ausrüstungsgegenstand hatte er kaum Chancen zu überleben. Nein, er musste den Kämpfern folgen, vielleicht ergab sich unterwegs eine Gelegenheit, eine Machete oder gar ein Gewehr an sich zu reißen. Aber bei vier gegen einen hatte er verdammt schlechte Chancen. Seine Karte steckte wie die Pistole mit der Munition tief im Rucksack. Die Pfade, Bäche und Flüsse in dieser wilden Gegend boten keine Orientierungshilfe, sondern wanden sich immer wieder die Himmelsrichtung ändernd durch das Bergland des Darién. Ohne Karte und Kompass war eine Flucht durch den Dschungel sinnlos. Eine Chance konnte nur ein großer Fluss bieten.

Langes Tarnung musste sich aufgelöst haben. Ein simpler Tourist auf dem Weg durch den Dschungel nach Kolumbien, wo die Panamericana wieder begann, wäre solchen Aufwand nicht wert, selbst wenn er einige Hundert Dollar mit sich führte. Jemand hatte ihn offenbar doch identifiziert als Zweiten Offizier der PILAR, die längst nach Europa unterwegs war. Als er einfach ausgestiegen und in Panama geblieben war – viel zu offensichtlich –, hatte er den ersten Fehler gemacht. Jetzt würde ein Indianer Anne mitteilen, dass vier Guerilleros Lange mitten im panamaischen Dschungel entführt hatten. Was würde sie tun? Die Behörden benachrichtigen? Vermutlich. Oder vielleicht selber ein paar Leute sammeln, um ihn im Urwald zu suchen? Wohl kaum. Würde sie mit ihrem Bruder über ihn reden? Vielleicht. Aber wann? Und was würde der Reeder dann tun? Seiner Schwester Langes wahren Auftrag enthüllen? Würde van Oudevaart ihn freikaufen? Vielleicht. Vielleicht informierte er aber auch nur die deutsche Botschaft, die dann die ganze Aktion auf diplomatischem Weg, also zumindest langwierig, wenn nicht erfolglos steuern würde.

José gab von hinten einen kurzen Befehl, die Gruppe legte eine Pause ein, zwei Männer pinkelten, tranken Wasser, zwei rauchten, Lange hatte den Rucksack abgelegt und reckte seine Arme.

»Wohin führen Sie mich, José?«

»Zu einem Mann, der Sie kennenlernen will.«

José blieb so verschlossen wie auf der PILAR, als er der *jefe* aller Piraten gewesen war. Die vier Kerle sprachen untereinander kein Wort, vermutlich weil sie nichts über sich oder ihr Ziel verraten wollten. Eine weitere Rast folgte eine Stunde später, nachdem sie den Sattel zwischen dem Bell und dem Anachucuna überschritten hatten. Im Dunst voraus lag das Meer, auf der östlichen Bergseite war die Luft etwas frischer. Irgendwann hörte Lange Wasser rauschen, ein Katarakt oder ein Fluss musste ganz in der Nähe sein, und er schätzte, dass ihre bisherige Marschrichtung vornehmlich nach Südost gegangen war. Jedes Wasser hier floss also in die Karibik … Kurz vor Mittag trafen sie dann auf einen überraschend breiten Fluss, der sogar flache Sandbänke bildete und nach Osten floss, eher träge als schnell. Lange konnte seine Tiefe nicht schätzen, nirgendwo entdeckte er das Anzeichen einer menschlichen Siedlung. Die Sonne spiegelte sich im hellgelben Wasser. Er kniff die Augen zusammen, nach der Dämmerung des Urwalds schmerzte ihn dieser Glanz.

Dicht am Wasser stellten die Männer ihre Gewehre zusammen. Lange setzte den Rucksack ab und schätzte seine Chancen für eine Flucht. Drei schleppten aus dem Busch jetzt ein orangefarbenes Plastikboot, drei Meter lang etwa, mit spitzem Bug, hohem Freibord und flachem Heck. Offenbar hatten sie den Außenborder abgeschraubt. Nur einer bewachte Lange. Die drei setzten das Boot am Wasserrand ab und stapften die 100 Meter zum Rand des Urwalds über den Sand zurück, um den Motor zu holen. Sie schauten nicht zurück. Jetzt kam der richtige Augenblick. Der Zurückgebliebene sah ihnen nach. Und brach dann lautlos zusammen, unter einem Hieb Langes mit einem der Gewehrkolben auf den Schädel. Lange warf alle vier Gewehre ins Boot, den Rucksack hinterher und schob es mit aller Kraft in die träge Strömung, zog sich an Bord, setzte zwei Dollen ein, zwei Riemen und begann zu pullen. Erst jetzt bemerkten die Typen am Buschrand seine Flucht, rannten über den Sand auf die Stelle zu, an der Lange abgelegt hatte, blieben bei ihrem Kameraden stehen und sahen zu, wie die schneller werdende Strömung ihr Opfer davontrug.

Seine Flucht war also gelungen. Er hatte vier Gewehre an Bord mit je acht Schuss Munition, seinen Rucksack mit seiner Ausrüstung, eine Pistole mit zwei Schachteln Patronen, einen Kompass und eine Landkarte.

Fünfzehn

Der erste Schuss zerschmetterte den Bug in Höhe der Wasserlinie. Das Boot stoppte, als sei es auf einen Felsen gerannt, Lange stürzte nach vorn. Das Boot begann sofort zu sinken. Er versuchte noch, es zum Ufer zu lenken, aber da hing der Bug schon zwischen zwei riesigen Steinen fest. Der nächste Schuss galt ihm und verfehlte ihn knapp. Der Schütze schien sich am rechten Ufer zu verbergen. Lange wollte sich links über Bord gleiten lassen, da zerriss ein Geschoss das linke Dollbord in Höhe der Ruderbank. Also zerrte er seinen Seesack übers Heck ins Wasser und kroch hinterher. Hohes Gestein bot ihm hier Deckung.

Die Schützen an beiden Ufern ließen sich Zeit. Entweder handelte es sich um José und seine Leute, oder es waren welche, die José über Handy oder Funk alarmiert hatte. Das Boot hing als Wrack zwischen den Felsen eines Wasserfalls, der vier Meter in die Tiefe stürzte. Lange tauchte neben seinem Rucksack auf und versuchte, gegen den Strom voranzukommen. Er sah keinen Grund unter den Füßen. Das Wasser war auch hier noch hellgelb wie weiter oben, wo seine Flucht begonnen hatte. Hier würde sie enden. Die vier Gewehre mit je acht Schuss Munition waren aus dem Boot gerutscht. Sie hätten ihm wenigstens eine Chance verschafft, sich den Weg an ein Ufer freizuschießen. Doch jetzt lagen sie auf dem Grund des Flusses. Entweder kroch er jetzt an Land und ergab sich. Oder er wartete als sitzendes Ziel, bis die Schützen am Ufer Positionen gefunden hatten, aus der sie ihn auch zwischen den rund geschliffenen Felsen erwischen konnten. Das Rauschen des Wassers klang so laut, dass er Schüsse vermutlich nicht mehr hörte, und beschloss, die letzte Chance zu nutzen: Er klammerte sich an seinen Rucksack, der dank der Hängematte und seiner Unterwäsche noch auf dem Wasser schwamm, stieß sich von den Felsen ab, wobei er alle Kraft brauchte, um nicht loszulassen, als die Wasserwirbel ihn packten und mit sich zogen.

Dann spürte er einen Schlag an der linken Schulter – von einem Schuss, einem Stein? Und wurde nach vorn gezogen, stürzte dann hinter einer Wasserwand mit den Füßen voran nach unten – unendlich lange, wie es schien. Ihm wurde die Luft knapp. Sofort stieß er sich ab, als seine Füße Grund berührten, brauchte lange, um oben aufzutauchen, atmete tief durch und spürte, wie sein linker Arm ihm nicht mehr gehorchte. Also versuchte er, sich mit dem rechten fester an den Rucksack zu klammern, doch der entglitt ihm. Nur noch einen Träger konnte er mit der Hand fassen und trieb dann hinter dem Sack her durch das ruhige Wasser unter dem Katarakt und bemerkte, wie aus dem Wasser glänzende Pilze aufstiegen: Sein Rucksack wurde also beschossen. Lange holte Luft, ließ den Rucksack los und tauchte wieder ab. Es machte wenig Sinn, sich an eine Zielscheibe zu klammern. Er hatte gelernt, ohne Einsatz der Arme zu schwimmen, aber mit einem angeschossenen Arm in voller Kleidung unter Wasser aus dem Schussfeld von erfahrenen Schützen zu kommen, das hatte selbst Old Neill ihm nicht beigebracht. Er tauchte im Schatten des rechten Ufers auf, drehte sich zur Mitte des Wassers zurück, sah, wie sein Rucksack sich zuckend unter Schüssen bewegte, und ließ sich mit der Uferströmung treiben. Erst dann spürte er die Schmerzen, sah, wie das Wasser um die linke Achsel sich rot färbte, entdeckte das zerfetzte Hemd und die Schusswunde. Falls der Knochen getroffen war, würde er bald vor Schmerzen wimmern. Vor zwei Jahren hatte ein Scharfschütze in Libyen ihm den linken Unterschenkel durchschossen, und er hatte zwei Tage auf Rettung warten müssen. Damals hatte er das Bein unter dem Knie abgebunden und dann wegen der Durchblutung in bestimmten Zeitabständen immer wieder den Verband gelockert. Aber den Muskel im Schultergelenk konnte er nicht abbinden. Doch er musste die Blutung stoppen und dazu an Land, denn im Wasser war das nicht möglich.

Glücklicherweise trieb er bald an einer Stelle vorbei, wo Büsche ihm Sichtschutz zum offenen Wasser hin geben würden. Ihre Zweige bildeten eine Höhle, in der er auftauchen konnte, Boden unter den Füßen fand und aus dem Wasser kam. Schließlich konnte er auf einem Stück nassem Sand knien und seinen verletzten Oberarm mustern. Der sah überhaupt nicht gut aus. Ein Geschoss hatte den Muskel auf ganzer Breite durchschlagen und eine tiefe Furche mit ausgefransten Rändern hinterlassen, aus der ständig Blut sickerte und den Arm hinab rann. Ob das Gelenk oder der Knochen des Oberarms verletzt waren, konnte Lange nicht erkennen. Jedenfalls gehorchte der Arm nicht mehr, Lange konnte nur noch die Hand öffnen und schließen und die Finger bewegen, dazu meldete sich der Schmerz mit plötzlicher Schärfe, zog den Arm hinunter und strahlte über den Hals hinauf bis in die linke Schläfe.

Auf die Wunde gehörte als Erstes ein Druckverband. Dann musste der Arm ruhiggestellt werden. Und dann musste ein Arzt in naher Zukunft das rohe Fleisch desinfizieren, die Wundränder zusammennähen und die Schmerzen bändigen. Doch Lange hatte nichts, womit er eine Presse bilden konnte, und auch nichts, um sie auf dem Muskel zu fixieren – außer einem Taschentuch und dem Stoff, den er sich als Streifen aus Hemd oder Unterhose reißen konnte, mit den Zähnen und einer Hand. Dennoch gelang es ihm schließlich, die Blutung zu stoppen, aber der Schmerz blieb und wurde glühender. In einer Stunde würde es dunkel sein. Das Rauschen des nahen Wasserfalls war so laut, dass er nicht hören konnte, ob in der Nähe eine Siedlung lag. Zu riechen war sie nicht. Den Blick verhängte Buschwerk. Er kroch ans Wasser zurück und tastete sich vorsichtig bis dahin, wo die Zweige die Wellen berührten. Die Strömung war hier am Ufer äußerst schwach, so konnte er, von den Zweigen geschützt, alles beobachten. Hinter dem Wirbel fand der Fluss sein gemächliches Tempo wieder, lud zur weiteren Flucht ein, und mit unverletztem Arm hätte Lange sie schwimmend fortgesetzt, denn die Mündung ins Meer konnte nicht weit entfernt sein.

Aber mit nur einem funktionstüchtigen Arm blieb ihm keine andere Wahl, als an Land dem Uferverlauf bis zum Einbruch der Dunkelheit zu folgen. Wo waren die Schützen? Auf beiden Ufern? Wie viele waren hinter ihm her? Wohin fliehen? Flußab, zur Mündung, zum Strand? Und dann dort entlang im Dickicht bis zur nächsten Siedlung? Das machte Sinn.

Der Schmerz hämmerte jetzt. Lange sah ein, dass er sich nicht weiter durchs Buschwerk am Ufer schlagen konnte, und beschloss, trotz der Bedenken wieder zu schwimmen. Eigentlich hätte er gemäß Old Neills Drill seine Kleider um die Stiefel und zu einem Bündel schnüren, das er vor sich herschob, oder wenigstens die Schuhe ausziehen müssen. Doch ein Aststück von Armlänge erwies sich als schwimmfähig, auch als er die Stiefel daran festzurrte. Und so schob Lange sich in den Fluss zurück. Gab es hier in Panama Piranhas, die die Spur seines Blutes im Wasser aufnehmen würden? In Guayana hatte Lange zugesehen, was sie aus blutendem Fleisch machten, nur der Knochen blieb übrig, sauber wie ausgekocht. Vermutlich gab es diese Fische so weit nördlich jedoch nicht, denn die Indianer hatten sich völlig ungezwungen im Wasser bewegt, wo sie sich leicht Verletzungen an den Füßen zuziehen konnten. Das Rauschen des Kataraktes blieb zurück. Lange hielt sich so nahe am Ufer, dass er leicht Grund unter den Füßen finden konnte, und ihm war klar, dass er ziemlich schnell Schutz für die Nacht finden musste. Schon jetzt hingen die Bergflanken der Serrania im tiefen Dunkel, die Sonne leuchtete nur noch die Gipfel an und würde in ein paar Minuten verschwunden sein. Er suchte nach einer Insel im Fluss, aber nichts sah danach aus. Also musste er wieder zurück ans Ufer.

Es war sinnvoll anzunehmen, dass er weiter verfolgt wurde. Jedenfalls hatte Old Neill ihnen das eingebläut: Erst wenn ihr die Leiche seht, könnt ihr sicher sein, dass der Mann tot ist. Seine Verfolger hatten vermutlich etwas Ähnliches gelernt, ein treibender Rucksack war noch kein Beweis für einen toten Träger. Lange wusste natürlich, dass man irgendwann die Suche nach einer Leiche im Fluss aufgab. Aber wie bald würde der Eifer seiner Verfolger verlöschen? Auch sie würden in der Nacht ruhen müssen. Also galt es, alles zu vermeiden, was darauf hindeuten konnte, dass er noch am Leben war. Er versuchte gar nicht erst, Holz zu finden. Mit nur einer Hand hätte er niemals Glimmen oder Glut erzeugen können, und ein Feuer verriet ihn seinen Verfolgern. Natürlich würde diese Nacht am Fluss ohne ein Feuer schlimm werden. Moskitos würden über ihn herfallen, auf die Haut geschmierter Schlamm aus dem Fluss würde sie nur so lange abhalten, bis er wieder abfiel. Also galt es, ihn feucht zu halten.

Lange hatte keinen Durst, auch Hunger verspürte er nicht, wie immer wenn er in einem Einsatz war, der höchste Konzentration verlangte. Er wrang seine Kleider aus, zog sie dann mühsam wieder an und drückte mit Rücken und Füßen ein Lager in den Sand, in dem seine Schuhe als Kopfkissen dienten. Ein Ast lag neben seiner rechten Hand als einzige Waffe, der Schmerz in seinem linken Oberarm war einem tauben Gefühl über die ganze Länge gewichen. So blieb er liegen und versuchte, sich mit Erinnerungen an seine Ausbildung wach zu halten, durch die immer mal wieder Schmerzblitze zuckten. Einmal näherte sich das Geräusch vom Brechen von Zweigen und Ästen, Lange spürte sogar ein Zittern im Boden. Ein Jaguar auf der Jagd, ein Tapir auf der Suche nach Äsung? Doch dann schlief er ein, und erst das Tageslicht weckte ihn – und ein scharfer, tiefer Schmerz im linken Oberarm. Er beschloss, die Wunde nicht zu inspizieren, sondern damit zu warten, bis er wieder unter Menschen war oder das Meer erreicht hatte. Das Meer? Was erwartete ihn dort? Vermutlich ein ewiglanger Fußmarsch bis zur nächsten Siedlung – ohne Süßwasser. War Pito mit dem kleinen Flugfeld die nächste Siedlung? Lag Pito nördlich oder südlich der Mündung? Ob er dort in Sicherheit war? Wie er sich nachts auf den Dschungel konzentriert hatte, konzentrierte er sich jetzt auf den Fluss. Er wusste, dass es nur darauf ankam, an nichts anderes zu denken als an den Weg, der vor ihm lag.

Eine Stunde nach dem Aufbruch entdeckte er eine Barriere vor sich, die er zunächst für eine Falle hielt. Mitten im Fluss, der ständig breiter geworden war, lag eine Sandbank, an der sich Baumstämme und Buschwerk gesammelt hatten. Er versuchte gar nicht erst, das Hindernis zu beseitigen oder darüber wegzuklettern. Am Rand ruhten nur einzelne Stämme auf dem Ufersand, über die er viel leichter kriechen konnte. Eine Menge Fragen gingen ihm durch den Kopf. Wie würde der Fluss ins Meer münden? In mehreren Wasserläufen oder in einem? Würde der Dschungel bis ans Meer wuchern oder der Fluss durch eine Dünenlandschaft oder Sandbänke fließen? Wie schnell ergoss sich der Fluss in die See?

Lange hörte das Meer zuerst, dann roch er es. Er hörte es rauschen, und eine klare Brise wehte über das Wasser flussauf.

Er ließ sich ans linke Ufer treiben, und im nächsten Augenblick entdeckte er das Boot, ein unauffälliges, graues Boot, aus ein paar Brettern zusammengenagelt und mit getrockneten und zerstoßenen Lianen kalfatert. Zwei Jungen saßen darin und hoben grüßend die Paddel. Lange schwamm in ihre Richtung. Der Fluss war hier so flach, dass er auf ihre Aufforderung hin leicht ins Boot steigen konnte. Die Jungen trugen Hosen und Hemden, die ihnen zu groß waren. Latinos, keine Indianer.

»Willkommen, Mister. In Armila.«

Sie hielten sich paddelnd geschickt am linken Ufer, und bald tauchten Hütten auf Stelzen auf und ein langer Steg aus entrindeten Bäumen. Fürsorglich hielten die Jungen für den verletzten Mann das Boot so, dass er aussteigen konnte. Vor sich sah er die Wand eines niedrigen Hauses, Planke über Planke gelegt wie bei karweelgebauten Booten, weitere Häuser dahinter, etwas Großes in der Ferne, kläffende Hunde, Kinder im Schatten. Der Wind fuhr durch die Wipfel einer schnurgeraden Reihe von Kokospalmen. Und dann sah Lange den Mann, schwarze geschnürte Springerstiefel, Uniformhosen, graues T-Shirt, Mütze. Das Gewehr zeigte genau auf ihn und war entsichert.

»Ich kann nur eine Hand heben«, rief Lange auf Englisch.

»Auf den Bauch!«

Lange hörte Schritte über Sand knirschen und auf dem Holz des Stegs. Dann spürte er eine Gewehrmündung im Rücken, und eine Hand tastete ihn ab. Er spürte einen stechenden Schmerz, als der Stiefel ihn traf, und atmete tief durch. Dieses Spiel schien verloren. Vorerst jedenfalls.

Sechzehn

Weil er schlimmer stank als ein Hund, durfte Lange duschen. Seine Kleider bekam er ein paar Stunden später wieder – gewaschen, in Wind und Sonne getrocknet. Und als die Bewacher seinen Arm ansahen und aufgequollene Wundränder entdeckten, mit Eiter tief unten, holten sie eine Frau unbestimmbaren Alters, die eine Schüssel Wasser und ein paar Tücher trug, in den kleinen Raum, in dem nur die Pritsche stand, auf der Lange normalerweise lag. Sie murmelte etwas, das er nicht verstand, und griff nach seinem Arm. Ihr Atem roch nach Minze. Aufmerksam schnüffelte sie an der Wunde, zog aus ihrer Rocktasche eine Flasche, drehte den Korken mit den Zähnen heraus und tröpfelte eine braune Flüssigkeit auf das rohe Fleisch. Lange zuckte zusammen. Es konnte sich ebenso um einen alten Rum wie ein Desinfektionsmittel handeln, jedenfalls fuhr es wie ein heißer Strahl durch seinen Muskel und bis in die Spitzen seiner Finger. Doch er spürte schon nichts mehr, während sie die Wunde verband und die Ränder mit einem Streifen Tuch zusammendrückte, der oben an der Schulter Halt fand. Danach folgte ein zweiter Streifen, der den ersten hielt und die Wunde schützte und abpolsterte. Als Lange den Arm wieder in die Schonhaltung vor der Brust bringen wollte, bedeutete sie ihm, dass er besser daran tat, ihn frei hängen zu lassen und immer mal zu bewegen. Dann verschwand sie, der Wächter schloss die Tür ab. Bald darauf hörte Lange erneut Schritte vor der Tür, das Schloss quietschte, die Tür öffnete sich einen Spalt breit, eine Schale mit Brei, einem Löffel und einer Banane wurde auf dem Fußboden hereingeschoben und eine Plastikflasche mit Wasser daneben abgestellt. Er sah die Hand eines Mannes, einen dicht behaarten Unterarm, hörte nochmals das Quietschen des Schlosses, dann war er wieder allein.

Bei diesem Bewacher handelte es sich um den Mann, der ihn am Anleger mit entsichertem Gewehr empfangen hatte; er verstand kaum Englisch, doch Lange hütete sich, ihm zu zeigen, dass er Spanisch verstehen und sprechen konnte, weswegen er ihn stets nur scheinbar verständnislos anstarrte und mit den Schultern zuckte. Der Mann hatte ihn mit vorgehaltenem Gewehr wie einen Gefangenen – nass, verdreckt, die Stiefel in der Hand – vom Steg durchs Dorf getrieben. Kinder waren ihnen neugierig, aber in gehörigem Abstand gefolgt, Erwachsene entdeckte Lange nirgends. Die Hütten blieben geschlossen. Was hatte man mit ihm vor? Warum durfte er duschen, warum wurden seine Kleider gewaschen, warum wurde er verarztet? Warum gab man ihm zu essen und zu trinken, wenn man ihn erschießen wollte? Möglicherweise hatte man das also nicht vor, oder wenigstens noch nicht. Aber worum ging es dann? Lange wusste aus früheren Einsätzen, dass Fluchtpläne ihm immer gutgetan hatten.

Jetzt hätte er nur den rechten funktionstüchtigen Arm auf einer Flucht zur Verfügung. Wechselten die Wachen? Bisher hatte er nur den einen Uniformierten bemerkt. Gab es einen zweiten? Aus eigener Erfahrung wusste er, dass Wachen kurz vor der Ablösung am wenigsten aufmerksam waren, also wollte er sie auf dem Weg zur Toilette ausschalten. Mit dieser Art Häusern war er vertraut, sie ähnelten sich in der ganzen Welt, wo Militär abseits von Kasernen in der Wildnis trainierte. Immer brauchte man eine Kantine, eine Küche, Vorratsräume, einen Esssaal für die Mannschaften, Kammern für die Unteroffiziere und oben, im ersten Stock, ein paar abschließbare Räume für den Kommandierenden und zwei größere Räume als Messe für Offiziere und Unteroffiziere. Als Dach reichte Blech beziehungsweise in den Tropen ein dichtes Geflecht aus Palmenblättern, die in der Nässe aufquollen. Die tragenden Elemente und die Treppen bestanden in der Regel aus entrindeten Baumstämmen, die Wände baute man aus dünnen Brettern, die in der Regel extra eingeflogen oder über einen Wasserlauf angelandet werden mussten. Fenster waren in den Tropen nicht an der Tagesordnung. Stattdessen ließ man unterhalb des Daches einen handhohen Spalt frei, durch den die Luft streichen konnte. Und noch ein Merkmal kennzeichnete diese Häuser: Sie waren äußerst hellhörig. Das spielte im normalen Einsatz aber keine Rolle, denn da immer ein paar Dutzend Männer dort hausten, gab es ständig Lärm.

Lange erhob sich von der Pritsche und inspizierte die Bretter der längsseitigen Außenwände. Sie waren an die Stämme genagelt – mit eisernen Nägeln, die kräftige Rostblüten zeigten. Diese Unterkünfte waren zwar nie für die Ewigkeit bestimmt, aber Old Neill hätte seine Männer gewaltig zusammengestaucht, hätten sie in den Tropen auch nur einen einzigen Eisennagel verwendet. Holz oder Kupfer, so hieß seine Devise, egal wie lange die Häuser halten sollten.

Lange schätzte, dass er die beiden obersten Bretterlagen leicht mit nur einer Hand lockern und wegreißen könnte. Die Lücke, die dann entstand, würde ihm erlauben hinauszuklettern. Ein kurzer Sprung und er wäre frei. Vorausgesetzt, sein Bewacher blieb auch nachts vor der Kammertür stehen. Sollte er vor dem Gebäude Position beziehen, müsste Lange auf der Schmalseite des Raums die Bretter entfernen, um an der Seite des Hauses auf einem Streifen Grün zu landen statt an der breiten Front, die den Platz flankierte.

Diesen Platz, dessen nördliche Grenze durch eine Reihe Kokospalmen begrenzt war, hatten die Planer geschickt gewählt.

Er grenzte im Osten an den Strand. Lange hörte die Brandung und sah fern das grünblaue Wasser unter bauchigen Kumuluswolken. Nach Süden hin lagen die paar Hütten des Dorfs nur wenige Schritte vom Fluss und dem hölzernen Anleger entfernt, an dem nur der graue Holzkahn, der ihn aufgefischt hatte, an seiner Leine zerrte. Bei der Flucht würde Lange seinen Bewacher ausschalten müssen, um dessen Gewehr, Munition und Messer mitzunehmen auf dem Weg nach Norden. Er tötete jedoch nur ungern. Kriegsordnung und Konvention erlaubten jedem Gefangenen die Flucht. Doch wer dabei andere umbrachte und wieder eingefangen wurde, musste vor jedem Militärgericht mit dem Todesurteil rechnen. Bei den Guerilleros würde es natürlich nicht einmal eine Verhandlung geben. Wer einen Flüchtenden fing, knallte ihn ab. Trotzdem: Wann sollte er fliehen? Am besten so schnell wie möglich, denn irgendjemand hatte geplaudert.

Wohin fliehen? Nach Norden, nach Colón? Van Oudevaarts Auftrag hatte er noch lange nicht erfüllt, aber er brauchte dringend einen Arzt, obwohl der Schmerz erstaunlicherweise verschwunden war und ebenso das Pochen in der Hand. Rodriguez hatte von Pueblo Nuevo gesprochen, in dem Fischer dem Schiff »geholfen« hatten.

Also dorthin. Wie? Von See her? Oder mit einem Flugzeug? Kleine Landestreifen gab es hier ja immer wieder. Doch warum nahm er eigentlich an, dass er hier wegen seines Auftrags festgehalten wurde? Vielleicht war er nichts weiter als das Opfer einer Entführung, für das man ein gutes Lösegeld kassieren wollte? Kolumbien begann ein paar Dutzend Kilometer südlich von hier und war berüchtigt für seine Kidnappings, mit deren Erlösen sich ganze Einheiten von Guerilleros finanzierten.

Lange begann in dem Raum auf und ab zu gehen, vier Schritte in jede Richtung. Die Flucht musste während der kommenden Nacht geschehen, in wenigen Stunden wurde es dunkel. In diesem Augenblick hörte er zwei vertraute Geräusche: Eine schnelle Yacht schien sich von See her zu nähern, und in der Luft hing ein Flugzeug. Lange kletterte auf sein Bett und spähte durch den Spalt. Sein Bewacher, der bisher im Schatten auf der Bank vor dem Eingang vor sich hin gebrütet hatte, stand auf und richtete die Mütze aus; in der Luft hing tatsächlich eine Cessna, die gerade eine große niedrige Kurve flog, um vermutlich auf einem nahen Flugfeld zu landen; die Yacht entpuppte sich beim Näherkommen als flaches Boot, das mit hoher Geschwindigkeit auf die Küste zulief, den Kurs änderte, schließlich in die Flussmündung einbog und Fender und Leinen ausbrachte, um an der primitiven Pier festzumachen. Gleich darauf sah Lange einen Mann in weißer Hose und blauem Hemd an Land gehen. Er trug eine Sonnenbrille, richtete seinen weißen Hut aus und setzte sich mit großen Schritten in Bewegung: schnurstracks auf Langes Gefängnis zu. Aus der anderen Richtung näherte sich Anne de Vries, die einen Overall trug und ihre Fliegerbrille ins Haar geschoben hatte. Neben ihr trabte ein Mann, den Lange bisher nur fast nackt gesehen hatte: Rodriguez. Statt seines roten Schamtuchs trug er jetzt Jeans, ein weißes T-Shirt und einen großen, gelben Strohhut. Noch immer lief er barfuß. Als die Ankommenden aufeinandertrafen, küsste der Mann in den weißen Hosen Anne auf die Wange. Sie erwiderte den Gruß auf dieselbe Weise.

Siebzehn

»Du hättest vielleicht gar nicht persönlich zu kommen brauchen, Leon. Ein Anruf hätte genügt.« Annes Stimme klang so deutlich, als stünde sie direkt neben Lange. Sie sprach Spanisch mit leichtem Akzent.

»Du brauchst meine Hilfe. Und ich liebe dich immer noch, Anne.« Südamerikanisches Spanisch, angenehme Tiefe.

Ob er und Anne sich in den Armen lagen, konnte Lange nicht ausmachen. Nach dieser Begrüßung war beides denkbar.

Rodriguez hatte sich auf die Bank neben den Bewacher unten vor dem Eingang gesetzt. Beide schwiegen.

»Leon, das ist vorbei. Lass es so. Es waren wunderbare Jahre. Aber du hast jetzt eine Familie und glückliche Kinder.«

»Du bist immer noch verheiratet, Anne?«

»Lass uns von was anderem reden.«

»Worüber denn, Anne?«

»Über einen Freund, Luten Lange, der hier in eine Notlage geraten ist, die er nicht absehen konnte. Ohne dich kann ich ihn da nicht herausholen. Wahrscheinlich haben ihn die FARC-Leute aus Kolumbien und sind auf Lösegeld aus. Wenn also einer etwas ausrichten kann, dann bist du das. Als Anwalt laufen deine Verbindungen überall hin.«

Lange hörte einen Stuhl rücken und dann das Auf und Ab von schweren Schritten. Leon, wer war dieser Leon?

»Luten Lange, sagtest du, Anne? Marinehintergrund? Woher kennst du ihn?«

Lange hörte ein paar Sätze über ihr erstes Treffen in Rotterdam und ein paar Zusatzinformationen über das zweite Treffen in Pito.

»Weißt du, wo er jetzt ist?«

»Keine Ahnung, Leon. Das müssen wir herausfinden.«

»Das werden wir.«

Lange war überrascht, wie präzise Anne ihn charakterisierte und dabei selbst seine Vorliebe für Pink Gin nicht ausließ. Die ganze Zeit über starrte er nach draußen. In der trägen Hitze des Nachmittags, in der die Brise eingeschlafen war und die Brandung müde auf den Strand lief, näherten sich aus dem Dorf die zwei Männer, die Leons Yacht vertäut hatten. Der Wächter erhob sich, während Rodriguez sich den weißen Hut tiefer in die Stirn zog, als wolle er schlafen. Lange sah sich die beiden Ankömmlinge genauer an: José und Ignacio, sein Stellvertreter.

»Wir wollen zu Leon«, hörte er Josés knarrende Stimme.

»Der große Lob will nicht gestört werden«, antwortete der Bewacher, und Lange entdeckte in diesem Moment, dass José eine kleine Pistole am Gürtel trug. Auch Ignacio trug eine Waffe.

Der große Lob? Der Mann, dessen Name im Zusammenhang mit der PILAR und dem Lösegeld immer wieder aufgetaucht war, saß mit Anne zusammen!

»Jetzt werde ich dir sagen, was ich über diesen Lange weiß, Anne. Er ist nicht der, für den du ihn hältst.« Leons Stimme war lauter als vorhin, und Lange bemerkte, dass auch die beiden Neuankömmlinge vor der Tür aufhorchten. »Lange ist ein Abenteurer, kein Zweifel, Anne. Aber er ist nicht hier, um aus Spaß den Dschungel zu durchqueren. Ich glaube auch nicht, dass er in Rotterdam deinen Bruder für eine Versicherungszeitschrift interviewt hat. Allerdings war er einer von den ganz harten Brocken in der Marine, das stimmt. Als sie ihn aus den Marine Commandos rausgeworfen haben, hat er sich darauf spezialisiert, gestohlene Yachten wiederzufinden. Sehr erfolgreich. Man kennt ihn hier.«

Ein Stuhl fiel um, schnelle Schritte wurden laut. Dann Annes Stimme: »Ob du ihn finden kannst, will ich wissen, Leon. Der große Lob müsste das doch schaffen.« Sie klang sarkastisch.

»Du bist in ihn verliebt?«

»Unsinn.«

»Unsinn? Aber ich soll ihn im Dschungel suchen? Anne, mach dir nichts vor. Weißt du übrigens, dass dieser Lange an Bord der PILAR war?«

»Als was?«

»Zweiter Offizier. Und ist in Colón zurückgeblieben. Wohl im Auftrag deines Bruders.«

»Das gibt es doch immer wieder, dass jemand unterwegs aussteigt.«

Es trat eine Pause ein. Lange hörte in der Ferne einen Hund bellen.

»Hat er dir von seinem Dienst auf der PILAR erzählt?«

»Kein Wort. Hätte er das sollen?«

»Ich meine, wenn man auf einem Schiff als Offizier fährt und dann die Eignerin trifft, dann sagt man das doch üblicherweise.«

»Da hast du recht.«

»Er spielt dir also was vor. Warum sollte ich mich um ihn kümmern?«

Schnellere Schritte unten. Auf und ab.

»Kannst du oder kannst du nicht helfen, Leon?«

»Weißt du wenigstens, dass die PILAR entführt worden ist, Anne?«

»Wie bitte?«

»Während dieser Lange als Zweiter Offizier an Bord war.«

»Und wo ist sie jetzt?«

»Längst wieder unterwegs unter einer neuen Crew. Schiff und Mannschaft kamen gegen Lösegeld frei. Dich hat wirklich keiner informiert?«

Lange hörte das Scharren von Schuhen auf dem Sand vor dem Haus. Im Raum blieb es eine Zeit lang still.

»Mein Bruder hat mir davon nichts gesagt. Es stand auch in keiner Zeitung.«

»Man muss sich bei solchen Fällen bedeckt halten, wenn man im Liniengeschäft bleiben will, meine Liebe.«

»Woher weißt du davon, Leon?«

Die Antwort kam sehr schnell: »Ich habe meine Verbindungen.«

Anne schien sich zunächst mit der lapidaren Antwort zufriedenzugeben, hakte dann aber nach: »Wer steckt dahinter, Leon?«

Wieder trat eine Pause ein.

»Ach, Anne, früher hätten wir beide eine Entführung organisiert und zusammen durchgezogen, um ans große Geld zu kommen und damit die Welt zu retten. Jetzt spielen andere die Hauptrolle in diesem Business.«

»Welche anderen?«

»Die wieder andere mit Geld schmieren müssen, damit ihre eigenen Geschäfte weiterlaufen.«

»Namen, Leon!«

Wieder bedauerte Lange, dass er nicht sehen konnte, wie der große Lob auf diese entscheidende Frage nach den Hintermännern reagierte.

Doch für Anne schien etwas anderes viel wichtiger zu sein: »Lass uns später davon reden und von den Friedensdörfern, Leon. Wer hinter der Entführung steckt, interessiert mich überhaupt nur, weil die Reederei meinem Bruder gehört, mir nur ein kleiner Teil. Du hast meine Frage nicht beantwortet: Kannst du Luten Lange finden und rausholen oder nicht, Leon?«

Kurzes Schweigen, wieder Schritte.

»Ich hätte diesen Lange längst töten lassen sollen, wie meine Männer das wollten. Er ist meinen Freunden zu dicht auf der Spur!«

»Ihn töten wegen deiner Freunde? Was soll das?«

Räuspern.

»Anne, alles, was du hier tust, braucht das Wohlwollen von anderen. Und die wollen immer mal wieder Geld sehen.«

»Kenne ich diese Leute, Leon?«

»Nein. Aber sie kennen dich und mich und nun auch diesen neugierigen Lange. Im Prinzip ist er schon tot.«

»Das willst du zulassen? Was ist aus dir geworden, Leon? Wir hatten mal gemeinsame Ziele. Und eins haben wir sogar erreicht, unsere Friedensdörfer. Und nun willst du mit Killern Hand in Hand arbeiten? Ohne mich. Ich werde das verhindern, Leon.«

Schnelle Schritte, unverständliche Sprachfetzen. Dann explodierte die Welt.

Achtzehn

José hatte das Töten gelernt. Er schlug dem Wächter, der mit dem Kolben seines Gewehres Striche im Sand zog, die Handkante gegen den Hals, sodass er nach vorne fiel, auf die Waffe. Und sprang auf. Rodriguez schob den Hut aus der Stirn, beugte sich vor, legte die rechte Hand, wie nach einer versteckten Waffe suchend, auf den Rücken und presste die nackten Füße auf die harte Erde. Ignacio griff noch im Sitzen nach seiner Pistolentasche. José riss die Tür auf und stand vor Leon, der ihn erstaunt anstarrte und ungläubig die Pistole wahrnahm, die auf ihn gerichtet war. Leon wollte etwas sagen, aber da bellte Josés Waffe bereits zweimal kurz auf. Leon war tot, ehe er auf dem hölzernen Boden landete.

»Verräter!« José sah Anne an, die verwirrt alle anblickte. »Der große Lob steckt selbst mit hinter der Kaperung.«

»Aber …«

»Er wollte uns verkaufen, um sich selbst zu retten.«

Anne sah, wie sich die Waffe senkte, und kniete sprachlos neben dem toten Leon nieder. José drehte sich um und trat in die Tür, der Wächter rappelte sich wieder hoch und suchte nach seinem Gewehr, Ignacio wollte ihm helfen und bückte sich. Doch der Hieb des Indianers saß. Ignacio blieb liegen. José sah von der Tür aus zu. Dann traf ihn Rodriguez' Messer von unten her ins Herz. Während er zusammensackte, löste sich ein Schuss aus seiner Pistole und traf den Wächter in den Bauch. Der Indianer bückte sich und hob zuerst das Gewehr und dann Ignacios Pistole auf. Beides streckte er Lange entgegen, der oben beim ersten Schuss die leichte Holztür eingetreten hatte und die raue Treppe hinunter gestolpert war.

»Du hast nur einen gesunden Arm, Luten! Nimm wenigstens die Pistole.«

»Anne«, sagte er leise.

Sie kniete neben dem toten Leon, sie hatte geweint, sie weinte immer noch, sie sah ihn mit leerem Gesicht an. »Du bist hier, Luten. Wer bist du?«

»Ich werde dir alles erklären, Anne.«

Neunzehn

Lange fragte sich später, warum er nicht auf Ignacio geachtet hatte, der nach dem Hieb des Indianers über den toten José gestürzt war. Er steckte dessen Pistole, die ihm Rodriguez zuwarf, in seinen Gürtel. Der Indianer hängte sich das Gewehr über die Schulter und schob sein Messer in die Scheide zurück. Niemand nahm dem Toten die Waffe ab. Das waren zu viele Fehler auf einmal. Plötzlich war Ignacio der Einzige, der eine Pistole in der Hand hielt. Er kniete neben dem toten José und zielte auf Anne, die zwischen dem Indianer und Lange stand. Der Lauf hob sich, als Ignacio wieder auf die Beine kam und die Waffe mit beiden Händen auf Annes Kopf gerichtet hielt.

»Hört mal«, sagte er entschlossen, und seine Blicke wanderten zwischen Lange und dem Indianer hin und her, »einer muss aufhören. José hat Leon getötet, aber der Indianer hätte José deswegen nicht töten müssen. Wenn ich jetzt den Indianer töte oder die Frau oder den Mann, wird mich ein anderer umbringen. Nein, einer muss aufhören mit dem Töten. Ich höre auf.«

Das hatte Lange nicht erwartet. Verblüfft sah er, wie Ignacio seine Waffe sicherte und in hohem Bogen in Richtung Cessna warf. Blitzschnell hatte der Indianer das Gewehr von der Schulter gerissen. Da hob Lange die Hand. Rodriguez zögerte.

»Ich habe dich verstanden, Ignacio«, sagte Lange. »Lass uns aufhören mit dem Morden. Wir sollten uns um den Verletzten kümmern und um die beiden Toten.«

Rodriguez sah ihn überrascht an. »Einfach so aufhören? Luten, Luten!«, und er verzog das Gesicht.

»Warum grinst er, wenn er deinen Namen sagt?«, wollte Anne wissen.

»Das erklär' ich dir später mal.«

Ignacio und der Indianer trugen die beiden Toten in die Holzhütte, Anne und Luten knieten neben dem verletzten Bewacher, der in einer großen Blutlache lag. José hatte für seine Pistole Highspeed-Munition benutzt. Das Geschoss machte eine winzige Eintrittswunde, pilzte im Körper auf, zerriss alles auf seinem Weg und trat in einer riesigen Wunde wieder aus.

»Er braucht sofort einen Arzt, ich fliege ihn nach Yaviza!«

Luten schüttelte den Kopf. »Dafür ist es zu spät. Er hat schon zu viel Blut verloren. Wir können nichts mehr für ihn tun.«

»Er wird gleich sterben, ich kann den Tod schon riechen. Ich gehe ins Dorf, wir werden uns morgen um die Toten kümmern.« Damit verabschiedete sich Ignacio und verschwand in der Dunkelheit.

»Wir sollten das Boot bewachen. Mit Ignacio haben wir Frieden, aber was sagen die anderen Männer im Dorf?« Rodriguez nahm das Gewehr in beide Hände. »Ich habe noch acht Schuss Munition.«

»Und dein Messer. Falls du angegriffen wirst, kannst du das Boot auch losschneiden und dich aufs Meer treiben lassen. Oder du startest den Motor.«

»Ihr werdet hören, wenn was passiert«, versprach der Indianer. »Pass gut auf sie auf, Luten.«

Anne und Luten hockten nebeneinander im Sand unter dem rechten Flügel der Cessna und blickten aufs Meer hinaus. Die Nacht roch ein bisschen nach Flugbenzin, Wind raschelte in den Palmenblättern, am Himmel lockte ein schmaler Mond, im geriffelten Meer spiegelten sich Sterne. Ganz weit weg war Hundegebell zu hören.

»Wie kommst du hierher und warum bist du verletzt?«

Anne schwieg nach seiner Antwort.

»Und wie hast du mich hier gefunden?«, wollte Luten wissen. Ihre Antwort überraschte ihn nicht. »Woher kennst du Lob?«

»Wir haben zusammen studiert. Aber stimmt das, was Leon mir sagte: Du bist als Zweiter Offizier auf der PILAR gefahren? Warum hast du mir nichts davon erzählt? Sie gehört auch mir!«

»Ich bin hier, um Schiffe zu retten. Bei der PILAR habe ich versagt. Jetzt suche ich nach den Hintermännern – im Auftrag deines Bruders. Ich kann mit niemandem darüber reden, auch mit dir nicht. Jetzt sind schon vier Männer wegen der PILAR gestorben – einer beim Entern und drei hier. Und wenn die im Dorf nicht auf Ignacio hören, gibt es noch mehr Tote.«

Sie hockte dicht neben ihm und war doch ganz weit weg, hatte die Arme um die Knie geschlungen und sah auf die See. Die Brandung lief sehr sanft auf dem Sand aus. Aus Armila war kein Geräusch zu hören.

Plötzlich hob sie den Kopf und sah Luten von der Seite an. »Weißt du, dass ich an der ganzen Sache schuld bin? Ich habe Leon immer mal von unseren Schiffen hier in der Karibik geschrieben – zu Weihnachten in dem langen Bericht, den auch andere Freunde bekamen.«

»Jeder kann alles über Schiffsbewegungen in Erfahrung bringen, Anne. Mach dir keinen Vorwurf.«

»Aber er hat's von mir erfahren, und wir werden nie herausbekommen, wer genau hinter der Piraterie steckt, dank Josés Schuss. Willst du der Sache weiter nachgehen?«

»Ich werde meinen Auftrag erfüllen: Wer hat das Geld bekommen?«

Sie legte ihm die Hand auf die Schulter. »Bring dich nicht in Gefahr, Luten. Du bist verwundet.«

»Ach«, sagte er abwehrend. »Wenn ich meinen Arm wieder bewegen kann, mache ich weiter.«

»Ich fliege dich morgen in ein Krankenhaus, Luten. Morgen ist Mittwoch, in einer Woche müsstest du wieder ...« Sie unterbrach sich. »Mittwoch, du lieber Gott. Jeden Mittwoch läuft unsere PLOODRA von Barranquilla aus in den Golf von Urabá. Ihr könnte das Gleiche passieren wie der PILAR.«

»Was wir verhindern werden! Wir werden die PLOODRA warnen.«

»Und wie?«

Nach einer Stunde war ihnen klar, dass ihr Plan riskant war, aber es keinen besseren gab. Auf der Yacht, auf der sie Rodriguez Kaffee trinkend in dem dunklen Cockpit fanden, das Gewehr neben sich, gab es nur ein kleines tragbares Gerät, eine Art Walkie-Talkie, dessen Reichweite höchstens zwei Seemeilen betrug. Das Gerät auf der Cessna hatte ebenfalls nicht genügend Reichweite, um ein Schiff hinter der Kimm anzusprechen.

»Du wirst also morgen die See vor dem Golf nach der PLOODRA absuchen, wir werden hier vor der Küste auf dich warten und das

Schiff dann anlaufen. Hoffentlich glaubt der Kapitän einer ihm unbekannten Frau in einem kleinen Flugzeug, das auf den Cayman-Inseln registriert ist, wenn sie behauptet, dass sie ihn kennt.«

Sie lagen dann, eine halbe Armlänge von einander entfernt, in der warmen Nacht in Wolldecken gerollt unter der Cessna, hörten das Meer und schwiegen. Das Geschehen des Tages verlangte seinen Tribut, die Leere ihr Recht.

Als sie einschliefen, hing der Mond wie eine leere Schöpfkelle über der See.

Am Morgen im ersten sicheren Licht startete Anne mit ihrer Cessna, und Luten ging an Bord der Yacht. Er kletterte in den Steuerstand, setzte den Schlüssel ein und startete den Motor. Die Anzeiger funktionierten, und Lange sah, dass beide Tanks nur zu einem Viertel leer waren: bei Marschfahrt genügend Sprit für gut zwei Tage. Vor ihm lag rot und gelb getönt die See wie ein gewaltiges Flammenmeer, in das er hineinfuhr. Weit und breit war kein Schiff zu sehen, die Kimm war klar.

Lange übergab Rodriguez das Ruder. Mit halber Kraft liefen sie vom Ufer weg. Er nahm die Taschenlampe, sah ins Vorschiff, wo die Leinen und Anker lagen, fand an Backbord in der Kajüte die Navigationsecke großzügig bestückt, doch ein vernünftiges Funkgerät fehlte.

Achtern waren die kräftigen Motoren hervorragend isoliert. Aller Lärm wurde nach draußen gedrückt. Lange knipste seine Taschenlampe an, um die Elektrik zu prüfen. Er hätte es ahnen müssen: Genau zwischen den beiden Motoren stand der Kasten, primitiv, aber sicher verkeilt. Isolierte Drähte liefen nach oben und in den Sicherungskasten. Sobald Lange den Hauptschalter für das Licht und die Positionslichter umlegte, würde Strom durch die Drähte fließen und die Sprengladung hochgehen lassen. Hatte der große Lob seine Yacht so präpariert, dass jeder Uneingeweihte in den Himmel flog oder zur Hölle sank?

José und Ignacio waren später als Lob von Bord gekommen. Hatte José etwas von Leons Beziehung zu Anne geahnt? Hatte er die tödliche Falle gebaut, um das zu verhindern, was er Verrat genannt hatte? Diese Antwort kannte natürlich nur Ignacio.

Die Yacht traf jetzt vor der Barre der Mündung auf ruppige Seen und tanzte unruhiger als vorher. Lange klemmte sich zwischen die Motoren. Die Drähte führten aus einer Kiste heraus, wie er sie von Munitionstransporten her kannte und die mit einem Schnappverschluss aus Metall zu öffnen war. Wie raffiniert funktionierten Verdrahtung und Schaltung?

Der Deckel ging leicht zu öffnen. Im nächsten Moment sah Lange, was er schon im ersten Lehrgang beim Umgang mit Sprengstoffen gelernt hatte: Plastiksprengstoff, der die Kiste zu drei Vierteln ausfüllte, und Drähte, die getrennt voneinander in ihn hineinführten. Er ließ den Deckel zurückklappen und folgte den Drähten nach oben. Tatsächlich waren sie nur mit Lassoband gegen die Decke geklebt und führten durch einen der vielen vorgefertigten Schlitze in den Schaltkasten. Lange öffnete ihn. Offensichtlich hatte sich keiner die Mühe gemacht, die Drähte ordentlich an die Metallbrücken zu kneifen, sondern sie nur je mit einem Rundtörn und zwei halben Schlägen befestigt. Natürlich konnte damit eine Verbindung stehen. Vielleicht aber auch nicht. Niemand aus Langes alter Einheit hätte einen derartigen Pfusch anzubieten gewagt. Ohne Zweifel konnte aber auch dieser Pfusch die Yacht in die Luft jagen.

Lange begann mit der Suche. Werkzeugkästen verstaute man in aller Regel irgendwo in der Pantry. Rodriguez hatte gerade eine zweite Thermoskanne gefüllt und stellte Flaschen mit Wasser auf den Tisch. Lange fand das Ding und den Seitenschneider im oberen rechten Fach. Er war leichtgängig, frisch geölt, hatte rote Griffe, und Lange kletterte zurück in den Motorraum. Im Schein der Taschenlampe führte er das Maul an den ersten Draht, zögerte aber dann. Es gab Schaltungen, die auch dann noch funktionierten, wenn alle Drähte bis auf einen gekappt waren. Und Schaltungen, die sofort funktionierten, sobald man nur einen einzigen Draht durchtrennte. Er erinnerte sich, wie schwer es ihm gefallen war, den Umgang damit zu erlernen und sein Wissen anzuwenden. Doch wenn er mit seiner Super-Marineausbildung schon Probleme gehabt hatte, wie sollten das dann Lob als Anwalt und José und Ignacio als einfache Dschungelsoldaten ohne große Ausbildung schaffen? Womöglich war also die Schaltung innen so einfach, wie die Verdrahtung draußen aussah? Doch was verbarg sich im Sprengstoff?

Gab es versenkbare Zünder, die wirksamer waren als alle, die er kannte?

Es war in jedem Fall nicht ratsam, den Draht einfach aus dem Plastiksprengstoff zu ziehen. Und das hieß, die vier locker gebundenen Drähte im Kasten zu kappen. Langes Hand agierte ganz ruhig, aber er spürte beim ersten Knipsen ein Zittern im Unterkiefer, das er nicht beherrschen konnte. Beim zweiten und dritten Knips fühlte er nichts mehr, beim vierten presste er die Zähne zusammen. So könnte unser Ende aussehen, dachte er und drückte die Eisenbacken zusammen.

Ihr Ende sah so nicht aus. Als er wieder an Deck kam, legte er ganz ruhig den Hauptschalter um. Die Positionslichter, die Armaturenbeleuchtung brannten, die Navigationsecke schimmerte in mattem Grün. Rodriguez brachte ihm einen Becher heißen Kaffee, und Lange wurde plötzlich bewusst, dass er gerade ihre Himmelfahrt verhindert hatte. Er löste Rodriguez am Ruder ab und rieb sich das Kinn.

»Wir werden hier auf und ab laufen«, sagte er, »bis das Flugzeug zurückkehrt.«

»Ein Indianer kann warten«, sagte Rodriguez.

Zwanzig

LANGE FAND DEN DICKEN UMSCHLAG bei den Seekarten und dem Logbuch. Er vermutete darin ein Handbuch und war sehr überrascht, als er ein dickes Album sah, das sich beim ersten Durchblättern als eine Mischung aus Fotos, Ausschnitten, Briefen und Handzetteln erwies. Es war schwer, in braunes Leder gebunden und mit einem geprägten Titel verziert: *My years at UCLA*. Unten rechts entdeckte er eine Unterschrift: Anne van Oudevaart. Offensichtlich enthielt dieses Buch Erinnerungen an Annes Studienjahre an der Universität von Kalifornien in Los Angeles.

Lange legte es zur Seite und machte sich an die Kartenarbeit. Die PLOODRA war zurzeit auf dem Weg von Barranquilla nach Turbo im Golf von Urabá. Also machte er, wie vor Tagen auf der PILAR, auch jetzt eine Rechnung auf, fand einen gegissten Punkt, um den er großzügig einen Kreis schlug, und berechnete den Kurs. Dann stieg er nach oben, um dem Indianer den Kompass zu erklären.

Rodriguez schien alles gut zu verstehen, wandte dann jedoch ein: »Aber die Nadel wandert immer ein bisschen nach links oder rechts.«

»Das macht nichts, halt unser Boot in der Mitte.«

Die Sonne stand jetzt über der Kimm, tönte die See und wärmte den leichten Wind. Bis auf ein paar Haufenwolken weit im Osten und die üblichen Kappen, die morgens zumeist um Bergspitzen hängen, war der Himmel klar. Jedes Schiff oder Flugzeug wäre leicht zu entdecken gewesen. Aber wie die PLOODRA nicht auf den Funkspruch aus einer einmotorigen Privatmaschine hin ihren Kurs ändern würde, so reagierte sie auch sicherlich nicht auf Anweisungen von einer irgendeiner Motoryacht. Nur eine Möglichkeit versprach Erfolg: Lange musste an Bord der PLOODRA gelangen, ehe sie das kritische Piratengebiet erreichte. Lange versuchte, Anne über Funk anzusprechen, aber sie war schon zu weit weg.

Rodriguez machte es sich auf dem Sitz am Ruder gemütlich, federte den leichten Seegang ab und schien zufrieden mit sich und der Welt. Das Messer, mit dem er José am Tag zuvor getötet hatte, steckte jetzt in einer Scheide am Gürtel.

»Warum hast du José umgebracht? Doch nicht weil er den großen Lob erschossen hat?«

Rodriguez hatte wohl nur auf diese Frage gewartet, so brach es aus ihm heraus: »José hat das Dorf und alle Emberas betrogen. Er hat unser Volk verraten, unser Leben an Spekulanten verkauft, und nun werden wir alle umkommen – heute, morgen und übermorgen. Dann wird es keine Emberas mehr geben, aber ein paar Männer mehr, die sehr reich geworden sind – durch unser Land.«

»José war ein Guerillero, einer von der FARC, was wirfst du ihm vor?«

Rodriguez antwortete: »José kam mit einem Motorboot den Fluss herunter und hatte einen Kuna-Indianer bei sich, der seine und unsere Sprache sprach. Der übersetzte uns, was José gesagt hatte – oder was ihm in den Kram passte. Denn die Kunas sind nie unsere Freunde gewesen, obwohl sie Indianer sind wie wir. José sagte beim ersten Besuch, wir sollten uns an den Kunas ein Beispiel nehmen. Als Erstes bräuchten wir eigenes Land wie die Kunas, über das nur zwei zu bestimmen haben: wir selber und die Regierung in der großen Stadt Panama. Wir sollten viel zu sagen haben, die Regierung wenig. Darum sollten wir mit der Regierung einen Vertrag machen, so wie ihn die Kunas mit der Regierung gemacht haben. Und dann kam José eines Tages mit dem Kuna wieder und brachte ein Papier mit, und wir haben es unterschrieben und mit dem Abdruck unserer Hand besiegelt. Und bald darauf sind viele Fremde gekommen und haben angefangen, unsere großen alten Bäume zu fällen, von denen unser Land lebt, von dem wir leben. Wir haben gesagt, dazu habt ihr kein Recht, und haben ihnen das Papier gezeigt, aber sie haben nur gelacht. Wir haben das Recht, haben sie gesagt. Also sind wir zur kleinen Regierung nach Santa Fé und zur großen nach Panama gegangen. Beide haben uns angehört und gesagt, aber da steht es doch: Der Unida del Abores gehören zehn Jahre lang alle großen Bäume auf dem Land der Emberas. Und wir sagten: Aber wenn die Bäume fallen, schwemmt unser Land weg. Wie sollen wir dann leben? Alle, die wir fragten, in Santa Fé und in Panama, haben gesagt: Aber so habt ihr es selbst bestätigt, und so gilt es. Die Bäume wachsen nach. Ich frage dich jetzt, gilt ein Vertrag auch, wenn man erst später erkennt, dass man betrogen worden ist? Ich habe José noch zweimal getroffen und gefragt, warum er uns das angetan hat. Er hat nur gelacht und von den vielen Dollars gesprochen, die auf einer Bank in Santa Fé für uns liegen. Aber von Geld können wir nicht abbeißen. Darum musste José sterben, als ich ihn wieder traf. Gerechtigkeit braucht manchmal Gewalt. Und nun kannst du sagen, Luten, ob ich recht gehandelt habe.«

Die alte Frage, dachte Luten, die wir auch in Rotterdam diskutiert haben. Wieder einmal war er froh, kein Richter zu sein. Hatte jemand den Tod verdient, der den Indianern die Lebensgrundlage weggenommen hatte? Waren Bäume, die nachwuchsen, eine ausreichende Grundlage zum Überleben? Er überlegte, ob er sich Annes Album genauer ansehen sollte. Wie war es an Bord gekommen? Vielleicht hatte der große Lob es mitgebracht. Doch wie war dieser Mann in den Besitz des Buches gelangt, das die Studienjahre einer niederländischen Studentin an der Universität in Los Angeles dokumentierte? Lange wurde klar, dass er mehr über Anne in Erfahrung bringen musste. Wer war sie wirklich? Sie hatte neben dem toten Lob gekniet und still geweint, hatte aber Lutens Hand auf ihrer Schulter nicht abgestreift. Das Album konnte ihm vielleicht Aufschluss geben.

Die Kopie der Immatrikulationsbescheinigung zeigte, dass Anne Amerikanistik studiert hatte. Dazu gehörte offensichtlich neben dem Studium von Literatur auch das von Politischen Wissenschaften. Eines der Fotos zeigte Anne mit langem Haar in einem dunklen Kleid neben einem älteren Herrn und dem jungen Willem van Oudevaart: das Abiturbild aus Rotterdam. Auf den nächsten beiden Seiten fanden sich Fotos, wie sie an allen Highschools oder Universitäten Amerikas gemacht werden: Die Studenten lächeln in die Kamera. Anne, mit kürzerem Haar und in einem Licht, das ihre Augen betonte, lächelte nach links. Auf der anderen Seite in dieser ersten Reihe grinste ein Beau: der große Lob. Handschriftlich stand darunter: Leon Omar Barella aus Bogotá, Internationales Recht. Lob war also eine Abkürzung seines vollen Namens.

Anne und er hatten sich offenbar gleich zu Beginn des Studiums kennengelernt. Es folgte das Foto eines Apartments, das sehr weiblich eingerichtet war. Ein zweites Foto zeigte einen ähnlichen Raum, gepflastert mit Trophäen, die man im Sport gewinnt: »Leons Heimat fern von zu Hause.« Dann kam ein Ausriss aus einem Vorlesungsverzeichnis mit Vorlesungen zur amerikanischen Politik mit dem Schwerpunkt Gegenwart. Dabei war es offenbar auch um Analysen der Wahlkampagnen der letzten vier Präsidenten der USA gegangen und um Übungen zur Gesetzgebung unter besonderer Berücksichtigung der Regelung von Zweifelsfällen. Eine riesenlange Literaturliste folgte. Als Lange sie in der Annahme überflog, nur juristische Titel zu finden, war er sehr überrascht, auch »Vom Winde verweht« und viele Romane von John Steinbeck zu entdecken. Ein paar Seiten weiter folgte der Ausriss eines Artikels, der offensichtlich einen neuen Professor vorstellen sollte. Und dann die Liste seiner Vorlesungen, die auf eine Art Studium Generale hinwies. Offenbar hatte damals ein Wandel stattgefunden. Die Vereinigten Staaten wurden nicht mehr isoliert, sondern im Zusammenhang mit dem ganzen Kontinent betrachtet: von Alaska bis nach Feuerland.

In einem Leserbrief aus einer Tageszeitung wurde ein UCLA-Professor der Politikwissenschaften als Linker, als Marxist beschimpft. Annes handschriftlicher Kommentar darunter: »Was ist marxistisch, wenn man fragt, warum manche herrschen und andere nicht?« Dann folgten Fotos in Schwarz-Weiß und Farbe in vielen Formaten, selten datiert und ohne Kommentare, die meisten zeigten Anne und Leon – am Strand und im Bergland, im Hörsaal und in einer Küche, mehrere sogar im Schlafzimmer, aber beide waren stets züchtig bekleidet. Auf jeden Fall wiesen sie alle darauf hin, dass Anne und Leon ihre Studienzeit zusammen verbracht hatten. Es ging jedoch nicht klar hervor, ob sie auch zusammengezogen waren.

Der letzte Teil bestand aus Kopien von Zeitungsausschnitten und ein paar Referaten, die Anne gehalten hatte. Lange überflog die meisten Texte nur, fand Berichte über Kolumbien, ein Referat Annes über die Sandinisten in Nicaragua, einen Text über Mexiko. In einem längeren Essay war viel unterstrichen: Anne hatte sich offenbar genauer mit den drei Herrschern in Kolumbien beschäftigt: der FARC, der ELN und der AUC – den Paramilitärs neben dem Staat.

»Jeder kontrolliert einen Teil des Landes. Das missfällt den jeweils anderen.« Diesen Satz hatte Anne als ersten hervorgehoben und einige Absätze später: »Aber es gibt so etwas wie eine Hoffnung. Im Norden des Landes erklären sich jetzt Dörfer für unabhängig, auf friedliche Weise. In einem Land, in dem fast jeder Mann eine Waffe besitzt, sammeln die Bewohner dieser Dörfer alle Waffen ein, vernichten sie und machen so ihren Ort und das umliegende Land zu einer Friedenszone.«

Die letzten Seiten waren leer. Doch dann rutschte Lange ein Briefumschlag in die Hände, adressiert an eine Anwaltskanzlei in Bogotá: zu Händen Dr. Leon Omar Barella. Er enthielt einen handgeschriebenen Brief von Anne de Vries mit ihrem Namen als Stahlstich auf der ersten Seite, datiert vom 6. April 2003 und der Schilderung, wie wunderbar ihre Nacht im Hotel Residence in Buenaventura für sie gewesen sei, und Lange begriff schnell, dass Anne Leon damals zufällig wiedergetroffen hatte, während sie in einer Angelegenheit der Reederei van Oudevaart in dem Pazifikhafen zu tun hatte. Leon war nach dem Studium offenbar von seiner Familie nach Kolumbien zurückgerufen und verheiratet worden – mit großem Geld im Hintergrund.

Erst auf dem zweiten Blatt wechselte Anna das Thema: »Lass uns die Stiftung gründen, wie wir es besprochen haben: Dörfer für den Frieden. Nach dem Tod meines Vaters könnte ich pro Jahr eine Viertelmillion Dollar investieren. Damit müssten wir einiges zum Guten verändern können. Alles Weitere per E-Mails.«

Lange faltete die Bogen zusammen, steckte sie in den Umschlag zurück, legte diesen in das Album und schob es in den großen Umschlag.

Annes Vater war 2003 gestorben, seitdem hatte sie Zugriff auf ihre zehn Prozent vom Wert der Firma. Dieser Plan, Friedensdörfer zu errichten und langfristig zu unterstützen, hatte offensichtlich schon während des Studiums bestanden, war aber erst nach Eintritt des Erbfalls finanzierbar – im Rahmen einer Stiftung, die der große Lob betreuen sollte. Lange beschloss, den Umschlag mitzunehmen, um ihn bei nächster Gelegenheit Anne zu übergeben. Doch vorher hatte er ihr etwas zu sagen.

Einundzwanzig

»Da ist sie!« – Rodriguez holte Lange aus seinen Gedanken und deutete voraus. Der Indianer hatte wesentlich schärfere Augen als er und machte die Cessna schon aus, als sie für Lange nur der Umriss einer Hornisse am Himmel war. Sie flog die Yacht aus Nordost an und verlor schnell an Höhe. Lange verzog sich nach unten an das Walkie-Talkie.

Anne meldete sich, die Fluggeräusche dröhnten wie ein ferner Trommelwirbel, doch ihre Stimme kam klar: »Ich habe die PLOODRA entdeckt, Luten, sie steht exakt 25 Seemeilen von hier und läuft 214°.«

»Ich werde versuchen, an Bord zu kommen«, sagte Lange.

»Soll ich das Schiff schon mal ansprechen?«

»Nein, damit wird meine Chance nur schlechter.« Er hörte jetzt die Maschine genau über sich. Sie stieg gerade wieder und begann einen Kreis nach Luv zu fliegen. »Hast du irgendwo da draußen Fischer entdeckt?«

»Nein, nur ein einzelnes Boot und weiter entfernt einen gigantischen Kreuzfahrer.«

Am Morgen sammelten sich die Piraten nicht, hoffte Lange, denn ein Schiff wurde in der Regel kurz vorm Hellwerden oder unmittelbar vor Einbruch der Dunkelheit geentert.

»Ich gehe jetzt auf 45°.«

Er setzte sich an die Karte und schob die Dreiecke über die Kurslinie der PLOODRA, dann griff er mit dem Zirkel Distanzen ab. »Wir werden sie in vierzig Minuten ausmachen und längsseits gehen. Dann versuche ich, den Kapitän zu überzeugen, nach Barranquilla oder nach Colón zurückzulaufen. Es sei denn, ich höre von dir etwas anderes. Was hast du jetzt vor?«

»Ich fliege nach Yaviza. Wir müssen die Behörden informieren, sonst bekommen wir Probleme.«

»Falls wir die nicht schon haben.«

»Ich melde mich wieder auf dieser Welle.«

»Halt«, rief Luten lauter, als er eigentlich wollte. »Ich habe dir was zu sagen.«

»Ist was mit dem Schiff?«

»Nein, aber mit dem Schiffer. Liebst du den großen Lob noch?«

Anne setzte zu einem weiteren Kreis an. »Ich habe noch für 40 Minuten Sprit, das sind genau zehn Minuten für dich, dann breche ich ab und fliege zurück. Ich kann dir alles später erklären.«

»Ich will es aber jetzt wissen, Anne.«

Offensichtlich hatte sie das Mikrofon näher an den Mund gerückt, denn ihre Stimme klang eindringlicher, und Luten registrierte, wie sich ihre Atmung beschleunigte.

»Ich habe Leon geliebt, und damals wollte ich ihn heiraten.«

»Hm«, brummte er nur, aber herausfordernd genug.

»Nach vier Jahren war alles vorbei.«

»Hatte eure Liebe eine Chance zur Ehe?«

»Vielleicht. Aber eine niederländische Reederstochter und eine kolumbianische Großfamilie mit politischen Ambitionen? Mein Vater hätte wohl kaum einen südamerikanischen Advokaten, der sein Haar mit Pomade einschmiert, willkommen geheißen. Jedenfalls war mit dem Ende des Studiums auch Schluss zwischen Lob und mir.«

»So einfach ging das?«

Nach einer Pause sagte sie leise: »Nein, das hat geschmerzt. Ich ging erst mal auf Reisen. Es gab ja genügend Häfen und Schiffe zu besuchen.«

»Habt ihr euch weiter getroffen?«

»Ich drehe jetzt ab und fliege nach Yaviza, Luten. Den Rest erzähle ich dir später.« Ihre Stimme klang schwächer. Lag Trauer darin?

»Moment noch, Anne. Ich ... du bist eine fabelhafte Frau. Eigentlich müsste ich dich jetzt ...«

Sie fiel ihm ins Wort: »Später, Luten. *Over and out.*«

»Schiff voraus«, schrie in diesem Augenblick Rodriguez.

Lange war froh, dass eine Aufgabe vor ihm lag, die ihn forderte.

An den Hausfarben Weiß und Blau war die PLOODRA auch aus dieser Entfernung leicht zu identifizieren gewesen. Rodriguez änderte den Kurs, ohne Langes Befehl abzuwarten.

Lange wählte wieder den allgemeinen Anrufkanal: »*Calling Dutch ship* PLOODRA, *calling Dutch ship* PLOODRA.«

Die Reaktion kam sofort.

»Wir haben einen Notfall an Bord. Eine schwere Verletzung des linken Arms des Skippers. Wir brauchen Hilfe«, gab er vor.

Stimmengemurmel, dann antwortete die PLOODRA: »Wir haben keinen Arzt an Bord!«

»Aber jemanden mit genug Erfahrung, um eine tiefe Wunde zu versorgen, haben Sie sicher.«

Eine deutliche Pause trat ein, dann: »Sind Sie die Yacht an Steuerbord voraus?«

»Ja, die BUGS unter kolumbianischer Flagge. Ich möchte längsseits kommen!«

Wieder eine Pause.

Lange wusste, was jetzt auf der Brücke des Frachters besprochen wurde: Nur der Alte konnte darüber entscheiden, das Schiff auf offener See zu stoppen, um einen Mann an Bord kommen zu lassen. So etwas überstieg bei Weitem die Kompetenzen des Wachhabenden ebenso wie die des Zweiten Offiziers.

»BUGS?« Eine weitere Stimme, klarer Tenor.

»Ja, wir brauchen Hilfe.«

»Kommen Sie längsseits, wir stoppen und erwarten Sie.«

Die PLOODRA wäre auch zu entern gewesen, wenn sie die Fahrt nicht unterbrochen und keine Jakobsleiter über die Leereling ausgebracht hätte. Lange trug den linken Arm jetzt in einer Schlaufe, was sehr dramatisch aussah und hoffentlich Mitgefühl abforderte, während er sich trotz dieser Behinderung über die Strickleiter den kurzen Weg nach oben hangelte.

Zwei Männer mit schweren Schraubenschlüsseln in den Händen erwarteten ihn. Der Kapitän ging also kein Risiko ein, der regelmäßige Sicherheitsdrill wurde von Oudevaarts Besatzung offensichtlich auch auf diesem Schiff ernst genommen. Mit der jeweils freien Hand packten sie Lange am Gürtel, zogen ihn an Deck und führten ihn unter Manndeckung zur Brücke. Der Alte war erstaunlich jung, schien aber über große Autorität zu verfügen.

Lange grüßte: »Luten Lange, Zweiter Offizier der PILAR.«

»Sigismund Fiolka. Ich habe nie von Ihnen gehört. Fuhr auf der PILAR nicht ein Zweiter namens Jenkins?«

»Den habe ich auf den Azoren abgelöst und bin in Colón wieder von Bord gegangen.«

»Ach ja«, erinnerte sich Fiolka, »die PILAR lag ja an der Küste mit Motorschaden. Was kann ich für Sie tun?«

Die PLOODRA hatte bereits wieder Fahrt aufgenommen, und die Yacht folgte ihr in einigem Abstand. Auf der Brücke herrschte die beruhigende Stille eines gutgeführten Schiffs. Die Entlüfter surrten, aus dem Lautsprecher waren ferne Stimmen zu hören, auf dem Radar leuchtete an Backbord die ferne Küste. Der Wachhabende beugte sich über die Karte und notierte etwas in der Wachkladde.

Fiolka bat den Besucher in sein Office. Dort standen zwei Tassen und eine Thermoskanne, aus der er Kaffee einschenkte. »Sie sind verletzt, Herr Lange. Ich lasse das gleich von Ihrem Kollegen anschauen.«

Der Zweite hatte also hier an Bord auch die Aufgabe eines Sanitäters.

»Nicht nötig, ich bin nur gekommen, um mit Ihnen zu sprechen, Herr Kapitän.«

Der blickte ihn irritiert an und sagte dann: »Wie Sie wollen.«

Fiolka sprach fehlerfrei Englisch und mit kaum merklichem Akzent. Vermutlich beherrschte er auch Deutsch. Doch Lange beschloss, bei Englisch zu bleiben. Das ersparte ihm einige Erklärungen.

»Ich bin hier im Auftrag des Reeders und muss Ihnen nahelegen, Ihren Kurs zu ändern.«

Fiolka schluckte, sein starker Adamsapfel sank tief und hob sich wieder. »Ein ungewöhnlicher Vorgang«, sagte er dann sarkastisch. »Sie kommen als vermeintlich Verletzter an Bord und verlangen, ich soll meinen Kurs ändern. Gestatten Sie, dass ich mich wundere.«

»Die PILAR hatte keinen Motorschaden. Sie ist gekapert und schnell wieder freigekauft worden. Vieles deutet darauf hin, dass nun die PLOODRA gehijackt werden soll, und zwar unmittelbar ehe sie in den Golf von Urabá einläuft. Die Falle ist aufgestellt, um Sie heute Nacht zu entern, was bei Ihrem niedrigen Freibord kaum zu verhindern sein wird.«

Fiolka sah Lange nachdenklich an. »Das hätte uns doch Rotterdam wissen lassen, Mr. Lange. Wir haben unsere voraussichtliche Ankunftszeit schon nach Turbo im Golf gemeldet. Falls stimmt, was Sie sagen, könnten wir natürlich zurück nach Colón laufen oder nach Barranquilla, aber nicht ohne Anweisung des Reeders oder seines Inspektors.«

Lange nickte. »Eigentlich haben wir keine Zeit zu verlieren, aber bitte: Sprechen Sie mit der Reederei.«

»Auf die Gefahr hin mich lächerlich zu machen, Herr Lange.«

Eine halbe Stunde später wusste Fiolka, dass weder van Oudevaart noch Kruidenier, der zuständige Inspektor, zu erreichen waren. Einer von beiden würde zurückrufen, innerhalb einer Stunde. Das war 20 Seemeilen näher an der Falle oder gar schon mitten drin.

»Haben Sie ein Telefon hier in Ihrem Office, mit dem Sie ungehört von Ihrer Mannschaft sprechen können, Herr Kapitän?«

Stirnrunzeln, dann ein schnelles: »Natürlich.«

»Dann geben Sie es mir. Ich werde Sie direkt mit dem Reeder verbinden.«

Zweiundzwanzig

FIOLKA HATTE SO ETWAS noch nie erlebt: Ein Zweiter Offizier wählt eine geheime Nummer und spricht direkt mit dem Reeder. Der lässt den Hörer an den Kapitän weitergeben und bittet diesen, das Office zu verlassen.

»Jawohl, Herr van Oudevaart!« Fiolka legte das Handstück auf den Tisch und knallte die Tür recht laut zu.

Oudevaart forderte von Lange einen genauen Bericht, und dieser begann mit dem Hinweis, Anne getroffen und sie von seinem Auftrag und den Ereignissen um die PILAR unterrichtet zu haben. »Das ließ sich leider nicht vermeiden.«

Van Oudevaart raunzte unwillig: »Sie werden das schon richtig entschieden haben. Weiter!«

»Ich weiß jetzt, wer hinter der Kaperung steckt. Wo das Lösegeld gelandet ist, werde ich bald wissen. Ein kleiner Teil ging auf jeden Fall an Fischer. Für deren Einsatz als Piraten.«

»Beschränken Sie sich auf das Wesentliche.«

Lange unterrichtete van Oudevaart mit knappen Sätzen. Dessen Reaktion auf den Tod des großen Lob und Josés überraschte ihn allerdings.

»War dieser Barella in Studientagen nicht mal ein Freund von Anne?«

»Ja, und das bringt uns zur PILAR.«

Von Annes Stiftung für Friedensdörfer im kolumbianischen Grenzgebiet hatte der Reeder nichts gewusst, aber irgendwie geahnt, dass seine Schwester einen Teil der Gewinne, die ihr zustanden, in irgendeinen wohltätigen Zweck investierte.

»Und was hat diese Stiftung mit der PILAR zu tun, Herr Lange?«

»Die Geschäfte führte Barella, der in Bogotá eine Anwaltskanzlei unterhielt. Und das heißt in diesem Fall, dass er in die meisten

Machenschaften verstrickt war, für die Kolumbien bekannt ist – vom Drogenhandel bis zu den Entführungen.«

»Sie haben Beweise, Herr Lange?«

»Der große Lob, wie er hier hieß, verfügte über Informationen, die nur ein Insider kennen konnte.«

»Zum Beispiel?«

»Er wusste, dass ich als Zweiter auf der PILAR gefahren bin.«

»Das könnte er auch von Eugenio Lovens erfahren haben.«

»Vielleicht. Aber Ihr Agent hat ihm bestimmt nicht von der Entführung berichtet. Unsere Sprachregelung lautete: Die PILAR hatte einen Motorschaden, der innerhalb weniger Tage behoben worden ist.«

»Weiter. Hat Barella an der Entführung mitkassiert?«

»Ich habe noch keine Beweise.« Lange erwähnte Ignacio, der als Zweiter Mann unter José vielleicht Einzelheiten kannte. »Ich weiß aber nicht, ob wir ihn noch einmal in Armila treffen. Dahin ist er verschwunden.«

Van Oudevaart ließ keine Pause entstehen. »Nun zur PLOODRA. Welche Anhaltspunkte haben Sie, dass das Schiff in Gefahr ist?«

»Barella hatte sich über alle Fahrpläne Ihrer Schiffe in dieser Gegend genauestens informiert, ebenso über die Ladungen und Zielhäfen.«

»Sie meinen, einmal ist keinmal?«

»Aye, Sir. Wenn eine Entführung so leicht so viel Geld einbringt, dann versucht man es ein zweites Mal. Und ein drittes Mal, wenn es geklappt hat. Und so weiter.«

»Das Somalia-Syndrom.«

Lange schlug vor, dass die PLOODRA statt Turbo Colón anlaufen sollte. Die Ladung konnte man schließlich bei geringem Kostenaufwand von dort mit einem örtlichen Carrier nach Turbo bringen – wie zuvor schon bei der PILAR.

»Das kann nicht zur Gewohnheit werden, lieber Herr Lange. Aber okay, ändern wir also Zielhafen und Kurs. Sie klären in der Zwischenzeit mit diesem Ignacio die Szene und den Verbleib des Lösegelds. Und jetzt holen Sie Kapitän Fiolka ans Telefon. Danke fürs Erste und auf Wiedersehen.«

Dreiundzwanzig

»HIER WIRD ES GESCHEHEN.« – Luten und Anne standen vor dem Loch. Der Aushub lag nahe am Rand, Schaufeln und Spaten steckten noch. Vier Männer nahmen ihre Gewehre von der Schulter.

»Treten Sie näher.«

Anne nahm Lutens Hand. Sie stiegen über den heißen Sand am Rand der Grube, die etwa zwei Meter tief war.

»So sieht also das Ende aus«, sagte Luten.

»Oder der Anfang«, widersprach Anne.

Die vier Männer musterten sie uninteressiert nach Art von Fischern, die es gewohnt sind, lange auf große Wasserflächen hinauszustarren. Ihre Gewehre hielten sie jetzt quer vor der Brust.

»Das werden wir ihnen abgewöhnen müssen!«, sagte Lange.

»Ich hoffe, das wird sich von allein einspielen. Um mit uns zu sprechen, braucht man keine Waffen.«

Anne war mit ihrer Cessna auf einer Piste am Strand gelandet, auf einem Streifen harten Sandes, vor dem die Brandung leise plätscherte. Zwei Männer, die sie nicht kannte, hatten sie in ein Dorf geführt, kaum zehn Kilometer von Pito entfernt. Luten hockte bereits neben Rodriguez auf einer Bank vor der rauen Holzwand einer Hütte am Hafen, der die Mündung des kleinen Flusses einfasste. Dort lagen auch zwei Boote, aus denen die PILAR angegriffen worden war.

Die BUGS lag festgemacht an der kleinen Pier. Zu Langes Verblüffung erhoben sich die Männer, als Anne in den Halbkreis trat.

Sie setzte sich mit einem Kopfnicken, und auch die Fischer hockten sich wieder nieder.

»Soll ich das Reden übernehmen, Luten?«

»Ja, dann ich, dann Rodriguez.«

Anne hob den Arm und beendete so abrupt das Getuschel. »Ich

bin die Schwester des Mannes, dem die PILAR gehört. Ihr habt sie gekapert. Dafür habt ihr viele Dollars bekommen. Das meiste Geld aber haben ein paar eingesteckt, die ihr nicht kennt – in Panama City. Freunde des großen Lob, von dem ihr vielleicht schon mal gehört habt.«

»Advokat und FARC-Freund aus Bogotá«, sagte der Gewehrträger ganz rechts außen.

»Dieser Lob hat euch zwei Männer geschickt, José und Ignacio. Guerilleros.«

Jetzt wurde ringsum genickt.

»Und die beiden haben euch angeheuert, das niederländische Schiff zu kapern.«

Diesmal gab es nicht mal ein einzelnes Kopfnicken.

»Und er hat euch Geld dafür versprochen.«

Keine direkte Reaktion, nur mürrische Blicke in die Ferne.

»Ein Matrose starb dabei. Vor Kurzem haben euch zwei Männer das Geld in Rucksäcken herangeschleppt. Und sind weiter nach Kolumbien gezogen.«

Vereinzeltes Kopfnicken, zwei Männer flüsterten miteinander.

»Das Geld, das sie euch gegeben haben, gehört meinem Bruder.«

Luten konnte spüren, wie die Spannung bei den Zuhörern stieg.

»Er hat ein Recht darauf, es zurückzubekommen.« Anne beherrschte die Kunst, beim Sprechen Pausen zu machen und sie genau so lange auszudehnen, bis die Zuhörer unruhig wurden. »Aber ihr habt für das Geld gearbeitet und viele Tage keine Fische fangen können. So etwas muss auch bezahlt werden. Von wem immer.«

Heftiges Kopfnicken. Diejenigen, die eben miteinander geflüstert hatten, sahen sich an, dann rief einer: »Sie haben recht, Señorita, wir haben das Geld verdient.«

Anne führte die Männer genau da hin, wo sie sie haben wollte: »Aber ich kann euch das Geld nicht geben. Es gehört mir nicht. Sagt mir einer, wie viel es ist?«

Jetzt erhob sich Gemurmel, das eine laute Stimme schnell durchbrach: »100 000 Dollar, Señorita, 10 000 für jeden.«

Also exakt die Summe, die Luten geschätzt hatte. Diejenigen, die ihre Haut zu Markte tragen, bekommen immer am wenigsten.

»Was werdet ihr mit dem Geld machen? Wollt ihr es in Blechdosen stecken und Stück für Stück ausgeben? Wollt ihr es auf die *banco* in Puerto Obaldia legen? Wollt ihr euch größere Fangboote kaufen? Braucht ihr etwas, das im Dorf fehlt? Was wollt ihr mit dem Geld anfangen, das mein Bruder gezahlt hat?«

Anne setzte sich.

Jetzt mussten die Männer erst einmal beraten, das konnte dauern. Luten und Anne hatten vereinbart, die Nacht nicht hier zu verbringen.

»Ich werde jetzt etwas sagen, einverstanden?« Luten erhob sich, als er Annes Nicken sah.

»Männer«, sagte er, »ihr habt von den Friedensdörfern auf der anderen Seite gehört. Dörfer, in denen niemand mehr Waffen trägt.«

Die Runde begann ihm zuzuhören.

»Die Frau, die hier neben mir sitzt, Señorita Anna, hilft seit vielen Jahren diesen Dörfern mit vielen Dollars. Dieses Geld muss man erst verdienen, ehe man es ausgeben kann. Und sie verdient es mit den Schiffen ihres Bruders, zum Beispiel der PILAR, die ihr gekapert habt. Also habt ihr dem Bruder der Señorita und damit den Friedensdörfern 100 000 Dollar weggenommen. Das ist eine Schande und darf nicht sein. Wenn jetzt Polizei käme oder Militär, würden sie euch das Geld abnehmen. Zu Recht? Zu Unrecht? Denkt darüber nach.«

Er setzte sich wieder, man musste diesen einfachen Männern Zeit lassen.

Rodriguez flüsterte ihm zu: »Du redest gewagt. Wenn die dich nun nicht frei lassen und auch die Señorita behalten, was dann? Wenn die für euch auch Geld haben wollen? Sollte ich nicht besser jetzt mit ihnen reden?« Und ohne Langes Antwort abzuwarten, stand er auf. »Ich lebe wie ihr in diesem Land, ihr lebt vom Meer, meine Leute leben vom Wald. Immer wieder kommt einer, der uns verspricht, dass wir besser als jetzt leben können. Zu uns kam einer, der hat unsere Riesenbäume auf zehn Jahre gekauft. Mein Volk hat deswegen nun Geld, wird aber vielleicht deswegen auch bald am Ende sein. Denn der Mann, der uns verführt hat, hat auch euch auf einen falschen Weg gebracht. Er hat euch etwas tun lassen, was nicht gut war, und euch sehr viel Geld dafür gegeben. Wir einfachen Leute wissen alle nicht genug, um mit Geld richtig umgehen zu können. Und daran könntet ihr vielleicht ebenso untergehen wie meine Leute.«

Luten hörte verblüfft zu, Anne hatte ihm die Hand aufs Knie gelegt.

Rodriguez blickte jeden Einzelnen in der Runde an und fuhr fort: »Dieser Mann hieß José, er hat uns alle in die Gefahr gehetzt. Ich habe ihn deswegen getötet. Und nun können wir wieder selber über unsere Dörfer bestimmen. Mehr habe ich nicht zu sagen.«

Er setzte sich und spielte mit seinem hellen Hut. Auf seiner Stirn hatte sich Schweiß gesammelt. Die Männer standen auf und gingen in Gruppen zu zweit oder zu dritt zum Anleger. Luten wunderte sich darüber, dass keine Frau sich blicken ließ und auch Kinder unsichtbar blieben.

»Die schweigen, wenn Männer beratschlagen«, erklärte Rodriguez.

»Das wird sich aber sicher bald mal ändern, oder?«, bemerkte Anne leise.

Rodriguez grinste. »Vielleicht, in manchen Kuna-Dörfern soll es schon so sein, dass die Frauen mitreden.«

»Und? Sind die Beratungen länger und die Entscheidungen schlechter geworden?«, wollte Anne wissen.

»Frag die Kunas«, entgegnete Rodriguez, »ich kenne ihre Frauen nicht.«

Aus der Gruppe am Anleger lösten sich vier Männer, Gewehre über den Schultern, und kamen zurück. »Die Männer haben euch was zu sagen. Kommt mit.«

Und nun standen alle an dem Loch, in dessen Aushub noch Schaufeln und Spaten steckten.

»Dies ist der Anfang«, sagte der Älteste und schob den Kolben seines Gewehrs in den Sand. »Wir bauen einen Brunnen. Was übrig bleibt vom Geld, legen wir auf die *banco*. Da wächst es.«

»Aber es gehört euch nicht«, wandte Anne ein. »Das Geld gehört meinem Bruder und mir. Jemand hat es uns weggenommen und euch gegeben. Was werdet ihr sagen, wenn ich es zurückhaben will?«

»Hol es dir von José, werden wir sagen. Vielleicht ist das Geld, das wir hier haben, gar nicht das, das er euch weggenommen hat.«

Donnerwetter, dachte Lange.

Anne beugte sich vor. »Hört zu, Männer. Wenn einer viel hat, soll er dem, der nichts hat, etwas abgeben. Würdet ihr das auch tun, wenn wir es tun?«

Die meisten nickten.

»Dann schlage ich vor, dass ihr den fünften Teil von dem Geld, das ihr bekommen habt, an ein Dorf weitergebt, das kein Geld hat, um auch einen Brunnen zu bauen. Das sind 80 000 Dollar. 20 000 bleiben bei euch. Die geben wir euch für euren Brunnen. Mit drei Bedingungen, die aber leicht zu erfüllen sind.«

Die Schatten wurden länger. Die östlichen Hänge der Serrania hinter dem Dorf lagen schon im Dunkeln. Anne brauchte Tageslicht zum Fliegen.

Der Sprecher meldete sich wieder. »Was sind die Bedingungen?«

Anne stellte sich hin und zog auch Luten von der Bank hoch. »Ihr werdet die 80 000 Dollar auf die *banco* bringen. Da wächst das Geld. Davon bezahlt ihr dann in einem Jahr eine Organisation, die Brunnen in allen Dörfern baut, die man von hier aus zu Fuß erreichen kann. Wir werden darüber wachen. Es wird außerdem Geld übrig bleiben. Davon könnt ihr euch ein großes Schiff kaufen, mit dem man weiter draußen auf dem Meer fischen kann.«

Der Sprecher fragte: »Und was ist die zweite Bedingung?«

Jetzt war Luten an der Reihe:»Wenn an dieser Küste noch einmal Piraten, die eigentlich Fischer sind, ein Schiff überfallen, sperren wir das Geld auf der Bank. Ihr müsst also verhindern, dass in den anderen Dörfer Fischer zu Piraten werden.«

»Und die letzte Bedingung?«, wollte der Sprecher wissen.

»Ihr werft eure Gewehre ins Meer. Für das, was ihr vorhabt, braucht ihr sie nicht mehr.«

Luten spürte, dass Rodriguez etwas sagen wollte, und kam ihm zuvor: »Nein, Rodriguez, für die Jagd kann man solche Gewehre nicht einsetzen. Also erledigen wir alles hier und sofort.«

Vierundzwanzig

Lange sah den Mann aus einem flachen, grauen Auto steigen. Der stützte sich mit dem linken Ellbogen aufs Wagendach und hob mit der rechten Hand ein Fernglas an die Augen, mit dem er den kleinen Hafen absuchte. Lange war klar, dass er die RAMONA sofort entdecken würde. Aber entweder suchte der Mann ein anderes Boot, oder er war erfahren genug, sich nicht zu verraten.

Der Wagen war in New York registriert, der Typ trug einen dunkelblauen, nadelgestreiften Anzug und sprach jetzt in sein Handy. Dann schob er sich wieder hinter das Steuer, knallte die Tür zu, und der Wagen rollte die schmale Asphaltstraße hinauf, die aus dem Hafen durch die Hütten auf die große Straße nach Rockport führte, zur kanadischen Grenze.

Luten füllte zwei Becher mit frischem, heißen Kaffee, warf zwei Süßstoffpillen in den für Anne und rührte Milch hinein, bis das Getränk die Farbe von englischem Sattelleder angenommen hatte.

»Vielleicht hat man uns entdeckt«, sagte er, als er neben Anne unter die Decke auf der breiten Koje schlüpfte.

»Einer von Lobs Leuten?« Annes Stimme klang fest, aber sie hörte auf, Lutens Waden mit ihren Zehenspitzen zu streicheln.

»Kann sein, kann auch nicht sein. Vielleicht war es nur ein Kollege, der eine gestohlene Yacht sucht!« Er spürte, wie plötzlich seine Handgelenke zu schmerzen begannen, setzte seinen Becher ab und ließ die Hände auf die Decke fallen.

»Damit haben wir doch gerechnet, Luten.« Anne schob eine Hand unter Lutens T-Shirt und begann, seinen Rücken zu streicheln mit sanften Drehungen um den Ballen des Daumens.

»Aber nicht so schnell!«

Lob hatte Anne mit dem gedroht, was jedermann von solchen Geschäftsleuten erwartet: »Wir finden euch überall auf der Welt! Überall …«

Lob würde vielleicht Recht behalten: Ein Kerl aus New York hatte Luten und Anne auf der RAMONA hier oben in Maine entdeckt, nur zehn Wochen nach Lobs Tod. Und acht Wochen, nachdem ein Dorf auf der *banco* Liberal de Panama in Puerto Obaldia ein Konto mit achtzigtausend Dollar eröffnet hatte.

»Warum nimmst du gleich das Schlimmste an?«

»Weil das zu meinem Beruf gehört.«

»Du meinst, wir werden hier in den USA nie sicher sein?«

»Ja.«

»Und in Südamerika?«

»Würde ich nicht empfehlen.«

»Was ist mit Europa?«

»Sie werden uns überall suchen.«

»Aber auch finden? Lieber Gott, die Welt ist groß.«

Er überlegte, ob er Anne die verschiedenen Methoden beschreiben sollte, einen Menschen aufzuspüren. Man kann Papiere und Namen ändern, notfalls auch das Gesicht. Aber das Verhalten bleibt und wird einen schließlich verraten. Sorgfältig erklärte er ihr, wie seine Kameraden von der Marine und die Geheimdienste vorgingen, um Verhaltensmuster zu erkennen und die Beute aufzuspüren. »Es kann lange dauern, manchmal stirbt der Gesuchte auch, bevor man ihn findet. Aber man findet ihn immer.«

»Lob hatte keine Organisation hinter sich, die das leisten kann.«

»Da bin ich mir nicht sicher. Mit Kokain kannst du nur erfolgreich handeln, wenn du ganz oben viele Freunde hast. Und hatte Lob die nicht? Nur im Schatten dieses Beziehungsnetzes können deine Friedensdörfer gedeihen, Anne. Solche Leute muss man immer schmieren, und dazu brauchte Leon Geld aus der Entführung der PILAR.«

Anne spürte wieder den bitteren Geschmack auf der Zunge wie vor Tagen, als sie in den *New York News* die Zwanzig-Zeilen-Meldung auf der Titelseite und im *Las Dias de Mexico* den Bericht auf der zweiten Seite über die großen Verdienste und den tragischen Tod des Wohltäters Leon Omar Barella gelesen hatte. Sie nahm Luten den Kaffeebecher ab und stellte ihn auf den Boden. Luten streckte sich lang aus und faltete das schmale Kissen zweimal unter seinem Kopf,

Anne kroch unter seine Decke und legte ihren Kopf in die Kuhle zwischen Schulterblatt und Hals.

»Wir können nicht zu den Emberas zurück und auch nicht zu den Kunas, ganz Mittelamerika fällt aus. Und Kalifornien, Holland, Belgien, Deutschland.« Luten machte eine Pause. »Es bleiben nur Regionen übrig, in denen wir bestimmt nicht leben wollen. Entweder weil sie uns nicht gefallen oder weil wir dort sofort auffallen.«

Ihre Zungenspitze tastete über das kleine Klopfen an seinem Hals. »Was machen denn deine Kameraden, wenn sie verschwinden müssen?«

Er schob seinen Arm um ihre Schulter. »Wir werden es schaffen!« sagte er. »*Venceremos.*«

»Ach nee«, spottete Anne leise, »du willst Ché nacheifern? Ich dachte immer, du hättest was gegen Kommunisten!«

»Nicht gegen die Gescheiten!«

Fünfundzwanzig

WILLEM VAN OUDEVAART legte zufrieden die Hände flach auf den Schreibtisch, beugte sich über ein Blatt Papier und las zum dritten Mal den Text der Anzeige, die am nächsten Morgen im *Rotterdamse Courier* und in den *International Shipping News* erscheinen würde. Er hatte sie persönlich aufgesetzt – nach langwierigen Gesprächen mit seinem Anwalt über juristische Fragen über Teilhabe und Erbe. Anne konnte zufrieden sein: Der Vorsitzende des Vorstands der Hausbank garantierte, dass gewisse Finanzströme erstens zwar dem Finanzamt, aber sonst niemandem bekannt wurden und zweitens bestimmte Dörfer in entlegenen Gegenden erreichten. An Annes und Lutens neue Namen musste er sich allerdings erst gewöhnen. Heute erschienen der alte Name seiner Schwester und der seines Schwagers zum letzten Mal. Die Anzeige sollte in der für die Reederei van Oudevaart typischen englischen Schreibschrift abgesetzt werden – auf einer Viertelseite:

Die Reederei van Oudevaart erfüllt die traurige Pflicht, den Tod ihrer Teilhaberin Anne de Vries, geborene van Oudevaart, mitzuteilen. Sie und Mr. Luten Lange verschwanden spurlos vor den Bahamas mit ihrer Yacht RAMONA *während des Hurrikans Isabella.*

Rotterdam, den 30. Juni 2008
Willem van Oudevaart, Reeder

Gerecht lebt, wer ohne Gewalt lebt.

Mahatma Gandhi

ISBN 978-3-7688-1912-1

Ein Piraterie-, Umwelt-, Globalisierungs- und Gesellschaftsthriller: Dies ist die Geschichte von Berry, Chef der privaten Londoner Firma „Lost Ship Management", die von Eignern entführter Schiffe beauftragt wird, diese zurückzuholen - notfalls auch mit Mitteln am Rande der Legalität.
Berry droht dabei genauso zu verrohen wie die Piraten, die er jagt, denn er sucht Rache. Seine Frau wurde sechs Jahre zuvor in Indonesien auf einem Segeltörn getötet. Von Piraten.

DELIUS KLASING

ISBN 978-3-7688-2616-7